HISTOIRES À SANG POUR SANG

Dans Le Livre de Poche :

ALFRED HITCHCOCK
présente :

HISTOIRES À NE PAS LIRE LA NUIT.
HISTOIRES À FAIRE PEUR.
HISTOIRES DIABLEMENT HABILES.
HISTOIRES MACABRES.
HISTOIRES ANGOISSANTES.
HISTOIRES À N'EN PAS REVENIR.
HISTOIRES RICHES EN SURPRISES.
HISTOIRES PIÉGÉES.
HISTOIRES TROUBLANTES.
HISTOIRES DE MORT ET D'HUMOUR.
HISTOIRES NOIRES.
HISTOIRES MÉDUSANTES.
HISTOIRES QUI DÉFRISENT.

ALFRED HITCHCOCK

présente :

Histoires à sang pour sang

LE LIVRE DE POCHE

AVEC ASSURANCE

par RICHARD DEMING

La société moderne s'est automatisée à un point incroyable. Presque tout ce qu'on fait est maintenant contrôlé en détail par les machines électroniques. Pour vous donner un exemple, depuis pas mal de temps déjà notre agence de l'Association Nationale des Assureurs enfourne systématiquement un lot de cartes perforées dans une machine, chaque fois qu'un habitant de l'État souscrit une police ou fait parvenir à sa compagnie d'assurances une demande de remboursement. Les indications fournies par la machine servent surtout à établir des statistiques, mais de temps à autre il arrive qu'elles nous mettent sur la piste d'une fraude éventuelle. Dans ce cas, le renseignement est transmis au Bureau des Enquêtes de l'Association, bureau où je travaille.

Un lundi matin de la mi-octobre, j'arrivai au travail de méchante humeur. Anita et moi avions discuté sans fin la veille au soir, à propos de notre mariage. Comme d'habitude la discussion avait tourné en rond autour du peu d'avenir de ma condition de petit salarié et s'était close sur l'ultimatum d'Anita qu'elle n'épouserait jamais un homme incapable de lui offrir une vie de luxe.

Sally, notre blonde réceptionniste, me dit :

— Si c'est d'une gueule de bois dont vous souffrez, monsieur Quinn, vous auriez intérêt à vous en remettre au plus vite.

— Ce n'est pas la gueule de bois, répondis-je en lui lançant un regard fulminant, c'est simplement l'expression de dégoût que je ne peux m'empêcher de prendre quand je pose les yeux sur une personne du sexe féminin. Et pourquoi aurais-je intérêt à m'en remettre au plus vite, à supposer que ce soit la gueule de bois ?

— Vous vous êtes encore disputé avec votre petite amie, soupira-t-elle. Le patron vous demande.

Je me composai un visage plus souriant pour entrer dans le bureau du patron. Il ne veut autour de lui que des visages heureux.

Ed Morgan est le chef du service des Enquêtes. C'est un homme ventru et grisonnant d'une soixantaine d'années, à la tête du service depuis vingt ans, et qu'on prétend capable de flairer la fraude depuis l'autre bout de l'État. Je travaille sous ses ordres depuis sept ans, en fait depuis ma sortie du collège, et je suis devenu son détective de confiance.

— Asseyez-vous, Tod, me dit-il, j'ai une enquête de routine pour vous. Je ne pense pas qu'il en sorte grand-chose car mon intuition me dit que c'est du travail inutile, mais le service des machines nous a transmis des indications et il faut bien les vérifier.

Quand Ed Morgan a le sentiment qu'il n'y a pas fraude dans les cas que la machine nous signale, c'est généralement qu'il n'y en a pas. Mais un grand nombre de nos enquêtes sont fondées moins sur un soupçon précis que sur notre souci d'aller au fond des choses. Si nous découvrons des fraudes c'est surtout parce que nous enquêtons sur tout ce qui nous semble tant soit peu bizarre dans les demandes de remboursement.

— Qu'est-ce que le cerveau-monstre nous a trouvé, cette fois ? demandai-je.

— Eh bien, comme vous le savez, sur chaque carte perforée correspondant aux demandes de remboursement il y a une case réservée à la cause du décès. Un statisticien chargé d'étudier ces causes pour la période des douze derniers mois sur notre territoire, a pensé être tombé sur quelque chose d'intéressant en découvrant plusieurs cas de décès par fièvre typhoïde. C'est une maladie rare de nos jours ; l'an dernier il n'y a eu que sept cas mortels dans tout l'État. Cinq d'entre eux ont frappé des gens vivant dans le même coin et qui étaient tous assurés sur la vie, auprès de compagnies différentes mais par l'intermédiaire du même courtier. Les cinq polices étaient aussi d'un montant identique : dix mille dollars. L'agence a pensé que la similitude des causes de décès, du montant des assurances, et le fait que le courtier ait été le même dans les cinq cas, pourraient nous intéresser.

Il me tendit deux feuillets sur lesquels était dactylographié le résumé des faits signalés par les cartes perforées.

Les cinq assurés en question étaient un vieillard de quatre-vingts ans, trois femmes mariées et un jeune homme de dix-huit ans. Les primes avaient été versées au fils du vieillard, aux maris des trois femmes et au père du jeune homme. Les cinq polices avaient été souscrites auprès de compagnies différentes par un courtier du nom de Paul Manners. Les décès étaient survenus dans un intervalle d'environ un mois, entre la mi-juillet et la mi-août. Dans les cinq cas, les adresses des décédés et de leurs bénéficiaires étaient soit R.D.1, soit R.D.2, Heather Ridge.

— De toute évidence, une commune rurale, dis-je. Où se trouve Heather Ridge ?

— Je n'en savais rien non plus avant de regarder sur la carte. C'est la capitale juridique du comté de Heather. La population est de sept cents habitants.

— Je ne suis pas plus avancé.

Morgan eut un sourire

— Ça ne m'étonne pas. C'est un patelin perdu dans la montagne, un paradis pour distillateurs clandestins. Le comté tout entier ne compte pas plus de deux mille cinq cents habitants. On n'y trouve pas une seule route goudronnée, toutefois la carte en indique une ou deux pouvant être considérées comme carrossables. Aucune ligne de chemin de fer ne dessert Heather Ridge et il n'y passe qu'un seul autocar deux fois par semaine. Alors si vous envisagez de vous rendre là-bas, prévoyez la voiture.

Je jetai encore un coup d'œil sur le résumé.

— Celui qui nous a envoyé ça n'a guère de jugeote ! La région a été frappée d'une épidémie de fièvre typhoïde l'été dernier. Or c'est l'époque logique des épidémies. Ce Paul Manners a établi toutes les polices parce qu'un patelin aussi peu important ne compte jamais plus d'un agent d'assurances. Et que les montants soient les mêmes ne veut absolument rien dire. Dix mille dollars est le chiffre courant des assurances-vie.

— Exactement mon avis, mais il nous est arrivé de découvrir des fraudes avec beaucoup moins d'éléments au départ. Vous aurez vite fait de contrôler tout ça. Il vous suffira d'examiner la correspondance des demandeurs. Si ça se trouve, vous n'aurez même pas besoin de vous déranger.

— D'accord, fis-je en me levant. Je m'y mets immédiatement.

La blonde Sally me lança au passage :

— Vous paraissez un peu plus serein, monsieur Quinn. Avez-vous donc meilleure opinion du sexe féminin ?

— C'est simplement que je suis chargé d'une heureuse mission. Si tout va comme je l'espère, je serai sous peu en mesure d'envoyer une jeune et charmante veuve à la chambre à gaz, lui répondis-je, ce qui me valut une grimace de mépris.

Les compagnies d'assurances ont toutes leur siège à Blair City, à une distance de cinquante miles. Je m'y rendis en voiture, et vers le milieu de l'après-midi j'avais examiné les dossiers des cinq cas qui nous intéressaient.

Tout semblait normal. Il y avait pour chacun une copie certifiée conforme de l'acte de décès, revêtue du sceau notarié d'une certaine Emma Pruett, secrétaire du greffier du comté de Heather. Les cinq actes avaient été signés par le même docteur, Emmet Parks. En regardant les polices de plus près je découvris qu'elles avaient toutes été établies en janvier ou février de l'année en cours et que les examens médicaux avaient été faits par le docteur Parks. Là encore, on ne pouvait guère parler de coïncidence. Il était probable que cette ville de sept cents habitants n'avait pas plus d'un seul médecin.

Le temps relativement court pendant lequel les

polices étaient restées en vigueur, me décida à prolonger un peu mon enquête. Je retournai à chacune des agences et demandai à voir les chèques ayant servi à régler les primes de décès. J'eus la surprise de découvrir que dans les cinq cas les chèques avaient été endossés au nom du docteur Parks qui les avait tous encaissés à la banque de Holoyke.

En consultant ma carte routière je découvris que Holoyke se trouvait à environ soixante miles de Heather Ridge. Pourquoi, me demandai-je, les chèques ont-ils été endossés au nom du docteur, et pourquoi celui-ci a-t-il fait soixante miles pour les encaisser, au lieu de toucher la somme à Heather Ridge ?

A mon retour en ville il était trop tard pour en faire plus ce jour-là. J'appelai Anita et lui offris de m'accompagner au restaurant, mais elle était toujours aussi mal disposée. Elle me raccrocha au nez.

Je passai une soirée cafardeuse à me demander dans quelle branche je pourrais bien exercer mes talents pour récolter les gains fabuleux qu'exigeait Anita. Je ne voyais rien. Mes études m'avaient orienté vers les arts libéraux et je n'étais expérimenté qu'en un seul domaine : les enquêtes d'assurances. Je finis par renoncer et me mis au lit.

Le lendemain matin je me rendis, dès l'heure d'ouverture, au bureau de la Société Médicale de l'État.

Le docteur Emmet Parks en était un membre fort estimé, et cela depuis vingt ans. Il avait atteint la cinquantaine et n'avait jamais pratiqué autre part qu'à Heather Ridge. Il était le seul médecin de tout le comté. En admettant qu'il y ait eu fraude pour les cinq contrats d'assurance, je ne voyais pas comment on avait pu procéder autrement que par meurtre collectif. Mais il semblait hautement improbable qu'un médecin, même rural, se trompe de diagnostic cinq fois d'affilée et mette sur le compte de la fièvre typhoïde des décès dus à une action criminelle. De plus, comme chaque bénéficiaire était différent cela laissait supposer la complicité de cinq personnes dans les meurtres.

Cependant, le nom du docteur Parks sur tous les chèques de paiement m'intriguait. Je décidai de pousser mon enquête.

En sortant de la Société Médicale je me rendis au Bureau des Licences du Capital Building. Le courtier d'assurances Paul Manners n'avait été reçu à son examen qu'au mois de novembre précédent. Le fait que les assurances aient été contractées si peu de temps avant les décès n'avait donc rien d'anormal. Étant donné qu'il n'avait pas pu placer de contrats avant novembre, tout semblait indiquer que ce Manners était simplement un courtier persuasif.

En consultant son dossier je découvris qu'il était marié, sans enfants, avait fait des études secondaires et s'était occupé de sa ferme pendant les vingt-cinq dernières années. Durant la même période il avait aussi travaillé à mi-temps comme vendeur dans un magasin de matériel agricole de Heather Ridge. Sur sa demande d'inscription, il expliquait avoir l'intention de continuer à exploiter sa ferme mais d'abandonner son emploi de vendeur dès qu'il serait reçu à son examen de courtier.

Une copie certifiée conforme de son acte de naissance, portant elle aussi le sceau notarié d'Emma Pruett, indiquait qu'il était né à Heather Ridge.

Les trois références n'étaient qu'une longue suite

d'éloges. La première venait du Révérend Donald Hartwell, la deuxième du juge Albert Baker et la troisième du docteur Emmet Parks.

Bien que ce soit chose normale pour la plupart des gens de donner le nom de leur médecin de famille quand on leur demande des références, je commençai cependant à trouver curieux de rencontrer à tout bout de champ celui du docteur Parks dans cette affaire.

Je pris des notes assez détaillées des renseignements sur Paul Manners contenus dans son dossier.

Du Capital Building je revins au siège de l'Association pour communiquer à un opérateur de machine une question à poser au cerveau-monstre. Sa réponse atténua mes soupçons. En plus des cinq cas de fièvre typhoïde, Paul Manners avait placé vingt autres polices auprès de diverses compagnies depuis qu'il était dans le métier, et ces assurés étaient encore tous en vie. Il devenait de plus en plus évident que le courtier avait eu la malchance, après avoir débuté de façon sensationnelle dans une région vierge où jusque-là aucun de ses confrères ne s'était présenté, de voir ses assurés aussitôt décimés par une épidémie.

S'il n'y avait pas eu le nom du docteur Parks sur les chèques de règlement, j'aurais laissé tomber l'enquête sans remords. Mais il ne fallait négliger aucun détail. Je décidai donc d'aller voir sur place.

Je m'y rendis en voiture un mercredi et arrivai là-bas au milieu de la matinée. La ville, perchée dans les montagnes d'une région sauvage et presque inhabitée, était à quarante bons miles de la plus proche nationale. Je fis les trente derniers miles sur un mauvais chemin, sans croiser un seul véhicule. En fait, à l'exception des poteaux télégraphiques qui couraient le long de la route, je vis peu de signes de civilisation. Il m'arriva d'apercevoir une ferme ou une grange, mais la plupart du temps la vue, de la route sinueuse qui montait, s'étendait sur des hauteurs escarpées couvertes d'épaisses forêts de sapins.

Heather Ridge a beau signifier le Mont des Bruyères, je ne vis pas la moindre touffe de bruyère. Quant à la petite ville, elle se trouvait dans un vallon et non sur une hauteur. Toutefois, un mont déchiqueté s'élevait juste au nord de l'agglomération.

J'appris par la suite que la ville et le comté avaient été ainsi appelés à cause d'Amos Heather, un trappeur qui, au XIXe siècle, avait tenu les Indiens à distance sept jours durant avant de finir scalpé.

La ville avait gardé un air du siècle dernier. Il y avait une place carrée au centre de laquelle se dressait un palais de justice en brique rouge. Une demi-douzaine de petits vieux en salopette, mâchonnant leur chique, prenaient l'air, assis sur le muret bordant le gazon du bâtiment. Il y avait bien quelques maisons de commerce vieillottes autour de la place, mais pas un badaud à l'horizon. Seuls, deux véhicules étaient en vue, tous deux parqués devant le palais de justice. L'un était une camionnette 1932, l'autre un modèle T.

En proie à une muette curiosité, les petits vieux me suivirent des yeux lorsque, après avoir garé ma voiture, j'entrai dans le bâtiment officiel.

Un couloir le traversait dans toute sa longueur, avec les bureaux de chaque côté, signalés par les pancartes qu'on trouve dans toute administration. La plupart des portes étant ouvertes il fallut m'arrêter et passer la tête dans chaque pièce pour lire ce qui était inscrit sur le battant. Le bureau du shérif était à gauche de l'entrée et juste en face se trouvait celui du district attorney. L'un et l'autre étaient déserts. Je longeai d'autres pièces inoccupées sur les portes desquelles on lisait : PERCEPTION, IMMATRICULATION DES VÉHICULES A MOTEUR, OFFICIER D'ÉTAT CIVIL, SECRÉTAIRE DE MAIRIE et CORONER. Face au bureau du coroner j'aperçus une pièce vide avec l'écriteau : JUGE DU COMTÉ, ainsi qu'une petite salle d'audience également vide.

Il me fallut parcourir la moitié du couloir avant de trouver enfin signe de vie. A droite, dans un petit recoin derrière un comptoir prolongeant le mur, une jeune femme était assise devant un standard téléphonique. C'était une brune d'une vingtaine d'années, assez insignifiante. Une pancarte au-dessus du comptoir annonçait : RENSEIGNEMENTS.

— Bonjour, Mademoiselle, lui dis-je. Le palais de justice est sans doute fermé aujourd'hui ?

— Oh, non, répondit-elle en souriant. Que puis-je faire pour vous ?

— Pourquoi n'y a-t-il personne ?

— Ces messieurs sont tous à votre disposition. Je peux faire venir en dix minutes celui auquel vous voulez parler. Ils ne restent pas ici en permanence car nous avons trop peu de travail.

Devant mon air stupéfait, elle se mit à rire.

— Ça surprend au premier abord, n'est-ce pas ? Il m'a fallu du temps pour m'y habituer. Je ne suis ici que depuis un an. Je viens de Holoyke. Quand j'ai répondu à la petite annonce pour une place de secrétaire, je ne me figurais pas qu'à moi toute seule je m'occuperais de toutes les affaires du comté. Je suis employée de mairie, secrétaire du

D.A., de l'officier d'état civil, de l'archiviste, du coroner, j'immatricule les véhicules, je suis standardiste et préposée aux renseignements. Je m'appelle Emma Pruett.

Celle dont le sceau notarié était apposé sur les cinq certificats de décès, me rappelai-je.

— Il n'y a que vous à travailler ici ? Vous êtes tout le personnel à la fois ?

— Quand c'est nécessaire. Il n'y a que deux mille cinq cents habitants dans le comté et tous les emplois, excepté le mien et celui du shérif, sont à mi-temps. Le D.A. a sa clientèle particulière d'avocat, par exemple, et le juge aussi. L'archiviste tient un bazar en ville. Le coroner est médecin, et ainsi de suite. Aucun d'eux ne reçoit du comté plus de quelques dollars par mois. Ils m'ont engagée pour servir de lien entre eux. Je sais toujours où les joindre si besoin est. En général le shérif reste ici, mais pour le moment il se trouve au café.

C'était, me sembla-t-il, une façon plutôt relâchée de gouverner un comté. Il est vrai qu'avec si peu de revenus c'était finalement plus rentable que de verser des salaires à plein temps à des employés qui se tourneraient les pouces.

— Si vous êtes la secrétaire de l'officier d'état civil, je pense que vous n'aurez personne à déranger. Je voudrais simplement vérifier quelques renseignements au sujet de certains décès pour effectuer des remboursements d'assurances.

Je lui tendis ma carte qu'elle étudia avec attention. Puis elle se leva et, ouvrant l'abattant du comptoir, vint me rejoindre dans le corridor.

— Veuillez me suivre, monsieur Quinn.

Elle me conduisit à la porte marquée *État civil* et

me fit entrer dans la pièce. Passant derrière un comptoir, elle me demanda :

— Quelle année ?

— Celle en cours. Juillet et août. (Je consultai ma liste.) Le premier est Herman Potter, décédé le 9 juillet.

— Je me souviens du nom, fit-elle en sortant de sous le comptoir un registre épais. Il a été le premier à mourir de la fièvre typhoïde. Il n'avait que dix-huit ans.

Elle ouvrit le registre à la bonne page et le tourna vers moi pour que je puisse lire.

Ce qui était inscrit concordait en tous points avec mes notes.

— Ensuite, Mrs. Henrietta Skinner, 15 juillet.

Elle me trouva la page et je pus voir que là aussi, tout était en règle. De même les actes de décès de Mrs. Helen Jordan, Mrs. Martha Colvin et Abel Hicks, morts respectivement les 21 juillet, 3 et 9 août.

— Merci, dis-je. Connaîtriez-vous par hasard un courtier d'assurances du nom de Paul Manners ?

Elle fronça les sourcils puis secoua la tête. D'un ton désolé elle répondit :

— Non. Je connais tout le monde de vue, mais il y en a encore beaucoup dont j'ignore le nom. Habite-t-il en ville ?

— Son adresse est R.D.1.

— Ce doit être Ridge Road. Il habite certainement une ferme dans ce coin. Je ne connais guère les fermiers de la région.

— Où trouverai-je le docteur Emmet Parks ? A son cabinet de consultation ?

— Le toubib ? Longez le pâté de maisons tout droit en sortant d'ici, sur la gauche. C'est une grosse bâtisse. Vous ne pouvez la manquer car on est en train de la transformer en clinique moderne et vous verrez des ouvriers qui y travaillent. C'est aussi la porte à côté de la poste.

Je la remerciai une dernière fois, quittai le bâtiment et remontai en voiture le temps de longer le pâté de maisons. Je n'eus aucune difficulté à trouver la demeure du docteur. La charpente d'une longue annexe sans étage prolongeait l'un de ses côtés et deux ouvriers travaillaient à latter les murs intérieurs. Contigu à la maison, du côté opposé, se dressait un petit bâtiment d'une pièce avec, écrit en toutes lettres au-dessus de la porte : U.S. POST OFFICE.

Me garant de l'autre côté de la rue, je traversai en direction du porche et montai les marches. Les ouvriers interrompirent leur travail et l'un d'eux me héla :

— Si vous cherchez le toubib, il est à la poste, la porte à côté.

A ce moment un homme d'un certain âge, mince, portant un sac de toile, sortit du bureau de poste, suivi d'un individu aux cheveux gris, et de forte carrure. Ce dernier était en manches de chemise et fumait la pipe.

L'homme sorti le premier lança son sac de toile à l'arrière d'une jeep garée devant la poste et grimpa au volant. « A cet après-midi, Joe », lui cria le fumeur de pipe qui au même moment jeta un coup d'œil vers le porche et m'aperçut. Il vint me rejoindre tandis que la jeep démarrait.

Je m'avançai :

— Êtes-vous le docteur Emmet Parks ?

Il retira sa pipe pour m'examiner puis m'adressa

un bon sourire. Devant son air débordant de gentillesse je me pris spontanément d'amitié pour lui.

— C'est exact, jeune homme. Que puis-je faire pour vous ?

Je lui tendis ma carte.

— J'aimerais vous poser quelques questions au sujet de certains décès dont vous avez dernièrement signé les certificats pour des demandes de remboursement d'assurances.

Ayant examiné la carte il la glissa dans sa poche de chemise.

— Nous ne pouvons pas parler dans ce vacarme, dit-il en montrant les deux ouvriers qui s'étaient remis au travail. Suivez-moi.

Nous entrâmes chez lui. La pièce du devant servait de salon d'attente, mais il n'y avait personne. Comme nous la traversions pour nous rendre à son cabinet de consultation, le docteur me fit remarquer avec un brin d'amertume :

— Je ne suis pas débordé de travail, bien qu'étant le seul médecin du comté. C'est infernal comme les gens d'ici regorgent de santé.

Faisant le tour d'un vieux bureau tout délabré il prit place dans son fauteuil et me fit signe de m'installer en face de lui. A travers les murs de la pièce on entendait résonner les coups de marteau, mais le bruit était assez étouffé pour que nous n'ayons pas à élever la voix.

Il ralluma sa pipe, puis me dit :

— Je vous donne environ vingt-sept ans, monsieur Quinn. Suis-je tombé juste ?

— Vingt-huit.

— Marié ?

— Non, docteur.

— N'attendez pas trop, sinon vous finirez par

atteindre un âge où vous comprendrez soudain qu'il est trop tard. C'est ce qui m'est arrivé. Ce n'est pas très gai d'avoir à vaquer tout seul dans cette grande maison. Et je me sentirai encore plus perdu une fois l'annexe terminée. A présent, je suis trop vieux pour me mettre en quête d'une compagne et je n'ai devant moi que la perspective d'une fin de vie solitaire. Alors ne faites pas comme moi.

Je pensai à Anita, me demandant si je serais encore en train d'essayer de la persuader de m'épouser quand j'aurais atteint l'âge du docteur.

— Moi, je voudrais bien me marier, dis-je, mais mon amie pense que je gagne trop peu. Elle attend, pour dire oui, que je monte une affaire qui rapporte.

— Méfiez-vous des femmes aux goûts dispendieux, monsieur Quinn. Plus on gagne d'argent et plus ça leur donne l'envie du luxe.

— Celle-ci en vaut la peine, assurai-je.

— La foi romantique de la jeunesse ! soupira-t-il en souriant d'un air mélancolique. Je ne vous accablerai pas plus longtemps de mes conseils, de toute façon vous ne les suivriez pas. Maintenant, quels sont ces actes de décès dont vous désiriez me parler ?

— Il s'agit de cinq personnes mortes de la fièvre typhoïde en juillet et août derniers. Herman Potter, Henrietta Skinner, Martha Colvin, Helen Jordan et Abel Hicks. Ils étaient tous assurés pour dix mille dollars, chacun auprès d'une compagnie différente mais par l'intermédiaire du même courtier, Paul Manners.

Il tira une bouffée de sa pipe.

— Oui. Qu'est-ce qui ne va pas ? Que voulez-vous savoir à leur sujet ?

— C'est vous qui leur avez fait passer la visite

médicale lorsqu'ils ont contracté leur assurance-vie, et c'est vous aussi qui avez signé les actes de décès.

— Évidemment. Je suis l'unique médecin du comté. Vous trouverez aussi ma signature sur les rapports du coroner, si vous voulez vérifier. Je fais également office de coroner.

— Ce n'est pas ce qui m'amène ici. Les cinq versements ont été endossés à votre nom et par la suite encaissés par vous à la banque de Holoyke. Pourriez-vous me dire pourquoi ?

Loin d'être offusqué le docteur parut amusé.

— Vous avez fait tout ce chemin uniquement pour me poser cette question, jeune homme ? Ils ont été encaissés à Holoyke parce que c'est là que j'ai mon compte bancaire. Heather Ridge n'a pas de banque et celle d'Holoyke est la plus proche. Quant à la raison pour laquelle les chèques étaient endossés à mon nom... vous ne connaissez pas grand-chose à la région, je vois.

— En effet. Elle m'a tout de même l'air d'être un peu retardataire.

— Elle en est restée au siècle dernier, monsieur Quinn. Dans nos montagnes les gens vivent repliés sur eux-mêmes et se méfient des étrangers. Les fermes de la région ont des terres immenses mais en grande partie incultivables. Les trois quarts sont ou trop boisées ou trop en pente. Géographiquement notre comté vient au septième rang de l'État pour ce qui est de la surface. Mais pour la population nous venons en dernier. Les fermiers d'ici restent parfois des mois sans voir personne d'autre que les membres de leur famille. Ils sont pratiquement coupés du monde extérieur. Jamais une assistante sociale n'est montée jusque là-haut s'assurer que les gosses fréquentent bien l'école. Le pourcentage d'illettrés atteint probablement cinquante pour cent, bien que je ne pense pas qu'on ait jamais pris la peine de le calculer. Commencez-vous à comprendre ?

— J'avoue que non.

— Les gens de chez nous n'aiment pas se séparer de leur argent. Ils le cachent sous le plancher. C'est pourquoi il n'y a pas de banque ici. Elle n'aurait pas assez de clients pour couvrir ses frais. La plupart des gens des environs n'ont pas la moindre idée de ce qu'il faut faire pour toucher un chèque. Alors ils les endossent à mon nom pour que je puisse les toucher à Holoyke et leur rapporter l'argent en billets de cent dollars.

Je poussai une exclamation. C'était en effet fort simple.

Après un moment de réflexion, je déclarai :

— Tout est clair à présent. Pourtant, autant aller voir Paul Manners pendant que j'y suis. Où le trouverai-je ?

— Impossible. Sa femme et lui sont partis passer l'hiver en Floride.

La chose m'étonna.

— Les gens d'ici ont-ils pour habitude d'aller passer leurs vacances en Floride ?

Il sourit.

— Seulement Paul. Il a gagné le gros lot en devenant courtier d'assurances, du fait que la région était vierge. Beaucoup de citadins sont assurés depuis des années, naturellement, mais je ne pense pas que ceux des montagnes aient jamais reçu la visite de courtiers. De toute façon, ils ne se seraient pas laissé convaincre par un étranger. Paul est né et a grandi dans la région, il est connu de tous et inspire donc confiance. Je suppose que c'est grâce à ses commissions qu'il a pu s'offrir ces vacances en Floride.

— Bien. Après tout, il n'était pas tellement nécessaire que je le voie. Tout me semble normal.

— Allez donc jusqu'au bout de votre enquête, pendant que vous y êtes. Imaginez un peu que vos chefs ne soient pas satisfaits et vous renvoient ici pour glaner d'autres renseignements ? J'ai un malade à aller voir près de chez les Potter. Si vous veniez avec moi pour parler au père du jeune disparu ?

Ed Morgan aimant le travail bien fait, il était en effet préférable que je m'entretienne avec au moins l'un des cinq bénéficiaires pour m'assurer que le docteur m'avait bien dit la vérité sur la raison pour laquelle les chèques avaient été touchés par lui.

J'acceptai donc.

Le docteur avait une visite à faire dans une ferme à quelques miles de Ridge Road, où un enfant était alité avec les oreillons. J'attendis dans la voiture qu'il ait terminé sa visite. Ensuite nous fîmes quatre miles de plus et arrivâmes devant une ferme bien entretenue.

Un homme d'environ quarante-cinq ans, de grande taille, aux jointures noueuses, sortit de la grange en entendant notre voiture pénétrer dans la cour. Je vis une femme nous observer derrière les rideaux d'une fenêtre de cuisine. Elle devait être trop timide pour sortir à notre rencontre car elle resta derrière ses carreaux sans bouger jusqu'à ce que nous repartions.

Le docteur me présenta l'homme. C'était Sidney Potter. Il me serra respectueusement la main, visiblement gêné d'être en présence de quelqu'un de la ville.

— M. Quinn est enquêteur d'assurances, Sid, expliqua le docteur. Il voudrait vous poser quelques questions au sujet du jeune Herman.

Sidney Potter devint triste.

— Il n'avait que dix-huit ans, monsieur Quinn. J'avais pris une assurance sur sa vie pour lui constituer un pécule, de façon qu'il puisse s'acheter une ferme plus tard. J'ai un autre fils de vingt ans et je ne pouvais pas leur laisser la ferme à tous les deux. Le docteur m'a expliqué que l'assurance-vie était un bon moyen d'économiser et pas seulement de faire un bénéfice sur la mort. C'est pour ça que je l'ai contractée, pas pour gagner de l'argent par la mort de mon propre fils.

— Je comprends, dis-je.

— Nous avons tous été malades, mais le Seigneur a jugé bon de nous sauver, Minnie, moi et notre fils aîné, pour ne prendre que Herman. Le docteur dit que c'est l'eau du puits qui nous a donné la fièvre. Il m'a fait jeter quelque chose dedans et depuis on n'a pas eu d'ennuis.

— Les autres ont été aussi contaminés par l'eau de leur puits, m'expliqua le médecin. Je les ai tous soignés et je procède régulièrement à des analyses d'eau pour tous les puits du comté. Entre autres tâches, je suis officier de santé.

Au point où j'en étais, autant aller jusqu'au fin fond des choses :

— Vous avez bien reçu le versement de la compagnie, dix mille dollars, monsieur Potter ?

L'homme me lança un regard soupçonneux.

— M. Quinn travaille pour la compagnie d'assurances qui vous a envoyé l'argent, expliqua le docteur en faisant une légère entorse à la vérité. Il veut simplement s'assurer que vous avez touché le chèque.

Il se tourna vers moi.

— Nous n'avons pas souvent de vols dans la région, mais naturellement il n'est jamais conseillé de garder une grosse somme chez soi. Je suis le seul à savoir que Sid a touché une prime d'assurance. Il est naturel qu'il hésite un peu à le reconnaître devant un inconnu.

— Je vois. Je n'en parlerai à personne d'autre qu'à mes collègues, monsieur Potter. Vous avez donc bien reçu le chèque ?

— Oui, lâcha-t-il à regret. Dix mille dollars pour lesquels je vous remercie beaucoup. J'ai demandé au docteur d'aller les toucher pour moi à Holoyke. Ils sont bien cachés. Rien à craindre. Il n'y a que Minnie et moi pour savoir où ils sont.

— C'est tout ce que je désirais apprendre. Ceci met un terme à mon enquête, docteur.

Quand nous remontâmes en voiture la femme était toujours derrière ses rideaux à nous épier. En me retournant, j'aperçus un jeune homme d'une vingtaine d'années qui sortait de la grange d'où il avait apparemment guetté notre départ. J'attirai sur lui l'attention du docteur qui jeta un coup d'œil par-dessus son épaule.

— C'est Sid, le fils aîné. Il est aussi timide que sa mère. Je suppose que vous l'avez aperçue derrière les rideaux de sa cuisine ?

— Hum... Je comprends à présent pourquoi un courtier d'assurances qui ne serait pas de la région n'aurait aucune chance de réussir par ici.

A notre retour en ville il était l'heure de déjeuner. Le docteur me proposa de prendre mon repas avec lui et m'emmena dans un café sur la place, probablement celui où se trouvait le shérif lors de ma visite au palais de justice.

Le docteur connaissait tous les clients et me présenta à eux. Je fis la connaissance du shérif, un homme d'âge mûr, assez gros et qui s'appelait Tom Gaines, ainsi que du D.A. Charles Hayes, un chauve à peu près du même âge. On me présenta aussi à un groupe de fermiers et de commerçants. Nous nous assîmes à la même table que le shérif et le D.A.

Emma Pruett entra alors que nous choisissions le menu. « B'jour, patron », dit-elle au docteur. Puis elle sourit au D.A. et ajouta : « B'jour, patron. »

Nous nous levâmes et le shérif avança une chaise pour qu'elle puisse s'asseoir avec nous.

— Le shérif est pour ainsi dire la seule personne du palais de justice à ne pas être mon patron, me déclara-t-elle. Je suis l'assistante et la secrétaire de tous les autres.

— C'est vrai, et vous travaillez pour le docteur Parks, n'est-ce pas ? Vous m'avez dit que vous étiez, entre autres, secrétaire du coroner.

— Plus secrétaire de l'officier de santé et de l'officier d'état civil. Il est les trois à la fois.

— Vous êtes officier d'état civil ? demandai-je, surpris, au docteur.

— Nous avons tous de multiples attributions, répondit-il en souriant. C'est une charge très importante. Elle me rapporte cent vingt dollars par an.

— Le docteur est aussi chef postier, ajouta le D.A. C'est pour ainsi dire lui qui gouverne le comté.

Étonné, j'interrogeai des yeux le médecin.

— Voilà encore un travail harassant, soupira-t-il. Le fourgon postal arrive de Holoyke tous les matins à dix heures. Quelquefois il y a jusqu'à une douzaine de lettres ou de paquets. Je trie le courrier entre dix heures et dix heures un quart, puis un vieux copain du nom de Joe Husbands le distribue. Joe reste en permanence à la poste, excepté quand il fait sa tournée de facteur, pour peser les paquets et vendre les timbres. Il a bien six clients par jour.

— C'est un endroit qui déborde d'activité, ironisa le shérif. L'an dernier j'ai opéré huit arrestations, toutes pour ivresse publique ou tapage intempestif.

Après le déjeuner le docteur m'accompagna jusqu'à ma voiture. Je m'engageai sur la place avec l'intention de la contourner pour prendre le chemin du retour, quand je me souvins soudain d'une remarque de Sidney Potter et aussi d'une explication fournie à ce dernier par le docteur alors que nous étions à la ferme. Une pensée fantastique me traversa l'esprit. Changeant d'idée je stoppai devant le palais de justice.

Cette fois le shérif était dans son bureau. Il m'adressa un sourire de bienvenue.

— Shérif, connaissez-vous Paul Manners ?

— Manners ? Non, je ne pense pas.

— Il est courtier d'assurances et habite R.D.1, à ce qu'on m'a dit.

Il secoua la tête, l'air intrigué.

— Le seul qui place des assurances ici est, que je sache, le docteur Parks. C'est même lui qui m'a établi ma police.

Après tout mon idée n'était pas si fantastique. En fait, c'était la solution logique. Je remerciai le shérif et pris congé de lui.

Dans le couloir, Emma Pruett était de nouveau à son poste derrière son comptoir.

— Pourrais-je encore consulter les registres ? lui demandai-je.

— Volontiers. C'est un soulagement d'avoir, pour changer, quelque chose à faire.

Nous retournâmes au bureau d'état civil. Consultant les notes que j'avais prises sur Paul Manners, je cherchai d'abord son acte de naissance. Il était daté du 2 avril 1918. Sur sa demande d'inscription à l'examen de courtier d'assurances, il avait donné Gertrude Booker comme nom de jeune fille de sa femme avec 4 juin 1920 pour date de naissance. Il y avait gros à parier que ces renseignements figuraient eux aussi en bonne et due forme sur les registres.

Pour voir jusqu'où avait été le docteur, je demandai à Emma de rechercher leur acte de mariage. Je n'en connaissais pas la date mais ce ne pouvait être avant 1936 car Gertrude n'aurait alors eu que seize ans. Partant de cette année-là, Emma remonta les pages du registre et trouva trace du mariage en 1940.

Je lui fis alors rechercher les actes de naissance des cinq personnes à la mort desquelles on avait versé les primes d'assurances. Ils étaient parfaitement en règle. J'étais certain que dans les cas du grand-père de quatre-vingts ans et des trois femmes mariées je trouverais, dûment portées sur les registres, la date de naissance de leur conjoint ainsi que la date de leur mariage, mais je ne pris pas la peine de les y rechercher.

— Y a-t-il plusieurs entrepreneurs de pompes funèbres en ville ? demandai-je à Emma.

— Non. Seulement Gerard Boggs. Un peu plus loin que la maison du docteur Parks.

— Merci. Vous m'avez été d'un précieux secours.

Après un bref entretien avec l'entrepreneur je retournai chez le docteur. Il sembla un peu surpris de me revoir, mais m'invita poliment à le suivre dans son cabinet.

Nous nous assîmes et j'attendis, pour prendre la parole, qu'il eût rallumé sa pipe :

— J'étais sur le chemin du retour lorsqu'une phrase prononcée par Sidney Potter et une remarque que vous avez laissée échapper quelques instants plus tard, me sont revenues à l'esprit. Potter a dit que vous lui aviez conseillé l'assurance-vie comme moyen d'économiser. Il n'a pas parlé de Paul Manners. Il a parlé de *vous*. J'aurais pu laisser passer la chose en me disant que Potter était venu vous demander conseil après avoir été contacté par le courtier si vous n'aviez mentionné, un peu après, que seuls Potter et vous saviez que la compagnie d'assurances avait envoyé un chèque. Dites-moi un peu, pourquoi Paul Manners qui a placé l'assurance et certainement aidé Potter à formuler sa demande de paiement, ne saurait-il pas que l'argent a été versé ?

Le docteur tira sur sa pipe et me dévisagea à travers la fumée.

— Je n'ai pas pensé à Paul. Il est au courant, cela va de soi.

Je ne pus m'empêcher de sourire.

— Vous comptez vous battre jusqu'au dernier souffle, n'est-ce pas, docteur ? Je suis retourné au palais de justice depuis que nous nous sommes quittés. Vous vous êtes livré à un travail d'artiste sur les registres d'état-civil. Il y est écrit noir sur blanc que Paul Manners et sa femme sont nés, ont grandi et se sont mariés. Les cinq cas de typhoïde ont leur vie soigneusement portée sur les registres, eux aussi. Sur le papier ils sont tous nés, ont grandi, se sont mariés et sont morts. A l'exception du jeune

Herman Potter, bien entendu. Lui, il est simplement né, a grandi jusqu'à dix-huit ans et est mort.

Le docteur leva les sourcils.

— De quoi parlez-vous donc ?

— Je reviens de chez l'entrepreneur de pompes funèbres. Il se rappelle s'être occupé de l'enterrement d'Herman Potter, mais il n'a jamais entendu parler des quatre autres victimes de la fièvre typhoïde.

Le docteur se pinça les lèvres.

— De plus, ni Emma Pruett, ni le shérif, ni l'entrepreneur n'ont entendu parler de Paul Manners, ce qui est plutôt bizarre si l'on considère qu'il est l'unique courtier d'assurances du comté, est né ici et y a vécu toute sa vie. Le shérif dit que c'est vous qui placez les assurances.

— Hum... fit le docteur.

— C'est très subtil de votre part de m'avoir emmené chez monsieur Potter. Herman Potter est bien mort de la fièvre typhoïde, n'est-ce pas ? Je suppose que c'est ce qui vous a donné l'idée pour les autres. Vous avez créé votre petite épidémie personnelle, en assurant puis faisant mourir des gens qui n'ont jamais existé que sur le papier.

La pipe du médecin s'était éteinte. Il la ralluma et tira quelques longues bouffées.

— Pourquoi avoir pris le risque de m'emmener voir Potter, docteur ? J'étais sur le point de repartir. Vous avez dû avoir des sueurs froides là-haut, à la pensée que j'allais peut-être parler de Paul Manners. Et pendant le déjeuner, ça a dû être pire encore.

Retirant sa pipe de sa bouche, il me dévisagea avec tristesse et amertume.

— Impulsion, monsieur Quinn. Ce n'était pas prémédité. Sur le moment il m'a paru sage d'endormir complètement vos soupçons, au cas où de futures demandes de remboursements venant de la région tomberaient sous vos yeux. Ce n'est qu'après avoir formulé mon invitation que j'ai pensé au risque que je courais de vous voir mentionner devant Potter le nom de Paul Manners. Vous inviter à déjeuner fut ma seconde erreur. Je n'en avais pas spécialement l'intention : malheureusement, étant courtois de nature, je n'ai pu m'en empêcher.

Je le contemplai, à la fois séduit et amusé.

— C'est la fraude la plus ingénieuse que j'aie jamais vue, docteur. Vous avez bien deviné que les compagnies d'assurances ne se montreraient pas méfiantes si le médecin ayant signé l'acte de décès des assurés était le même qui leur avait fait passer l'examen médical à l'époque où ils avaient pris leur assurance-vie, surtout dans une si petite commune. Mais vous saviez qu'ils n'accepteraient jamais que ce docteur soit aussi l'homme qui avait placé les polices. Vous avez donc inventé un Paul Manners sur le papier, vous avez potassé pour passer l'examen d'état et vous vous y êtes présenté en son nom. En tant que chef postier, tout le courrier sans exception vous passe entre les mains. Quand des lettres adressées aux personnes que le faux Paul Manners avait indiquées comme références sont arrivées du bureau des licences, vous ne les avez évidemment pas données à distribuer. Vous avez rédigé vous-même les réponses en envoyant des recommandations chaleureuses. Tout au moins à deux reprises. Vous étant donné vous-même comme référence, la troisième fois vous n'avez pas eu à faire de faux. De la même façon vous avez intercepté les chèques de paiement envoyés aux bénéficiaires inexistants des quatre décédés imaginaires. Parmi les autres polices que vous avez placées, combien ont été à des personnages de votre invention ?

— Environ la moitié, avoua-t-il à voix basse. Je n'en ai réellement placé qu'une douzaine. Les autres sont plutôt une charge financière. J'avais l'intention d'enregistrer quelques décès supplémentaires.

— Pourquoi avez-vous fait cela ? demandai-je. Un médecin ne devrait pas se trouver tellement à court d'argent.

Il ricana.

— Par ici, le médecin est payé en œufs, poulets et autres produits de ferme. Jusqu'à maintenant j'ai vraiment eu besoin de mon salaire de postier et de ce que me rapportent mes diverses charges administratives. Et puis, je voulais construire ma clinique.

Après une pause, il ajouta avec candeur :

— Un peu de gourmandise est venu s'y ajouter. Je n'ai mis de côté que la moitié de l'argent pour la clinique. Je gardais le reste pour les voyages dont j'ai toujours rêvé. Je ne pense pas que vous vous laisseriez corrompre ?

Le considérant pensivement, je m'enfermai dans le silence. Au bout d'un moment, je répondis doucement :

— Essayez toujours.

— Hum. Combien ?

— Avant de fixer un chiffre, voyons donc les services que je peux rendre en plus de mon silence. Si, à mon retour, je décerne à Paul Manners un certificat d'honorabilité, il est hautement improbable que vous soyez de nouveau inquiété. A supposer même que quelque chose vienne réveiller les soupçons de l'association, il est à peu près certain qu'on me confierait l'enquête puisque c'est moi qui l'ai commencée.

Il m'adressa son sourire le plus charmeur.

— Votre promptitude à vous laisser corrompre m'amène à soupçonner que vous pensez à votre coûteuse amie. Ce n'est pas cela qui résoudra votre problème, car quoi que vous puissiez gagner, elle exigera toujours davantage. Mais c'est votre affaire. Combien ?

— Cinquante pour cent, y compris les quarante mille que vous avez déjà touchés.

Il fit la moue.

— La clinique m'a déjà mangé vingt-cinq mille dollars. De plus, les primes de mes assurés fictifs me coûtent cher et je trouve que les dépenses ne devraient pas reposer entièrement sur moi. Il ne reste environ que dix mille à partager.

— Soit. Cinq mille maintenant et cinquante pour cent sur toutes les opérations futures, moins les frais de primes. Ça vous convient ?

— C'est nettement mieux que d'aller en prison, fit-il avec le sourire.

Me levant, je lui tendis la main grande ouverte.

— A présent, si vous voulez bien me remettre mes premiers honoraires de cinq mille dollars, je vais reprendre la route. Nous nous écrirons régulièrement.

Parks alla chercher l'argent dans sa chambre et nous nous séparâmes bons amis quelques minutes plus tard, moi avec cinq mille dollars en poche et un avenir infiniment plus prometteur.

The monster-brain.
Traduction de Michel Girard.

L'INDICE CHIFFRÉ

par CHARLES EINSTEIN

Le détective privé Nelson Hollister, dit le Cerveau, s'assit confortablement dans un fauteuil et croisa les jambes.

— J'imagine que ma visite ne vous réjouit pas particulièrement, remarqua-t-il.

— Au contraire, répondit le commissaire Wapsand. Nous sommes toujours heureux de voir un vieil ami. N'est-ce pas, Inspecteur ?

L'inspecteur Bates esquissa un sourire.

— Vous connaissez mon avantage sur la police ? reprit le Cerveau. Elle raisonne par déduction mais moi je cherche à comprendre. D'où mon originalité.

— Je vous l'accorde, dit Wapsand, mais je vous avouerai que je vois mal la distinction entre déduction et compréhension.

— Imaginez que vous entriez dans une salle de classe dont le tableau noir est couvert de chiffres. Quelle serait votre conclusion ?

Le Commissaire haussa les épaules.

— Je supposerais qu'on y enseigne les mathématiques.

— Vous déduiriez donc de la présence de chiffres sur le tableau qu'on enseigne les mathématiques dans la classe mais que savez-vous de cette science ?

— Presque rien.

— Nous y voilà. J'ai récemment eu l'occasion de montrer la différence entre compréhension et déduction en venant en aide à un état d'Amérique centrale. Le vice-président de ce pays ayant été assassiné lors de cérémonies officielles organisées en son honneur, la police avait arrêté un innocent, présumé coupable pour avoir simplement été présent au moment de l'attentat. Elle avait, en effet, déduit des circonstances de l'assassinat que son auteur n'avait pu prendre la fuite.

— Et alors ?

— J'ai fait remarquer à l'inspecteur chargé de l'enquête que la victime, autrefois, avait travaillé dans un cirque comme funambule. Or, elle avait à l'époque pour ennemi juré un homme canon. C'était lui l'assassin.

— Pourquoi ?

— Parce que le seul moyen d'échapper à la surveillance de la police était précisément de se faire propulser par un canon, poursuivit le Cerveau. Vingt et un coups de canon ont été tirés en l'honneur du vice-président.

— Vous feriez mieux de nous laisser en paix, intervint l'inspecteur Bates.

— Quelle idée ? J'ai entendu dire qu'une affaire présentait pour vous des difficultés. Je suis venu pour vous aider.

— De quelle affaire voulez-vous parler ? s'enquit le Commissaire.

— L'assassinat de Philips.

— Cette enquête n'a posé aucun problème. Comme vous le savez, sans doute, la victime a été découverte la main refermée sur un morceau de papier déchiqueté. Il portait le numéro de téléphone du neveu de Philips, celui qui s'est manifesté pour toucher l'héritage de son oncle. J'ai alors mené rondement l'enquête. L'indice...

Le Cerveau interrompit le Commissaire d'un geste de la main.

— Vous voyez ! Je vous surprends en flagrant délit de déduction alors que vous n'avez pas compris la situation.

— Expliquez-vous !

— Si la victime avait voulu dénoncer son neveu, pourquoi aurait-elle écrit son numéro de téléphone plutôt que son nom ?

Wapsand fouilla sa poche à la recherche de sa pipe.

— Je vous accorde ce point mais quelle est la différence ?

— J'imagine que Philips avait ses raisons pour indiquer un numéro de téléphone.

— Mais puisqu'il s'agissait du numéro du neveu l'indication équivalait à donner son nom.

— N'avez-vous jamais pensé qu'il pût s'agir d'un numéro erroné ?

— Et pourquoi ? intervint l'Inspecteur.

— Parce qu'il n'y a aucune raison qu'un homme à l'agonie ne puisse se tromper de numéro. Les gens bien-portants commettent bien cette erreur fréquemment.

— Et alors ? souffla le Commissaire.

— Eh bien, l'assassin porte certainement un nom très commun. Consultez l'annuaire à la recherche d'un abonné portant un nom très courant — comme John Jones ou Bob Smith — et dont le numéro est presque identique à celui du neveu de Philips. Vous aurez votre homme.

— Je ne comprends pas votre raisonnement, dit le Commissaire en rallumant sa pipe d'une main hésitante.

— C'est pourtant simple. Si la victime a écrit un numéro de téléphone, c'est précisément parce que l'agresseur portait un nom commun. Si elle avait écrit Jones ou Smith quelle conséquence en auriez-vous tirée ? On compte dans ce pays des centaines de milliers de Jones et de Smith. Philips a voulu vous laisser un indice qui vous conduirait à coup sûr à l'assassin. Malheureusement, il s'est trompé de numéro.

— Faut-il libérer le prisonnier ? demanda timidement l'Inspecteur.

— Non, répondit Wapsand, indifférent puis, s'adressant au Cerveau : Je regrette d'avoir à vous communiquer cette précision mais le neveu a d'ores et déjà avoué son crime.

Le Cerveau se raidit.

— Alors, dit-il en se levant, j'ai l'honneur de me retirer de cette affaire. Vous ne consentirez pas, évidemment, à pousser un peu plus loin votre enquête ? Le neveu pourrait protéger quelqu'un. Une personne dénommée Jones par exemple.

— Le neveu s'appelle précisément Jones, répondit laconiquement le Commissaire.

The Episode of the telephone number.
Traduction de Philippe Barbier.

LE VENDEUR DE PULQUE[1]

par HAL ELLSON

La grande cloche de bronze de la vieille cathédrale sonnait l'heure. Luis Mendoza, le vendeur de pulque, leva la tête, compta onze coups et ressentit le silence qui retombait sur la place dépeuplée. Le moment d'aller au rendez-vous fatal était venu.

Il se leva du banc, s'attendant presque à sentir le joug de bois sur sa nuque et le poids des deux énormes jarres qu'il trimbalait de par la ville depuis le lever du soleil jusqu'à la venue de l'envahissante obscurité surgie du désert. Se déplaçant à pas rapides à travers la place vide, il franchit l'ombre épaisse projetée par les orangers chargés de fruits, dépassa la fontaine, puis se dirigea tout droit, par-delà le caniveau, vers le Bâtiment Municipal, qui se dressait, sombre et muet, dans sa splendeur décrépite. Une demi-douzaine de motocyclettes de police s'échelonnaient au bord du trottoir en face du

1. Boisson fermentée tirée de l'agave du Mexique. *(N.d.T.)*

Commissariat Central. A l'intérieur, debout tête nue devant un bureau, un mendiant en haillons tentait de plaider sa cause auprès du policier de service. Un autre clochard gisait recroquevillé sur un banc derrière les barreaux de bois d'une minuscule cellule. Mendoza fronça les sourcils et poursuivit son chemin, tournant au coin pour s'engager dans une rue étroite où les ténèbres l'engloutirent. Émergeant sur une grande place qui paraissait plus déserte encore que la précédente, il la traversa et s'engouffra dans une autre rue étroite qui ressemblait beaucoup à celle où il habitait. Ses maisons étaient délabrées et silencieuses ; aux fenêtres grillagées, pas une seule lumière ne révélait la présence d'occupants.

Parvenu à mi-longueur de la rue, il s'arrêta net et regarda en arrière. Le trottoir, comme la chaussée, était obscur et désert. Personne ne l'avait suivi, et personne n'était au courant du rendez-vous, sauf les trois, là, à l'intérieur. Il demeura un moment immobile, hésitant : pourrait-il mener sa tâche jusqu'au bout ? L'échec semblait tellement plus probable que le succès. D'autres avant lui avaient échoué lamentablement, finissant sous la terre, exécutés par les gardes du Général. Brusquement, en un sursaut, il décida de foncer et pénétra à l'intérieur de la maison. Trois hommes l'attendaient dans un petit patio faiblement éclairé par l'anémique lumière jaune d'une lampe à pétrole. L'un d'eux, âgé, avait des cheveux blancs et un visage pâle, émacié. Les deux autres, plus jeunes, étaient bruns de cheveux et de peau, comme lui, avec, dans le regard, cette même étrange douceur masquant la colère qui couvait en eux.

Le vieil homme, c'était Don Gonzalo Aponte,

professeur sans étudiants, aristocrate sans biens. Le Général Macia l'avait privé de son poste à l'université, dépouillé de l'hacienda familiale, une demeure à fière allure bien que menaçant ruine, et s'était approprié le domaine environnant. L'ordre avait été signé par le Gouverneur, qui n'était rien de plus qu'une marionnette. L'objectif du Général était clair : démolir Don Gonzalo Aponte et lui briser le moral.

Le moral d'Aponte était loin d'être brisé, mais il était vieux et affaibli ; à lui seul, incapable de riposter pour se venger. Cependant, d'autres que lui haïssaient le Général. Quelques-uns avaient eu le courage de se liguer avec Aponte, une douzaine d'hommes en tout — et neuf étaient déjà morts, abattus par les gardes du Général lors de trois tentatives avortées d'assassinat. Les journaux, travestissant la vérité à la requête du Général, les avaient qualifiés de bandits.

Aponte considéra Mendoza et, pensant aux morts, abattus et ensevelis dans le désert, hocha la tête.

— Ainsi donc, vous êtes venu, dit-il, tout en jaugeant la maigre et noueuse silhouette du vendeur de pulque.

— J'avais dit que je viendrais, répliqua Mendoza, haussant légèrement les épaules.

Aponte indiqua du menton l'homme jeune à sa droite.

— Votre ami, Esteban, vous a recommandé. Vous savez ce que vous risquez ?

— Je le sais très bien.

— Neuf hommes sont déjà morts.

— Ils ont été malchanceux.

— Mourir, c'est toujours un manque de chance. Si vous désirez renoncer...

— Pas du tout, au contraire.

Le visage du vieil homme s'éclaira d'un faible sourire.

— Être aussi déterminé, c'est rare, pour le moins ; une question, pourtant : pourquoi tenez-vous à courir pareil risque ?

— Parce que je suis pauvre, Señor. L'argent sera le bienvenu.

— Beaucoup de gens sont pauvres, sans pour autant...

— Ils se contentent peut-être de leur misère.

— Alors, ce qui vous motive, c'est uniquement l'argent ?

Mendoza fronça les sourcils, puis secoua la tête.

— Le Général est malfaisant, les gardes sont de sales bêtes. On peut les tuer sans scrupules. En particulier Pancho Negron, qui a assassiné mon ami. Il doit mourir.

Aponte hocha de nouveau la tête et croisa les mains, faisant miroiter un fugitif instant le diamant d'une bague.

— Vous êtes prêt à agir, fin prêt ?

— Oui, Señor.

— Alors ce sera pour demain. Vous connaissez la résidence du Maire ?

— Je la connais.

— A midi, trois autos seront là, ainsi que les gardes. La voiture du milieu sera pour le Général. Les gardes surveilleront la rue. L'un d'eux escortera le Général de la résidence du Maire à la voiture. Une douzaine d'hommes, tous armés. (Un accès de toux secoua le vieil homme ; une toux sèche, nerveuse. Il réprima la quinte en pressant un poing sur ses lèvres et fixa Mendoza.) Une douzaine d'hommes, répéta-t-il.

— J'ai compris, dit Mendoza.

— Vous n'aurez aucune aide. Tout paraît être contre vous.

— C'est un pari hasardeux, concéda Mendoza. Du douze contre un, mais je possède quand même un avantage.

Ne voyant pas lequel, Aponte demanda à être éclairé.

— C'est très simple, expliqua Mendoza. Je suis un homme seul, insignifiant, un pauvre vendeur de pulque. Les gardes ne m'estimeront pas dangereux ; ils ne se méfieront pas et l'élément de surprise sera de mon côté. Et puis, j'ai mon plan.

— C'est-à-dire ?

Mendoza esquissa un sourire.

— C'est quelque chose que je préfère garder pour moi. Si ça réussit, ou pas, vous le saurez demain.

Aponte regarda à tour de rôle les deux hommes qui l'encadraient et haussa les épaules.

— Comme vous voudrez, lâcha-t-il en se retournant vers Mendoza.

— Et maintenant, pour le paiement ? s'enquit le vendeur de pulque.

— Je vois que vous n'avez pas oublié ça.

— Ni ma famille, rétorqua Mendoza. C'est pour eux que je fais ça.

Aponte inclina gravement le front.

— Demain matin, à la Cantine des Matadors, vous aurez votre argent. Pour ce qui est de votre mission, je vous souhaite bonne chance.

Mendoza balaya l'air de la main.

— J'ai besoin de plus que ça. (Une pause.) Dites une prière pour moi.

Sur quoi, il tourna les talons et partit.

Quand la porte se fut refermée derrière lui, Aponte secoua la tête.

— Un type brave, une tête brûlée, un inconscient, ou bien...

— Ou bien quoi ? dit Esteban.

— Peut-être est-il de leur bord.

— Non, il est régulier.

— Peut-être, mais si c'est de l'argent qu'il veut, il pourrait aller trouver le Général. Pour lui, ce serait payant de nous trahir.

— Je me suis porté garant. Il ne nous trahira pas.

Encore une fois, Aponte hocha la tête.

— Souhaitons-le. Nous verrons demain, mais je me demande quel peut bien être son plan.

— Quel qu'il soit, c'est une opération suicide. Il est possible qu'il tue le Général, mais il n'échappera pas aux gardes.

— Il a peut-être envie de mourir.

— Non, mais il est pauvre ; les pauvres sont toujours désespérés et parfois poussés par le désespoir.

— Il m'a paru très calme, dit Aponte en se soulevant péniblement de son fauteuil.

La fatigue creusait son mince visage, ses mains commençaient à trembler. Ses deux compagnons le remarquèrent et s'apprêtèrent à partir. Au moment où, ayant pris congé, ils se dirigeaient vers la porte, Aponte les retint.

— A propos, pour le paiement, dit-il à Esteban. Vous feriez bien de laisser l'argent, proprement empaqueté, au barman, juste pour le cas où...

— J'ai confiance en Mendoza. Je le lui remettrai moi-même, dit Esteban.

***

Il était encore tôt ; s'arrachant au silence du

sommeil et de la nuit, la cité s'éveillait, commençait à vibrer de clameurs et de bruits. Tandis que la cloche de bronze de la cathédrale assenait l'heure, Mendoza traversa la place et s'arrêta devant l'immense porte centrale, dont les figures sculptées, toutes vermoulues, rongées par la pourriture sèche, étaient à demi effacées. Il franchit le porche et pénétra dans la nef obscure. Elle lui parut d'abord vide, mais il distingua sur les dalles une silhouette agenouillée, enveloppée d'un châle noir, d'où lui parvenait un murmure indistinct ; des cierges clignotaient sur l'autel, dispensant une lueur pâle. A sa gauche s'ouvrait une chapelle sombre, semblable à une grotte. Il y pénétra et ressentit la froideur ambiante, la totale immobilité de l'air. Les flammes d'une demi-douzaine de cierges, pareilles à des bijoux blancs, faisaient luire les pommettes lisses et cirées d'un saint ; un saint foncé, basané, du même sang que lui. Il s'agenouilla devant la statue et se mit à prier.

Ensuite, Mendoza retourna chez lui. Elle serait longue, cette matinée seulement ébauchée ; se sentant soudain très las, il s'allongea sur son lit. Il avait à peine fermé les yeux quand il entendit un son familier qui amena un sourire sur son visage. Sa petite-fille, venant d'à côté, traversait la maison ; ses petits pieds nus faisaient comme un clapotement. Parvenue au patio, elle alla saluer, caresser et mignoter l'agneau favori, attaché à un pieu, du jeune fils de Mendoza.

Ceci fait, elle rentra dans la maison, alla droit au lit de Mendoza quêter son baiser matinal, puis le quitta ; il s'endormit un sourire aux lèvres. Elle revint peu après, mâchonnant un beignet et portant une tasse de café fumant. Elle la partagea avec lui et repartit, emportant la tasse vide ; il retomba dans le sommeil. La voix de sa fille le réveilla ; elle l'appelait de la cuisine pour le petit déjeuner — des tortillas, avec de la sauce pimentée, et du café. Quand sa fille l'eut laissé, pour aller vaquer dans sa propre maison, il alluma une cigarette et sortit dans le patio. Un mois plus tôt, une vague de froid rigoureux et inattendu avait frappé l'avocatier et l'oranger, tuant toutes les hautes branches, stoppant la nouaison. Le souvenir de cette catastrophe l'assombrit d'abord, mais voici que là, dans la chaleur du matin, il voyait apparaître de nouvelles pousses, de tendres feuilles, sur les branches basses. Cette renaissance le rasséréna et il sourit, songeant à ces rameaux issus de lui : sa fille, son fils, sa petite-fille. Vous mourez, mais vous continuez de vivre en eux, ils vivent pour vous, se disait-il, avec une sorte de joie triste.

Un moment plus tard, son fils, Julio, sortit à son tour sur le patio. Il avait des cheveux noirs et luisants avec une peau couleur vieux bronze, comme son père.

— Tu as mangé ? dit Mendoza.

Le garçon inclina la tête.

— Bon.

Mendoza alla à l'arrière du patio, où l'agneau était attaché, sous un abri rudimentaire ; il en sortit le joug de bois et le hissa sur ses épaules. Les deux énormes jarres, suspendues de chaque côté, s'équilibraient. Le garçon lui apporta son sombrero.

— Allons-y dit-il, et ils s'en furent, l'homme et son lourd fardeau, le garçon pieds nus, une tasse à la main, tendue devant lui.

A présent, le soleil tapait fort, rendant les rues torrides. Mendoza ressentait la pénible pression du joug, la pesanteur des jarres. La sueur inondait son visage, sueur dont le sel lui piquait les yeux. Pas question de se plaindre, pourtant. C'était bon d'être en vie, d'entendre l'allègre appel de son fils — « Ici, pulque ! Ici, pulque ! » Oui, mais maintenant cela se muait en une lamentation stridente, lacérant l'air ensoleillé, transperçant son cœur — une voix innocente, terrible dans son inconscience, annonçant l'imminence du désastre.

Ils contournèrent la place, parvinrent au marché infesté de mouches, imprégné d'odeurs fortes, parfois fétides, traversèrent un pont et débouchèrent sur une zone chaotique, à l'aspect dévasté, où des chèvres erraient au hasard dans les rues défoncées, creusées d'ornières ; une zone de cabanes croulantes et de masures en adobe. A onze heures, ils retraversèrent le pont, s'assirent sur les talons auprès d'un éventaire du marché, avalèrent un brouet au maïs et mangèrent des tortillas ; puis ils se rendirent à la Cantine des Matadors.

Là, Mendoza posa par terre les deux jarres, de plus en plus pesantes, et franchit la porte de façade, passant sous un panneau qui proclamait : « Entrée des Taureaux ». Esteban l'attendait à l'intérieur. L'argent lui fut remis par-dessus une bouteille de bière. Mendoza sortit par une porte latérale, où un autre panneau signalait : « Par Ici Les Taureaux Morts ». Son fils l'attendait au coin de l'établissement. Il lui tendit l'argent, grossièrement enveloppé dans un papier brun douteux, et lui dit :

— Quoi qu'il arrive, ne perds pas ça. Mets-le sous ta blouse.

— Qu'est-ce que c'est ? demanda Julio.

— Laisse donc, t'inquiète pas. C'est pour toi, pour ta sœur et pour la petite.

Le garçon fourra l'argent sous sa blouse, et Mendoza replaça le joug sur ses épaules. Je peux mourir, mais ils auront de l'argent, se dit-il, faisant signe à son fils d'avancer.

De nouveau, le garçon lançait son appel à la ronde : « Ici, pulque ! Ici, pulque ! »

La chaleur était à son comble et les rues se vidaient. A midi moins une, ils tournèrent au coin du pâté de maisons où se dressait la résidence du Maire. Trois autos stationnaient juste en face de la demeure, sorte de pièce montée en stuc blanc, coiffée de tuiles rouges, ornée de fer forgé. Neuf gardes, dont Pancho Negron, se tenaient debout, au repos, sur le trottoir. Trois autres étaient assis, au volant, dans les voitures. A part eux, il n'y avait personne dans les parages.

« Ici, pulque ! » cria Julio, et Mendoza ressentit soudain plus fort que jamais le joug sur sa nuque, et surtout la lourdeur des jarres. Une pour le pulque, une pour la mort, songeait-il ; une fois encore le garçon lança son appel.

Petit homme trapu, large d'épaules, au visage grêlé de petite vérole, Pancho Negron darda un regard vif, vaguement hargneux, en direction de Mendoza et de son fils. Les autres, indifférents, les ignoraient ; rien à craindre d'un gamin et d'un minable vendeur de pulque.

— Écoute-moi bien, chuchota Mendoza à Julio. Quand je te dirai de courir, décampe et cours aussi vite que tu pourras.

Le garçon parut intrigué, mais ne posa pas de question. Derechef, il lança « Ici, pulque ! », et Mendoza jeta un coup d'œil inquiet vers la maison du Maire. Aucun signe du Général. Ralentissant le pas, il s'arrêta finalement devant Negron et se déchargea de son fardeau.

— Un peu de pulque, Señor ? dit-il, prenant la tasse à son fils.

Negron fit la grimace et secoua la tête.

— Dans cette tasse sale où toute la ville a trempé les lèvres ?

Il cracha pour souligner son dégoût.

Haussant les épaules, Mendoza porta une cigarette à ses lèvres ; du coin de l'œil, il vit la porte du Maire s'ouvrir et le Général sortir de la maison. Les gardes se raidirent aussitôt, vigilants ; l'un d'eux s'empressa d'aller à sa rencontre pour l'escorter jusqu'à la voiture. Mendoza froissa son paquet de cigarettes vide et dit à Julio :

— Va m'acheter un autre paquet au coin. Allez, cours.

Le garçon hésitait. Une sèche calotte le fit décamper. Les gardes ricanèrent. Mendoza écouta décroître le clapotement précipité des pieds nus du jeune fuyard, en serrant les dents, puis il se retourna et vit à trois mètres environ, le Général, personnage courtaud et laid, avec, dans sa face ronde, deux petits yeux profondément enfoncés sous un front proéminent ; une face de brute ; les petits yeux évoquaient ceux d'un reptile.

Négligemment, Mendoza alluma sa cigarette et laissa flamber l'allumette ; dans le soleil éclatant, la flamme était à peine visible. Mendoza écarta les doigts ; le pâle, minuscule et apparemment inoffensif brandon tomba dans une des jarres au moment où le Général se courbait pour, en une contorsion bizarre, se glisser dans la voiture. Une terrible explosion volatilisa tout dans les abords immédiats, hommes et choses, et se répercuta loin alentour.

Un lourd silence suivit la déflagration. Puis la cloche de la cathédrale se mit à sonner à toute volée, dominant une cacophonie de cris divers et de clameurs confuses. Mendoza, le vendeur de pulque, avait accompli sa mission.

The Pulque Vendor.
Traduction de Philippe Kellerson.

CONSCIENCE PROFESSIONNELLE

par Douglas Farr

Le chef de la police se renversa dans son fauteuil de cuir, posa les pieds sur son bureau d'acajou et ordonna :

— Lieutenant, parlez-moi donc de l'affaire Morgan.

Le lieutenant hésita un instant avant de dire :

— Il y a dans cette affaire un certain nombre de coïncidences curieuses, chef...

— Des coïncidences, eh ?

— ... C'est pourquoi j'ai fait des suppositions...

— Vous avez fait des suppositions ! répéta le chef de la police, tandis qu'un froncement de sourcils précurseur d'orage venait assombrir son large visage. Des suppositions ! Pour qui vous prenez-vous donc, lieutenant ? Vous êtes policier, oui ou non ?... Bien sûr, il est plus facile de rester assis dans son fauteuil à faire des suppositions que d'aller recueillir des renseignements là où on a des chances d'en obtenir, pas vrai ?

Le lieutenant n'avait pas l'épiderme sensible ou, du moins après tant d'années passées sous les ordres du chef, il ne l'avait plus. En l'occurrence, il jugea plus diplomatique de s'humilier devant une intelligence supérieure à la sienne.

— Voulez-vous me permettre de m'expliquer, chef ? demanda-t-il. A la vérité, j'ai bien besoin d'être guidé dans cette affaire, et j'aimerais que vous décidiez pour moi de la conduite à tenir.

Radouci, le chef fit un signe de tête compréhensif et ordonna :

— Continuez, lieutenant.

— Eh bien, tout d'abord, chef, ce Morgan est un cambrioleur.

— Un cambrioleur. Mais je croyais qu'il avait...

— Je veux dire : *était* un cambrioleur : je faisais encore des suppositions ! J'ai consulté le casier judiciaire de Sam, chef. Notre homme a été condamné pour cambriolage en 1976, mais sa bonne conduite lui a valu, au bout de deux ans et demi, une réduction de peine. Sam était, paraît-il, un prisonnier modèle, que ses gardiens ont regretté de voir partir. Bref, à la fin de l'année 1978, il a été relâché et n'a jamais été repris depuis. Voilà le fait numéro un. Fait numéro deux : Sam ne peut donner qu'un compte rendu très vague de la façon dont il a vécu pendant ces dix dernières années. Il a fait de petits travaux par-ci par-là, bien entendu, mais ce ne sont probablement que des couvertures. Son premier, son plus grand amour, c'est le cambriolage. Sam est un cambrioleur professionnel.

— Est-ce là une supposition, lieutenant ?

— Oui, chef, une supposition basée sur l'expérience que le contact avec toutes sortes de criminels m'a permis d'acquérir. Mais Sam n'est pas un cambrioleur du type qu'on rencontre communément : il fait partie de ce qu'on pourrait appeler la vieille école. C'est un homme de petite taille, très mince, agile, rapide : on dirait un chat. Et, comme le chat, il est capable de se faufiler à peu près partout. Il est d'un abord doux et poli, et on ne lui connaît pas de vice. Il ne cambriole pas pour acheter de la drogue, ni pour entretenir des femmes de mauvaise vie. Pas du tout ! Il est cambrioleur parce qu'il a un don naturel pour le cambriolage. C'est ce qu'il aime par-dessus tout, et il ne se considère pas comme un criminel. C'est d'ailleurs un cambrioleur sympathique, une sorte de gentleman-cambrioleur, si on peut dire, espèce malheureusement en voie de disparition.

— Hélas ! soupira le chef de la police avec nostalgie.

L'humeur débonnaire dont faisait montre son interlocuteur redonna du courage au lieutenant.

— Maintenant, chef, dit-il, je vais faire de nouvelles suppositions au fur et à mesure que je retracerai pour vous l'histoire de Sam. Si vous voulez bien patienter un peu, je vous présenterai d'autres faits, d'autres coïncidences ; mais, pour le moment, je dois me contenter de formuler des suppositions. Sam a, je crois, pour associé dans le crime, un autre individu qui possède un passé de cambrioleur : Sidney Tepper...

— Tepper ! Vous voulez dire...

— Je constate, chef, que vous commencez à tirer vos propres conclusions, interrompit vivement le lieutenant. Mais permettez-moi de poursuivre. J'admets que je ne possède aucune preuve — et ne peux pas en obtenir — que Sam Morgan et Sidney Tepper aient été associés pendant ces dix ans. Je me contente de le supposer. Voyez-vous, chef, leurs talents se complètent en quelque sorte. Ils forment une équipe parfaite. Sam est très doué pour s'introduire chez les gens, et Sidney s'entend parfaitement à forcer les portes, de même qu'à placer l'argent gagné. Sam est l'artiste et Sidney l'homme d'affaires : vous admettrez que c'est là une bonne équipe, chef ?

— Oh ! bien sûr, mais...

— Maintenant, je vais vous rappeler une autre affaire, chef, l'affaire Garman. Vous vous souvenez bien de Max Garman ? Permettez-moi de me livrer à des conjectures sur ce qui a pu — je dis bien : a pu — arriver à Max Garman. Cette année-là — en fait c'était en 1978 — notre ami Sam Morgan était vendeur dans un magasin de chaussures. Or — et ceci, je l'ai vérifié — Sam ne s'intéressait pas beaucoup à ce travail. Il se présentait au magasin à peu près un jour sur deux et, quand il était là, il ne vendait pas beaucoup de chaussures. Le propriétaire du magasin m'a dit qu'il l'avait gardé comme employé uniquement parce que Sam avait l'air d'un brave garçon. Alors, ce travail, c'était peut-être tout bonnement une couverture, vous ne croyez pas, chef ?

— Si, peut-être.

— Très bien. Supposons maintenant que Sam et Sidney travaillent ensemble en 1978. L'affaire Garman est exactement de celles qui réclament des talents comme les leurs. Chez Garman, on trouve des bijoux et des fourrures à profusion, parce qu'il aime à gâter sa femme, Leona ; par contre, il n'y a pas beaucoup d'argent en espèces. Les portes sont munies de bonnes serrures, mais c'est sans importance pour Sam. Maintenant, chef, admettons que

Sam et Sidney se soient trouvés chez Garman un certain soir de 1978...

Le chef retira ses pieds du bureau et se redressa sur son siège. Le froncement de sourcils avait reparu.

— Vous faites de la théorie, lieutenant, remarqua-t-il.

Mais le lieutenant n'avait pas l'intention de se laisser interrompre dans son exposé, et il savait à l'occasion, faire usage de la flatterie.

— Non, chef, répondit-il, je suis en train de vous présenter un ensemble de faits, de coïncidences et de possibilités ; et ensuite, c'est à vous que je demanderai de bien vouloir en tirer des conclusions.

Le chef observa un moment son subordonné d'un œil soupçonneux, puis, satisfait sans doute de la soumission qu'il constatait chez lui, il se calma et reprit sa position initiale, les reins bien calés dans le fauteuil, les pieds sur le bureau.

— Continuez, lieutenant, dit-il.

— Mettons donc que ce soient Sam et Sidney qui aient fait le coup. Nous ne pouvons pas en être certains, bien entendu, mais nous pouvons le supposer. C'est probablement Sam qui est entré chez Garman le premier ; peut-être même Sidney n'y est-il pas entré du tout, parce que les événements se sont déroulés trop vite pour lui en laisser le temps. En tout cas, en pénétrant dans la maison, Sam a éprouvé une surprise désagréable : cela, je l'ai vérifié grâce au témoignage de Leona Garman. Ce soir-là, par extraordinaire, Leona et son mari ont eu une discussion orageuse, à la suite de laquelle Max a décidé d'aller coucher sur le canapé du salon. Vous imaginez, chef, un cambrioleur pénétrant dans une maison et trouvant le maître de céans endormi sur un canapé ? Sam n'a guère de force dans les bras. Il n'a jamais frappé personne. D'ailleurs, il n'a pas l'intention de se battre : tout ce qu'il veut, c'est entrer tranquillement dans la maison et en ressortir de même. Mais Garman est là, sur le canapé. Il se réveille — à moins qu'il ne soit pas encore endormi. Toujours est-il qu'il entend entrer Sam. Et il a un revolver. (Rappelez-vous, chef, ce revolver dont on a pu contrôler qu'il appartenait bien à Max Garman.) Il s'en empare et tire sur Sam dans l'obscurité, mais le manque. Une bagarre s'ensuit. Sam est mince et agile. Max est gros et lent. Sam n'a l'intention de tuer personne : tout ce qu'il désire, c'est s'en aller. Mais cet imbécile de Max ne veut pas abandonner la partie, d'où une bagarre terrible, au cours de laquelle Max est tué avec son propre revolver. Or, tout ce que Sam cherchait à faire, c'était à défendre sa vie ; il a donc tué Max en état de légitime défense.

— L'homicide commis par un cambrioleur sur les lieux de son forfait est considéré comme un assassinat, non comme un acte de légitime défense, prononça le chef de la police d'un ton sentencieux.

— Oui, chef, c'est entendu ; mais on ne peut en vouloir à Sam d'avoir tiré pour éviter qu'on ne tire sur lui.

— En supposant que c'était bien Sam qui se trouvait chez Garman cette nuit-là.

— Bien sûr, chef, en le supposant. Et maintenant permettez-moi de continuer. Comme vous le savez, l'affaire Garman n'a jamais été résolue. Et, vous vous en souviendrez certainement aussi, elle a eu droit à une publicité terrible dans les journaux. Ceux-ci ont fait paraître des articles d'une tristesse poignante sur ce malheureux homme tué alors qu'il défendait son foyer, ainsi que sur sa veuve et les deux orphelins qu'il laissait derrière lui. Mais j'en reviens à mes suppositions. Serait-il surprenant que Sam Morgan, ayant suivi ces récits dans les journaux, ait éprouvé des remords de ce qu'il avait fait ? Rappelez-vous, chef, qu'il s'agit d'un cambrioleur de la vieille école, d'un homme doté d'une conscience.

— En admettant que ce soit Sam qui ait tué Garman ?

— Bien entendu, chef, en l'admettant.

Le chef de la police fixa le plafond d'un regard méditatif. Rien ne permettait de déterminer son humeur du moment. Sa voix était unie, impassible. Suivait-il l'exposé que lui faisait son subordonné, ou bien guettait-il la première faute de celui-ci pour la relever vertement.

— J'attends la suite de vos histoires à dormir debout, lieutenant, dit-il simplement.

Le lieutenant avala sa salive. Quinze années de services dans la police lui avaient appris un certain nombre de choses. Et si, comme il l'avait déclaré, Sam Morgan possédait une conscience, lui aussi en avait une. Il devait donc poursuivre la tâche qu'il s'était fixée. D'ailleurs, même s'il l'avait voulu, le chef ne lui aurait plus permis de se taire. Quinze années dans la police...

— Bien, chef, dit-il. Les déclarations du marchand de chaussures ont été assez difficiles à vérifier, parce qu'il ne possédait, bien entendu, aucun dossier concernant Sam Morgan. Mais il s'est rappelé que, à peu près à l'époque où Max Garman a été tué, Sam n'était pas venu travailler chez lui pendant deux ou trois semaines. Qu'est-ce que Sam a bien pu faire pendant deux ou trois semaines ? Peut-être — je dis bien : peut-être — a-t-il été pris d'un scrupule de conscience ? C'est un homme doux, qui n'a jamais fait de mal à une mouche, et le voilà tout à coup devenu un meurtrier. Et puis, ces récits, ces photos de la veuve et des deux orphelins, que publient les journaux, le torturent. Sam a le cœur tendre et la pensée que, par sa faute, une femme charmante a perdu son mari, deux gentils enfants n'ont plus de père, le rend fou... L'aveu de son crime ne serait d'aucun secours à ces malheureux. Qu'est-ce qu'il pourrait bien faire pour les aider ? Une seule chose, se dit Sam après mûre réflexion : remplacer Max Garman auprès de sa famille.

Le chef de la police jeta, par-dessus son bureau, un coup d'œil en biais à son subordonné.

— Sam Morgan a épousé la veuve de Max Garman, cela nous le savons, répondit-il d'un ton neutre.

— Oui, chef, nous le savons. J'ai fait ma petite enquête à ce sujet, voyez-vous, en m'efforçant de ne pas dévoiler mes batteries. J'ai posé des questions aussi subtiles que possible à Sam et à sa femme, l'ex-Mme Garman. Je voulais essayer de savoir comment ils s'étaient rencontrés, pourquoi ils s'étaient mariés. Je n'ai pas pu apprendre grand-chose, mais j'ai tout de même obtenu le renseignement que voici. Sam a fait pour la première fois son apparition dans la vie de Leona Garman environ un mois après la mort de Max. Il lui a raconté, sans donner beaucoup de détails, qu'il avait connu Max autrefois et qu'il serait heureux de pouvoir rendre service à sa veuve. Les enfants l'ont d'emblée pris en affection, ce qui lui a donné un prétexte pour revenir. Au cours des mois suivants, Sam a fait de fréquentes visites aux Garman. Que complotait-il ? Avait-il en tête, dès le premier jour, d'épouser Leona, ou bien voulait-il simplement se montrer un fidèle compagnon pour elle, et une chose en a-t-elle amené une autre ? Quoi qu'il en soit, lorsque le temps requis par les convenances s'est écoulé, la veuve Garman est devenue Mme Sam Morgan. Cet arrangement plaît-il réellement à Sam ? Franchement, je n'en sais rien, car il n'en dit jamais plus long qu'il n'en faut. La nouvelle Mme Morgan n'est plus de la première jeunesse, et c'est loin d'être une beauté. Mais peut-être que Sam est heureux parce qu'il estime avoir fait son devoir, payé sa dette envers la société.

— En admettant toujours, reprit le chef, que Sam ait tué Max Garman.

— Naturellement. Mais il reste cependant un point à élucider. Nous ne savons pas, et n'avons aucun moyen de savoir, si Sam connaissait bien Max, comme il l'a affirmé à sa veuve. Et, s'il a dit vrai, comment le connaissait-il ? Nous n'avons à ce sujet que la parole de Sam, puisque Max est mort. Pourquoi soudainement, comme s'il était tombé du ciel, Sam s'est-il mis à fréquenter la maison des Garman et à jouer avec les orphelins ? C'est là une coïncidence étrange, chef, vous ne trouvez pas ?

— Hum, hum...

— Et maintenant, voici le dernier morceau du puzzle, reprit le lieutenant. Qu'est devenu Sidney Tepper et que fait-il pendant tout ce temps ?

— A supposer que Sidney Tepper soit le complice de Sam ?

— Justement.

— Avez-vous questionné nos indics ? Avez-vous

découvert quelque chose permettant d'affirmer que Sidney et Sam étaient associés, ou même qu'ils se connaissaient ?

Le lieutenant toussota d'un air embarrassé. C'était là le point faible de l'affaire et il le savait. Mais même s'il l'avait voulu, il était incapable de mentir.

— J'ai opéré des recherches minutieuses sur ce point, chef, mais ça n'a rien donné.

— Cependant, on pourrait penser...

— Oui, chef, on pourrait penser que, si Sam et Sidney étaient complices, quelqu'un l'aurait su. A moins... à moins que Sam et Sidney ne se soient montrés particulièrement réservés et habiles, ce dont je les crois capables. C'est d'ailleurs ce qui explique qu'ils n'aient jamais été pris une seconde fois, ni l'un ni l'autre. Ils étaient malins, et avaient su tirer parti de leurs erreurs de jeunesse.

— Hum, hum...

— Parlons donc de Sidney, à présent, poursuivit le lieutenant. Se trouvant avec Sam la nuit où celui-ci se voit contraint de tirer sur Max, il est aux yeux de la loi, coupable d'assassinat lui aussi. Mais il ne possède pas la conscience de Sam, et peut-être est-il moins tenaillé par le remords, du fait que ce n'est pas lui qui a pressé la détente de l'arme. En tout cas, il se fait tout petit ; on n'entend plus parler de lui. Peut-être son association avec Sam est-elle définitivement dissoute. Mais Sidney, lui aussi, lit les journaux, comme tout bon cambrioleur qui se respecte. Cependant, la lecture de ces récits attendrissants sur la veuve et les deux orphelins ne le fait pas pleurer. Et puis, un an plus tard, son regard est attiré par la publication de bans : Sam Morgan épouse Leona Garman. Voilà deux noms qui lui sont familiers, mais ils appartiennent à deux personnes dont il ne s'attendait certes pas à ce qu'elles se marient ! Selon toute apparence, Leona ignore qui est réellement Sam, mais ce dernier sait parfaitement qui est Leona. Pourquoi diable, se demande Sidney, Sam épouse-t-il la veuve de l'homme qu'il a tué ? Et il trouve à cette question une réponse totalement différente de celle que s'était faite Sam.

— Laquelle ?

— Eh bien, chef, il considère que les mobiles auxquels Sam a obéi n'ont rien d'humanitaire. Sidney se livre sans doute aux mêmes recherches que moi, et découvre que Max Garman possédait une belle petite assurance sur la vie — d'un million de dollars, en fait. C'est une somme assez coquette pour permettre à Sam de fermer les yeux sur le fait que Leona n'est ni une jeunesse ni une beauté, et d'oublier qu'un meurtrier ne devrait pas épouser la veuve de l'homme qu'il a tué.

— Alors, Sidney a pensé au chantage ? demanda le chef de la police, qui avait croisé les mains en un geste de prière.

— Exactement ! répondit le lieutenant avec enthousiasme : le chef avait besoin qu'on l'encourageât dans ses suppositions.

— Et ensuite ?

— Ensuite, Sidney prend contact avec son vieil ami Sam. Très carrément, il lui pose la question qui le tracasse et, en entendant la réponse de Sam, il se met à rire. La conscience ? Sidney ne sait pas ce que c'est ! Sidney est un cynique et, comme vous l'avez noté, chef, c'est en même temps un maître chanteur. Il exige de Sam sa part du butin. Sam se met sans doute en colère, mais il comprend que Sidney peut lui causer des ennuis. « C'est bon », lui répond-il. « Tu penses que j'ai épousé Leona pour son argent, mais comment te figures-tu que je puisse t'en donner une partie ? Même si c'était moi qui gérais la fortune de ma femme, comment veux-tu que je lui explique pour quelle raison je t'aurais fait cadeau d'une liasse de billets ? Je ne peux tout de même pas lui dire la vérité, hein ? » Sur ce point, Sidney, étant un type qui comprend les choses, se montre d'accord. En fait, il a sans doute pensé lui-même à cette difficulté. « Tu ne peux pas expliquer à ta femme pourquoi tu m'as donné de l'argent », dit-il à Sam, « mais tu peux veiller à ce qu'une certaine somme traîne chez toi, une certaine nuit. Et tu peux veiller aussi à ce qu'il ne soit pas trop difficile de pénétrer dans la maison.

Le chef de la police plissa les lèvres d'un air pensif.

— Ce n'est pas une mauvaise idée que Sidney a eue là, remarqua-t-il, en admettant...

— Bien sûr, chef, en admettant... La question est réglée, la date fixée. Sidney, revenant à son ancien métier, s'introduit de nuit dans la maison de Garman devenue celle de Sam Morgan. Et l'histoire se répète en quelque sorte ; mais, cette fois-ci, elle se termine d'une façon toute différente. Sam n'a pas eu de discussion avec Leona, mais il attend cependant au salon, dans l'obscurité. Et il a un revolver, tout comme Max en avait un. Mais il est plus agile que ne l'était Max et il tire mieux. Sachant que le premier versement fait à un maître chanteur est rarement le dernier, il tue Sidney du premier coup, d'une balle dans le cœur.

Le chef ôta ses pieds du bureau et se redressa pesamment.

— C'est exactement ce qui s'est passé, dit-il. Sam Morgan a tiré sur un inconnu qui s'était introduit illégalement chez lui. Il était parfaitement dans son droit en luttant pour protéger son bien : il a agi en état de légitime défense.

— Absolument, chef. Et nous ne pourrons pas toucher un cheveu de la tête de Sam tant que cette histoire de légitime défense tiendra.

Le chef plongea son regard dans celui de son subordonné avant de s'enquérir :

— Eh bien, tient-elle, oui ou non ?

— Au premier abord, oui, chef. Mais il y a ces coïncidences dont je vous ai parlé : le casier judiciaire de Sam, qui porte une condamnation pour un seul cambriolage ; son curieux dossier professionnel à sa sortie de prison ; le fait étrange qu'un ancien cambrioleur épouse la veuve d'un homme qui a été tué par un cambrioleur ; et enfin, ces deux cambriolages qui ont eu lieu, à quelques mois d'intervalle, dans la même maison et qui, tous les deux se sont terminés par la mort d'un homme.

— Allons donc, lieutenant, vous dites des bêtises ! Vous ne pouvez pas arrêter Sam Morgan, et encore moins le faire condamner, sur des preuves qui n'en sont pas !

— Non, chef, je m'en rends bien compte.

Le chef de la police se leva péniblement, faisant grincer le fauteuil sous son poids.

— Alors, à quoi riment tous ces boniments ? Que diable attendez-vous de moi ? tonna-t-il.

— Je voudrais que vous me disiez ce que je dois faire, chef, répondit le lieutenant de son ton le plus humble. Je pourrais effectuer d'autres recherches, essayer d'obtenir d'autres renseignements. Je pourrais aussi cuisiner Sam et poser à sa femme des questions très personnelles que je n'ai pas encore eu l'occasion de lui poser...

— La police n'a pas pour mission de tourmenter d'honnêtes citoyennes comme Leona Morgan, lieutenant.

— Alors, chef, que dois-je faire ? Considérer l'affaire comme terminée, ou me livrer à d'autres suppositions ?...

Cette question fit littéralement exploser le chef de la police, qui était réputé pour ses débordements de fureur. Il parla pendant près de dix minutes. S'il ne congédia pas le lieutenant ou ne le fit pas rétrograder, c'est sans doute que l'idée ne lui en vint pas. Sa diatribe pourrait se résumer ainsi : « Vous ne ferez pas de nouvelles suppositions, lieutenant. Vous allez cesser d'être un détective de salon pour devenir un policier digne de ce nom ! Vous pouvez classer l'affaire Morgan ! »

Quant à la réponse du lieutenant, elle se limita à ces deux mots souvent répétés : « Bien, chef ! »

Et, après avoir entendu son supérieur vitupérer pendant dix minutes, le lieutenant sortit avec joie prendre un peu d'air frais. Il se sentait en pleine forme. Tout ce qu'il avait raconté au chef de la police était, à un ou deux détails près, parfaitement exact : il en était convaincu. Mais il avait reçu un ordre. L'affaire était close, et ce brave homme de cambrioleur ne serait pas inquiété.

Tout comme Sam, le lieutenant avait maintenant la conscience tranquille.

Sam's conscience.
Traduction de Denise Hersant.

LA COULEUR DU CRIME

par Bruce M. Fisher

J'aurais dû m'en douter.

Pourquoi, chaque fois qu'elle se rendait chez une certaine Mrs. Truffles que je ne connaissais ni d'Ève ni d'Adam et dont le nom ne figurait pas dans l'annuaire, Claire mettait-elle la superbe robe verte qui lui va à ravir ? Pourquoi n'était-elle rentrée que tard dans la nuit — minuit dix-sept, en l'occurrence — alors qu'elle m'avait sagement assuré qu'elle serait là à neuf heures ?

J'aurais vraiment dû m'en douter.

Peut-être avez-vous lu cette histoire dans le journal. Mais c'est peu probable, tellement le meurtre est devenu monnaie courante aujourd'hui. Et puis, qui s'intéresse à la vie d'une petite ville de 14 000 habitants ? De toute façon, notre gazette locale, l'*Ashburg Chronicle*, qui a monté l'affaire en épingle, est toujours restée à cent lieues de la vérité.

Je suis — je dois le reconnaître — plutôt enveloppé et dégarni. Au-dessus de mes yeux rapprochés, mes sourcils se rejoignent en une épaisse ligne noire broussailleuse. Mais ce n'était pas une raison pour que le *Chronicle* m'assaisonne de la sorte. Je ne laisserai pas une telle injustice passer. Les idées préconçues et le goût du sensationnel ne devraient pas l'emporter sur la vérité. Alors, si ce que j'écris vient jamais à être publié quelque part, j'enverrai à cette ordure de rédacteur en chef un exemplaire de l'article, avec une belle dédicace anonyme en rouge, histoire de le remettre un peu à sa place.

Et si les minables d'Ashburg le lisent aussi — ce qui ne saurait manquer car cette ville se nourrit d'énigmes —, ils attribueront sans doute le rapport au hasard, mais n'en apprendront pas moins une version totalement différente de celle du journal.

***

Lorsque Claire rentra donc, cette fameuse nuit, elle écouta patiemment mes remontrances, un sourire angélique aux lèvres.

— Restons-en là pour aujourd'hui, finis-je par grommeler. Si nous décidions plutôt de quelle couleur peindre la maison ?

Quelques années auparavant, nous avions acheté une ancienne ferme dont le prix et l'isolement relatif — malgré la proximité d'Ashburg — nous avaient séduits. De plus, les voisins n'étaient guère nombreux le long du mauvais chemin caillouteux qui traversait les collines et les bois avant de rejoindre la grand-route à deux pas du pont.

Claire, qui était lasse du blanc à lisérés verts que nous avions trouvé, désirait quelque chose de plus doux — beige à lisérés bleus, par exemple. Le beige me convenait, mais je voyais plutôt des liserés rouge sombre.

— Cinquante litres devraient suffire, dis-je. Quarante pour les murs et dix pour les liserés. Je me demande à combien ça va nous revenir.

— De toute façon, nous n'avons pas le choix, trancha Claire. Et puis ça nous durera bien au moins dix ans.

Sur ce point en tout cas elle avait mis dans le mille, car je suis plutôt du genre à les lâcher avec des élastiques.

— Si j'allais chez David ?

— David Wambold ? reprit-elle en haussant les sourcils. Il n'est pas marchand de couleurs, il tient une quincaillerie.

— Il vend aussi de la peinture. Et ça fait longtemps que je ne l'ai pas vu.

***

Le lendemain, je visitai quelques magasins spécialisés en peinture et papiers peints. Mais leurs prix exorbitants et ma vieille amitié pour David Wambold me conduisirent rapidement à sa quincaillerie dans Columbine Row.

Il était en blouse blanche et parlait à son unique employée, Miss Warren, une jolie brune aux hanches généreuses. Je souris à l'idée de tout ce que cet homme me devait, bien qu'il n'en eût jamais rien su. Comme nous avions fait toute notre scolarité ensemble, je lui avais demandé d'être témoin à mon mariage. Il avait bien piètre allure ce jour-là, lorsqu'il me tendit d'une main tremblante la bague que je glissai au doigt de Claire. Il n'y avait d'ailleurs là rien d'étonnant, car il avait toujours eu cet air de chien battu. Sans moi, que serait-il devenu ?

Cela remontait au jour où il était entré chez Truft — le meilleur tailleur pour hommes de la ville — avec l'intention d'acheter un complet. Quelque chose de classique, avait-il précisé. Avec son air sombre et sa silhouette anguleuse, une coupe classique lui aurait carrément donné une allure de pasteur ou de croque-mort. Mais des couleurs gaies ne l'auraient pas avantagé non plus, son veston à rayures bleu ciel en portait témoignage. « Classique, oui, avais-je repris. Je vous verrais bien dans un tweed marron par exemple, mais pas trop sévère. Avec une pointe de rouge pour l'égayer un peu. »

Il avait la tête dure. Je lui montrai tous nos complets. Je sortis tous nos tissus, lui collant sous le nez celui qui à mon sens lui raviverait un peu le teint. Il amorça un mouvement de repli vers la porte. Je le retins par le bras. « C'est exactement ce qu'il vous faut, clamai-je. Vous ne trouverez mieux nulle part ailleurs. Si avec ça vous ne devenez pas la coqueluche de Columbine Row, je vous rembourse ! »

Il suivit mes conseils. Peu après, il achetait un magasin et devenait son propre patron. Ce qui prouve qu'il est bien difficile de s'habiller et qu'on a toujours besoin des conseils éclairés d'un homme de l'art.

Telle était donc la raison de mon amitié pour David Wambold.

Je m'avançai, la main tendue.

— David !

Il eut un brusque mouvement de recul.

— Jim ! Quel bon vent t'amène ?

— La peinture, répondis-je. Dis donc, ça fait des

siècles qu'on ne s'est pas vus. Pourquoi ne viens-tu plus nous voir ?

— Les affaires, fit-il en soupirant. Je n'ai pas une minute à moi. Claire va bien ?

— Très bien. Il faudra que tu passes un de ces soirs, ajoutai-je avec un large sourire. Tu sais que tu es toujours le bienvenu.

L'achat de ce costume avait fait de David un autre homme. De pâle, inodore, incolore et sans saveur, il était devenu comme par un coup de baguette magique le chéri de ces dames. Claire ne faisait pas exception. Après avoir essayé en vain de lui coller Gladys Winkler entre les pattes, elle avait remis ça par deux fois avec deux autres de ses amies, mais avait tout de même fini par renoncer devant l'inutilité manifeste de ses efforts.

— Qu'est-ce que tu veux, comme couleur ? s'enquit David.

— Du beige. Claire ne peut plus voir le blanc en peinture, répondis-je finement.

Il me conduisit au fond du magasin où des centaines de pots étaient entassés sur des rayonnages, et me fourra un énorme catalogue entre les mains.

— Choisis.

Choisir ? Il en avait de bonnes ! Comment choisir parmi des milliers d'échantillons d'un centimètre sur deux de toutes sortes de teintes différentes dont au moins cinq cents rien que pour le beige ? Les choses avaient donc tellement changé depuis l'époque bénie de mon père et ses trois nuances, clair, moyen et foncé ?

— Écoute, commençai-je. Il ne me faut que quarante litres de beige et dix litres de rouge foncé.

— Eh bien, choisis, que je puisse faire le mélange.

— Le mélange ?

— Évidemment, fit-il avec un froncement de sourcils. Tu as déjà acheté de la peinture, non ?

— Jamais.

— Jamais ? Ce n'est pas possible.

— C'est pourtant vrai.

— Je vois. Apprends donc qu'à chaque couleur correspond une formule indiquée sous l'échantillon et qui correspond à un mélange bien précis.

— Ah bon ?

Incapable de faire mon choix dans l'incroyable variété des beiges qui allait du blanc crème à l'orangé, je feuilletai le catalogue d'un air ahuri jusqu'au moment où, sentant son regard rivé dans mon dos, je décidai que la plaisanterie avait assez duré.

— Celle-ci devrait aller, tranchai-je, péremptoire, en posant mon index sur un échantillon qui me semblait à peu près acceptable.

David nota le code sur son bloc, prit un pot de cinq litres de peinture blanche et l'ouvrit.

— Mais ce pot n'est pas plein ! protestai-je.

— C'est normal. Il faut laisser de la place pour les pigments.

Il déposa la boîte au centre du distributeur à pigments, sous le tube de verre central. Les innombrables cylindres disposés en couronne autour de la machine devaient contenir à peu près toutes les couleurs de l'arc-en-ciel.

Il pressa un bouton, et le tube central s'emplit en partie de pigment jaune. Puis, il actionna une manette, et le jaune tomba dans le pot de base blanche. Il consulta son carnet et répéta l'opération avec deux autres pigments avant de remettre le couvercle en place. Il appuya alors sur un dernier bouton. Trois énormes mâchoires vinrent agripper le pot et le mélangeur se mit en branle, tournant et retournant l'ensemble dans tous les sens d'abord lentement avant de prendre une telle vitesse que le mouvement finit par me donner le tournis. Je détournai les yeux vers le mur et fixai mon regard sur un calendrier arborant une créature de rêve en bikini allongée sur une plage de sable blond sous un ciel bleu azur. Lorsque David eut mélangé un deuxième pot, il voulut savoir ce que je pensais de la couleur.

— Jaune canari ! glapis-je. Tu as dû te tromper !

— C'est pourtant ce que tu m'as demandé, fit-il d'un air pincé.

— Pas question que je prenne ça. Voilà ce que je veux, déclarai-je en montrant du doigt le sable du calendrier.

Sans desserrer les dents, il mélangea quarante litres de la couleur en question.

— Et dix litres de rouge foncé ? demanda-t-il d'un ton sec.

— Rembourse-moi d'abord les dix litres de jaune canari.

— Te rembourser ? Mais tu n'as pas encore payé ! Et de toute façon, c'est impossible.

— Pourquoi ?

— Parce que je travaille à la commande.

— Tu n'as qu'à revendre les dix litres à quelqu'un d'autre.

— Personne n'en voudrait, même avec une réduction. Je suis désolé, Jim, mais personne ne t'a forcé.

— Ça c'est trop fort... Mais dis-moi, tu n'as qu'à transformer en rouge les dix litres en question et le tour est joué !

— Impossible.

— Quand on veut, rien n'est impossible.

— Ce jaune a été obtenu à partir d'une base blanche. Si la base était neutre, on pourrait à la rigueur essayer. Mais sur une base blanche, il n'y a rien à faire.

J'éclatai de rire.

— Écoute, David. Avec toutes les couleurs que tu as dans ta machine, je suis certain que tu peux faire n'importe quoi. Ne sois pas stupide !

— Tu n'as pas le droit..., s'étrangla-t-il, le visage crispé. Très bien, parvint-il à articuler après un long moment. Quelle couleur dois-je ajouter pour transformer ce jaune en rouge ?

— Je n'en sais rien, moi. C'est toi le spécialiste.

— Je ne réponds que des formules du catalogue. Tout autre mélange est effectué aux risques et périls du client.

— Vraiment ?

— Vraiment. Écoute, Jim, fit-il en baissant la voix. Pourquoi cherches-tu des histoires ?

— Moi ? Des histoires ? répliquai-je en ouvrant des yeux comme des soucoupes. A un ami d'enfance ? Tu plaisantes, j'espère !

— Alors tu n'es venu que pour acheter de la peinture ?

— Puisque je te le dis.

— Et si tu allais ailleurs, pour ton rouge ? Car moi, je ne peux te le garantir que sur une base neutre.

— Pour que je sois obligé de te payer les dix litres de jaune dont je n'ai pas l'usage ? Jamais de la vie !

Il secoua la tête avec l'air résigné du médecin qui ne peut faire entendre raison à un patient impossible, et plaça l'un des deux pots de jaune sur le mélangeur.

— Alors, qu'est-ce que tu veux, pour faire ton rouge ?

Enfin, on passait aux choses sérieuses ! J'examinai avec attention le distributeur de pigments. Pour obtenir du rouge foncé, il me sembla que le rouge s'imposait. Mais lequel ? Vermillon ou rouille ? Cette dernière teinte me sembla plus appropriée.

— Mets-moi donc une giclée de ça, fis-je en indiquant le tube en question.

— Une giclée ? Qu'entends-tu par là ? Ces pigments sont très puissants.

— Une bonne giclée, précisai-je. Je ne vais quand même pas t'apprendre ton métier !

Il fit passer le rouge brique dans le tube central.

— Arrête-moi quand ça suffira.

Fasciné, je laissai le tube s'emplir à moitié.

— Stop !

Les pigments s'enfoncèrent lourdement dans la peinture jaune, ne laissant qu'une minuscule trace rouge à la surface. David remit le couvercle en place et pressa sur le bouton pour lancer le mélangeur. J'allai faire un tour du côté du matériel électrique et ne revins qu'une fois l'opération terminée.

Comme tout écolier moyen vous le dira, le mélange du rouge et du jaune donne de l'orange. J'attendais donc de l'orange. De l'orange foncé, certes, mais de l'orange tout de même. Au lieu de cela, j'eus la surprise de découvrir une sorte de vague rose saumoné.

— Il va falloir me foncer ça, décrétai-je.

— Avec quoi ? Du noir ou du marron ?

— Ni l'un ni l'autre. Le rouge se fonce avec du

vert. Je ne sais peut-être pas grand-chose, mais ça, j'en suis sûr. Ajoute un peu de vert.

— Combien ?

— A toi de décider.

Grave erreur. Avec un rouge franc, le vert aurait sans doute accompli des miracles, mais avec mon rose saumoné, le résultat fut désastreux. De plus, le pot était plein à ras bord, ce qui donna à David une bonne occasion de mettre son grain de sel :

— Il va falloir arrêter. Il n'y a plus de place.

— Verses-en un peu là-dedans, fis-je, prenant un seau de plastique sur une étagère voisine. Tu n'auras qu'à mettre ça sur mon compte.

— C'était bien mon intention.

— Peut-être qu'en ajoutant un soupçon de bleu...

— Un soupçon de bleu, reprit-il en s'exécutant.

— J'espère que tu as tout noté. Parce qu'il nous faudra répéter l'opération pour le deuxième pot.

— Ne t'inquiète pas, fit-il, me montrant deux colonnes de signes cabalistiques inscrits sur son carnet. Dis-moi, Jim, tu penses vraiment pouvoir neutraliser cette base blanche pour obtenir ton rouge ?

— Parfaitement, m'obstinai-je. Du rouge ou la mort.

Il éclata brusquement de rire. D'un rire si sonore, profond et inextinguible qu'il dut à plusieurs reprises reprendre son souffle. Miss Warren — manifestement peu habituée à pareil comportement de la part de son patron — ainsi que les deux clients dont elle s'occupait ne purent retenir un sourire.

C'est alors que la vérité m'apparut, aveuglante. Je n'aimais pas David Wambold. Je ne l'avais jamais aimé, ni comme camarade de classe, ni comme témoin, encore moins comme marchand de couleurs.

Mais je me gardai bien de lui faire part de mes sentiments à son égard. Bien au contraire, pour éviter de perdre la face, je me mis à pouffer à mon tour, lui envoyai une grande claque dans le dos et essuyai des larmes d'hilarité.

— Du noir, parvins-je enfin à articuler. Essaie un peu le noir, pour voir.

Pendant qu'il s'exécutait, j'allai faire un tour du côté des tournevis. J'en examinai un pour voir s'il pouvait remplacer celui que Claire avait cassé, et le reposai.

— Je dois fermer, m'annonça David quand je le rejoignis.

— Encore une autre couleur, implorai-je. Puisque rien ne marche comme je l'espérais, je vais faire n'importe quoi, ça ne peut pas être pire. Mets-moi un peu de cet orange vif, pour voir.

— Très bien, fit-il avec un haussement d'épaules tout en adressant un signe de la main à Miss Warren qui partait.

Une fois l'orange vif tombé dans la mixture, je m'éloignai une nouvelle fois et tombai en admiration devant un superbe marteau arrache-clou à manche de noyer. Incapable de résister à la tentation, je soupesai longuement l'outil. Équilibre parfait, acier de première qualité. Plutôt cher, évidemment, mais c'était exactement ce qu'il me fallait pour remplacer mon vieux marteau pourri et...

— C'est encore pire qu'avant, claironna David.

— Vraiment ? (Que d'insolence et de mépris à peine voilés dans sa remarque délibérément provocante.)

— Regarde.

C'était une couleur encore inconnue dans notre monde, une sorte de mauve pâle vaguement perlé tirant sur le gris sale. Réprimant un frisson de dégoût, je m'arrachai un sourire.

— Tant pis, soupirai-je. Je pourrai toujours l'utiliser comme première couche sur les bardeaux les plus abîmés.

— Et maintenant, fit-il en me lançant un regard méprisant, ces dix litres de rouge à base neutre, je te les fais, oui ou non ?

— Vas-y.

Il s'exécuta. Je lui demandai la facture. Il disposa les douze pots sur le sol, s'essuya les mains et sortit son stylo.

— N'oublie pas le seau, ajoutai-je.

— Pas de danger. Et le marteau, tu le prends aussi ? (Je me rendis soudain compte que j'avais toujours l'outil en question à la main.)

— Je ne sais pas, fis-je, pris de court. Je le trouve un peu cher. Occupe-toi de la peinture, on verra après.

Il me fusilla du regard et se replongea dans ses comptes. Tenant le marteau comme un revolver et utilisant l'arrache-clou comme mire, je mis en joue le pot de couleur infâme. Le trop-plein de peinture avait débordé, laissant sur les côtés une épaisse couche nauséabonde, telle une vomissure hideuse au bord de la putréfaction. Incapable de détacher mon regard de cette horreur, je sentis une colère sourde monter en moi. J'avais une telle envie de réduire en bouillie ce pot de malheur que le marteau en tremblait dans ma main.

— Ça fera 203 dollars, toutes taxes comprises, annonça David.

— Quoi ? (La peinture sembla s'assombrir encore,

prenant la couleur d'une tranche de foie de veau pas frais.) Ça fait combien au litre ?

— Pour cette qualité, 2 dollars 80 *cents*. Ce qui fait 168 dollars pour soixante litres.

— Mais alors, pourquoi me demandes-tu 203 dollars ? (Le foie de veau ayant carrément tourné de l'œil, la peinture avait viré au vert.)

— Parce qu'il faut ajouter la main-d'œuvre et les honoraires pour préparation hors normes...

— Mais bien sûr !

— ... ce qui fait dix dollars. Sans compter les pigments supplémentaires que tu m'as demandés, et qui ne sont pas bon marché.

— J'aurais dû m'en douter ! (Des volutes de couleurs étranges et changeantes se formèrent autour du pot maudit et se mirent à tourner de plus en plus vite en un tourbillon vertigineux.)

— Désolé, mais ce n'est pas à moi de payer.

— A moi non plus ! hurlai-je, poussé à bout, en me retournant vers celui que j'avais trop longtemps pris pour un ami.

Le marteau s'abattit violemment, lui clouant le bec à jamais.

***

Un silence de mort tomba comme un linceul sur le magasin. Hébété, je regardai autour de moi.

A mon grand soulagement, je constatai que la peinture avait repris sa couleur mauve grisâtre. David gisait trois mètres plus loin, entre le rayon des couteaux de vitrier et celui des pinceaux.

A six heures passées, tout le monde était rentré dîner. Il n'y avait plus un chat dans Columbine Row et, d'une voiture, il était impossible de voir à l'intérieur de la boutique. Je ne perdis pourtant pas un instant. J'enfilai des gants de jardinage et nettoyai méticuleusement le marteau que je remis en place sur son étagère. Puis, j'empoignai un pied-de-biche.

Lorsque je repartis, après avoir mis les pots de peinture dans le coffre de ma voiture et entassé des dizaines d'outils électriques sur le siège arrière, la comptabilité de David était en ordre et la recette du jour — y compris mes 203 dollars — soigneusement rangée dans le tiroir-caisse. J'avais par ailleurs dans mon portefeuille une facture dûment tamponnée. Si la porte d'entrée était — comme d'habitude à pareille heure — fermée à clef, c'était simplement pour retarder la découverte du corps. Quant à la porte de derrière enfoncée, elle indiquerait que des cambrioleurs s'étaient introduits dans le magasin et que David, revenu par ce même chemin pour travailler après la fermeture, avait ainsi surpris les monte-en-l'air qui, pris de court, l'avaient tué avant de s'enfuir.

Je m'arrêtai au pont et descendis de voiture comme pour admirer le paysage. Ne voyant personne alentour, je sortis de la voiture les perceuses électriques, ponceuses et autres scies sauteuses que j'avais chargées et les jetai dans les eaux rendues si sombres par les usines installées autour de la ville. Je remplis les gants de cailloux et leur fis suivre le même chemin. Jamais on ne retrouverait les voleurs ni leur butin.

***

J'étais content de rentrer à la maison et passai une agréable soirée avec Claire.

Mais le lendemain à midi, la police vint m'arrêter pour le meurtre de David Wambold. Je n'arrivais pas à y croire. Comment avaient-ils bien pu s'y prendre pour découvrir si vite la vérité ?

Au commissariat, on m'apprit que Miss Warren avait déclaré nous avoir quittés la veille au soir dans les meilleures dispositions. Elle avait ajouté que son patron avait le matin même reçu un coup de téléphone qui, semblait-il, l'avait beaucoup inquiété.

Les enquêteurs se félicitaient que j'aie tenté de camoufler le meurtre en cambriolage car cela leur avait permis, dès qu'ils avaient remarqué que de nombreux outils manquaient, de se rendre directement au pont où ils avaient tout récupéré. C'était en effet le seul endroit entre la ville et ma maison où je pouvais les faire rapidement disparaître.

— Mais pourquoi moi ? criai-je. Quelle raison aurais-je bien pu avoir d'assassiner un vieil ami ?

On me mit au courant. Dans la lumière crue d'une sinistre pièce glacée, j'appris la vérité.

Ils s'y attendaient. La ville entière, depuis des mois au courant de la liaison entre Claire et David, retenait son souffle, se demandant fiévreusement ce qui se passerait lorsque je découvrirais le pot aux roses.

C'était bien ainsi que tout s'était passé — mais dans l'ordre inverse.

J'étais anéanti. Mais pas un instant je ne regrettai de l'avoir tué. Au moins ça leur montrait de quoi j'étais capable.

Je décidai alors d'y aller moi aussi de mon petit numéro.

— Bon boulot, dis-je au sergent de service qui

était assis avec les pieds sur le comptoir. Je vais en prendre au moins pour vingt ans.

— Peut-être pas, répondit-il. Avec les circonstances atténuantes que tu as, tu t'en tireras peut-être avec dix.

— Je veux bien en faire trente si on me dit quel est l'enfant de salaud qui m'a piégé.

— Piégé ? s'étrangla le policier dont les pieds retombèrent brutalement sur le plancher. Tu te fous de ma gueule ou quoi ?

— Je ne me fous de la gueule de personne. Si tu n'avais pas un petit pois en guise de cervelle, tu aurais remarqué comment les femmes regardaient David. Tiens, en ce moment, je te parie qu'il n'y a pas moins de quarante maris jaloux qui sautent de joie dans cette ville.

— Ah bon ? Et qui, s'il te plaît ?

— Toi, par exemple. Tu es de nuit assez souvent, non ? Tu as une femme ravissante, bien plus jeune que toi, et qui n'a pas d'enfants pour la...

Son visage de dogue s'empourpra.

— Non mais dis donc ! gronda-t-il en serrant les poings.

— David était très séduisant, fis-je de mon ton le plus innocent.

Lorsque le lieutenant nous rejoignit, le sergent le prit à part et lui chuchota quelque chose à l'oreille en me lançant des regards furibonds. L'officier éclata d'un rire sonore.

Je le dévisageai alors longuement. Son hilarité sembla s'étrangler dans sa gorge. Son long visage basané se crispa et le doute apparut dans ses yeux gris.

— Ce n'est pas vous non plus, laissai-je tomber en secouant lentement la tête.

— Bien sûr que c'est pas moi ! explosa-t-il. Norma n'aurait jamais... (Il tendit vers moi un index menaçant.) Nous savons que c'est toi ! Nous en avons la preuve !

J'esquissai une mimique dubitative.

— Il y a beaucoup de jolies femmes, dans cette ville. Ça pourrait être n'importe quel mari. Quelqu'un qui savait que j'allais chez David hier. Tout le problème est de découvrir qui.

— Ça m'étonnerait, siffla-t-il. Si ce n'est pas toi qui as tué David, alors pourquoi le meurtrier a-t-il volé les outils pour aller les jeter dans la rivière comme par hasard au pont qui mène chez toi ?

— Pour me faire porter le chapeau.

— Pourquoi te faire porter le chapeau à toi plutôt qu'à un autre ?

— D'abord parce que tout le monde était au courant pour Claire et David.

— Ensuite ?

Je baissai la tête et retins mon souffle. Quand je fus certain d'être rouge comme une pivoine, je redressai lentement la tête et lui lançai un regard désespéré.

— N'ayons pas peur des mots, lieutenant. Je n'ai jamais été populaire, ici. Vous ne m'aimez pas, le sergent ne m'aime pas, personne ne m'aime. Je suis peut-être un peu... constipé. Mais c'est comme ça. Vous n'êtes pas d'accord ?

Toujours furieux, les deux hommes ne desserrèrent pas les dents.

— Je ne savais rien de la liaison entre Claire et David. C'est vous qui m'avez mis au courant. Mais il semble qu'il y a un autre mari dans notre bonne ville qui n'a pas été aussi naïf que moi et qui a saisi l'occasion pour régler une affaire d'honneur en utilisant à son profit mon impopularité.

Personne — et les policiers moins que les autres — n'avait vu l'affaire sous cet angle. Au procès, ce fut du gâteau pour D.B. Griswold, mon avocat. Personne n'osa me regarder. De toute façon, Griswold avait tellement fait monter la mayonnaise que les braves gens d'Ashburg étaient tous bien trop occupés à s'observer furtivement les uns les autres.

Il n'en fallait pas plus pour le jury. Les charges retenues contre moi furent abandonnées pour insuffisance de preuves. Claire, blanche comme un linge, ne souffla mot pendant tout le trajet du retour.

De nos jours, il suffit de l'ombre d'un doute pour qu'une affaire change radicalement de couleur.

Tinting base.

Traduction de Dominique Wattwiller.

ATTENTION, HOMME DANGEREUX !

par C.B. GILFORD

Elaine Karnes entendit son mari rentrer la voiture dans le garage et commença de se sentir mal à l'aise car il ne vint pas dans la maison. Il était plus de sept heures ; la nuit commençait à tomber ; David aurait dû mourir de faim après avoir passé la journée au bureau puis fait le long trajet le ramenant chez lui, à l'extrême bord des faubourgs. Elle craignait que la viande fût trop cuite, et surtout elle était étonnée. Aussi sortit-elle pour aller le retrouver.

La première chose qu'elle remarqua, c'est qu'il avait allumé la lumière dans le garage. Elle hésita un moment dans l'allée, s'attendant à ce qu'il sortît. Mais il n'en fit rien. Puis elle entendit le bruit de l'eau qui coulait et vit le tuyau menant dans le garage. Son mari lavait la voiture — avant le dîner — et le faisait à l'intérieur du garage !

Elle n'alla que jusqu'à la porte et l'appela. Il devait être accroupi devant la voiture, parce que tout d'abord elle ne le vit pas, puis il finit par se redresser. Il ferma l'eau avant de la regarder. Elle ne voyait pas très nettement son visage, mais devinait qu'il avait des ennuis. Aussi alla-t-elle vers lui, en s'insinuant entre la paroi du garage et la voiture.

— David, que fais-tu ?

Maintenant elle le voyait mieux. Il avait repoussé son chapeau au-dessus de son front. Son visage mince et bronzé était étrangement pâle, avec un curieux éclat dans ses yeux bruns. L'eau avait largement éclaboussé son costume de tweed gris, mais il ne semblait pas s'en être rendu compte.

— Elaine, j'ai peut-être fait quelque chose de stupide. (Il parlait d'une voix tendue, pas tout à fait naturelle.) Peut-être même quelque chose de malhonnête, je n'en sais rien.

Elle le rejoignit et se jeta dans ses bras. Mais elle le sentit figé, sans chaleur, presque inamical.

— De quoi s'agit-il, mon chéri ?

— Tu te souviens de Pharaon, le chien de Vandrak. Le grand danois d'à côté ?

Si elle se souvenait de Pharaon ? Quelle question ! Elle songea au sentiment de malaise, de demi-peur qu'elle éprouvait chaque fois qu'elle le voyait. L'énorme chien sortait le plus souvent tenu en laisse, mais de temps en temps, il s'échappait et rôdait dans les bois séparant leur maison de celle des Vandrak. Et quelquefois, il venait se promener dans leur cour qu'il parcourait à petits bonds comme une bête de proie en quête de quelque charogne, reniflant, fouillant le sol de ses pattes comme s'il avait trouvé quelque chose digne d'intérêt. Dans des moments pareils Elaine restait dans la maison.

Jamais elle n'avait eu le courage de s'approcher du chien, ou d'essayer de le chasser de leur propriété.

— Eh bien, je l'ai heurté avec la voiture, Elaine. Je l'ai tué.

Elle ne put s'empêcher de se sentir soulagée en apprenant que c'était là ce qui tracassait son mari. C'en était donc fini maintenant de cet animal assommant.

— C'est juste après que je suis passé devant la maison de Vandrak, poursuivit rapidement David comme s'il pensait devoir se justifier aux yeux de sa femme. Tu sais comme les arbres font de l'ombre sur la route et, de toute façon, il commençait à faire nuit. Brusquement, le chien a jailli des bois devant la voiture. Je n'ai pas eu le temps de m'arrêter. J'ai essayé de braquer, mais je l'ai atteint quand même. Je l'ai heurté vraiment de plein fouet. J'ai dû le rejeter à environ trois mètres de la route. Alors je me suis arrêté, je suis descendu et j'ai regardé. Il gisait par terre. Je n'ai remarqué aucun signe de vie...

David hésita, et ses mains agrippèrent les épaules de sa femme. Ses yeux parurent fouiller son visage, pour y trouver de l'approbation, et la compréhension, ou quelque chose d'autre.

— Tu comprends, Elaine, j'avais un choix à faire. Le chien était déjà mort. Il ne me servait à rien de chercher de l'aide ou quoi que ce soit de ce genre. Mais je savais que c'était le chien de Vandrak et j'aurais dû le prévenir immédiatement, quand bien même ça n'aurait pas ressuscité le chien. Je crois que c'était la moindre des choses à faire. Seulement, voilà, ce chien nous avait toujours ennuyés ; et tu avais même peur de lui. Sans compter que Vandrak est un type tellement désagréable. Je savais ce qu'il dirait, que j'avais tué le chien exprès. Il ferait des histoires, un procès ou quelque chose. Je lui aurais volontiers payé la valeur du chien, mais je savais bien que ça ne lui suffirait pas. Il est vindicatif. On ne peut jamais savoir ce que va faire Vandrak ou comment il...

Il se tut, hors d'haleine, la suppliant du regard de le comprendre.

— Donc tu n'as pas prévenu Vandrak. Tu es remonté en voiture et tu es rentré à la maison avant qu'il te voie.

— Mais ce n'est pas tout à fait la même chose, objecta-t-il, sur la défensive, que de laisser un être humain sur la route.

— Je ne te blâme pas, David, lui dit-elle tout en se sentant bizarrement, inexplicablement troublée. Je suis sûre que j'aurais agi comme toi.

— J'enverrai de l'argent à Vandrak, anonymement. Je voulais simplement l'éviter, lui.

— Oui, je crois que tu devrais le dédommager.

— J'ai été obligé de laver la voiture. Il y avait du sang et des poils de chien sur l'aile, mais je pense y avoir remédié...

Et il désigna l'aile du doigt. Ce qu'il n'avait pu éliminer, c'était la bosse qu'elle faisait. Mais cela ne se remarquerait pas trop si on ne le cherchait pas. Le phare était intact.

— Je la conduirai dans un garage d'une autre ville, et je la ferai réparer dès que possible.

Elle hocha la tête et dit :

— Rentrons maintenant, j'ai de la viande sur le feu, mais nous allons d'abord prendre un verre.

— Avant tout, il faut que je lave le garage. Je te suis !

Elle le laissa et entendit l'eau couler de nouveau.

De retour dans la cuisine, elle servit deux bonnes rasades de whisky. Comme elle rebouchait la bouteuille, David rentra en disant :

— Il faut que je me change ; je suis tout mouillé.

*
* *

Elle l'attendit dans le living-room où elle avait allumé du feu dans la cheminée. La soirée était assez fraîche pour justifier un feu et il aurait été vraiment dommage de s'en priver alors qu'il y avait tant de bois autour d'eux. David finit par la rejoindre et elle lui tendit son verre. Ils s'assirent ensemble sur le divan, très près l'un de l'autre.

— Trouves-tu vraiment que j'ai eu raison ? demanda-t-il au bout d'un long moment.

— Chéri, je t'ai déjà dit que je t'approuvais.

— Je me suis conduit en lâche.

— Mais tu vas le dédommager. Que pouvais-tu faire de plus, d'ailleurs ? Après tout, c'était un accident. Tu n'y pouvais rien.

— Vandrak risque de me soupçonner. Il n'y a pas beaucoup de voitures sur notre route.

— Chéri, je t'en prie, ne va pas t'imaginer...

— Je ne pourrai pas faire réparer la voiture avant samedi. J'espère simplement que Vandrak n'aura pas l'occasion de la remarquer avant cela.

— Oublions Vandrak !

Il s'était arrêté de parler et s'était mis à boire son whisky à petites gorgées quand la sonnette de la porte se fit entendre. A ce bruit, Elaine se sentit frémir ; elle fut plus vive que David pour aller ouvrir.

Deux hommes se tenaient sur le seuil, l'un en

civil et l'autre en uniforme. Celui qui n'était pas en uniforme lui montra son portefeuille où son insigne de police brillait avec un vif éclat.

— Sergent-détective Riconda, se présenta-t-il. Est-ce bien la résidence de David Karnes ?

Elle fit un signe affirmatif.

— M. Karnes est-il rentré maintenant ? demanda-t-il.

Elle hocha de nouveau la tête, en essayant de paraître insouciante et de lutter contre cette terreur sans nom qu'elle avait déjà éprouvée. Pourquoi la police se dérangeait-elle à propos d'un chien ? Que leur avait donc raconté Vandrak ?

— Pourrions-nous parler à M. Karnes ?

Elle s'écarta pour leur livrer passage. David se leva pour venir les accueillir au centre du living-room. Le sergent Riconda alla droit au but.

— Monsieur Karnes, avez-vous été impliqué dans un accident il y a quelques minutes ?

Elaine se rendit compte que David était pâle, mais c'est d'une voix assez ferme qu'il répondit :

— Oui... oui, c'est exact.

— Et vous avez quitté les lieux de l'accident ?

— Oui...

— Après être d'abord descendu de voiture et vous être rendu compte que la victime était morte, n'est-ce pas ?

— Oui, je suis descendu et j'ai regardé le chien...

— Le chien ?

Un silence s'instaura avant que David ne confirme :

— Oui, le danois de mon voisin. C'est de cet accident que vous parlez ?

Le sergent Riconda était un vieux de la vieille et ne s'énerva donc point.

— Je crains que non, monsieur Karnes, je ne sais

rien d'un chien mort. Je vous parle d'un accident dans lequel une femme a été tuée.

David ouvrit la bouche pour parler, mais n'y parvint pas.

Riconda précisa :

— Votre voisine, Mme Paula Vandrak. (Il consulta sa montre.) Cela a dû se passer... il y a environ vingt minutes. M. Vandrak dit avoir entendu sa femme crier de la route. Il ne voyait pas ce qui se passait parce que sa maison est complètement coupée de la route par les arbres. Mais il a couru en direction des cris. Et il est arrivé juste à temps pour voir votre voiture s'éloigner. Il est sûr que c'était votre voiture, et de toute façon, il a relevé le numéro qui coïncide avec le vôtre. Et puis, Vandrak a découvert sa femme qui gisait sur la route, morte...

— Mais c'est un chien que j'ai heurté !

David avait retrouvé sa voix maintenant.

— Je le sais bien. Je l'ai bien vu, quand je suis descendu de voiture. Certes, je me suis enfui, et je n'aurais pas dû le faire. Mais ce n'est pas une femme que j'ai tuée ! C'est un chien.

Riconda avait véritablement l'air de n'y rien comprendre. Il échangea un regard avec l'agent en uniforme et haussa les épaules.

— Écoutez, dit brusquement David, une femme s'est peut-être fait tuer. Mais il y a également un chien mort, là-bas, n'est-ce pas ? Un danois ?

Dans le silence qui suivit, le sergent Riconda secoua longuement la tête. Mais il ne donnait pas l'impression d'un homme obtus. La sincérité de David semblait l'avoir touché ; son front se plissait.

— J'ai deux versions, dit-il finalement, la vôtre et celle de Vandrak, car nous avons le cadavre d'une femme et non celui d'un chien. Il y a encore un autre élément de preuve, toutefois : votre voiture. S'il y a du sang, des poils ou des choses de ce genre à l'avant de votre voiture, monsieur Karnes, nous pourrons savoir ce que vous avez heurté. Donc, si c'est un chien, vous n'avez aucune raison de vous tracasser.

C'est alors qu'Elaine vit son mari perdre contenance ; elle traversa la pièce en courant pour le rejoindre.

Il la prit dans ses bras, la tête si étroitement serrée, qu'elle pouvait à peine respirer.

— Qu'ai-je fait, Elaine ? Qu'ai-je fait, mon Dieu ?

— Est-ce de votre voiture que vous parlez ? demanda Riconda.

— Je l'ai lavée, dit David en hochant la tête. Les paroles sortaient de sa bouche étouffées, brisées.

— Je l'ai nettoyée à fond. Il y a encore un creux dans l'aile, mais c'est tout ce que vous trouverez. Les preuves étaient là, mais elles ont disparu.

Riconda se tut un moment, puis parla d'un ton différent. Plus dur, plus sec.

— Monsieur Karnes, nous allons faire inspecter votre voiture par le laboratoire. Même si vous l'avez lavée, vous avez peut-être oublié quelque chose. En attendant, je crois qu'il vaudrait mieux que vous nous accompagniez.

David lâcha sa femme sans la regarder. Puis, continuant d'éviter ses yeux, il enfila son manteau et mit son chapeau. Mais elle le rejoignit à la porte alors qu'il s'apprêtait à sortir avant les agents. Elle s'accrocha à son bras.

— David !

— Qu'est-ce que tu penses, Elaine ? demanda-t-il en évitant toujours son regard. Crois-tu que j'ai tué Mme Vandrak et que je me suis enfui ?

Elle n'éprouva aucune difficulté à répondre :

— Tu m'as dit que tu avais tué le chien, David. Je te crois.

David lui étreignit la main puis il franchit la porte. Les deux agents le suivirent et elle resta seule.

***

Dès qu'on eut emmené David, Elaine contacta George Newell, le seul avocat qu'ils connussent et qui était également leur ami. George accepta l'affaire. Il la rappela un peu plus tard pour lui dire qu'il avait parlé avec David. Il était encore trop tôt pour que David fût libéré sous caution. Mais les choses ne se présentaient pas trop mal. Il y avait encore des quantités de détails à vérifier.

Elaine ne pouvait s'empêcher de se tourmenter, bien que Newell lui eût dit de ne pas s'en faire. Et il lui fut difficile de dormir cette nuit-là dans une maison qui lui paraissait vide. Le lendemain, elle avait des cernes sous les yeux.

Les hommes du laboratoire arrivèrent de bon matin. Elle les regarda travailler, leur fournissant le plus de renseignements possible. Ils s'en allèrent sans lui dire ce qu'ils avaient trouvé, si tant était qu'ils eussent trouvé quelque chose.

George Newell vint juste avant midi. Comme David, c'était un homme jeune, qui débutait dans la carrière. Il était énergique, plein de confiance, et Elaine ne doutait pas de ses capacités.

— Quand David reviendra-t-il à la maison ? lui demanda-t-elle d'emblée.

— Pas avant un petit moment, lui dit Newell dont

le maigre visage avait un air plutôt grave. On est assez sévère pour les chauffards qui prennent la fuite, vous savez.

— Mais c'est un chien qu'il a tué !

— C'est ce que nous essaierons de prouver, mais ce n'est pas encore fait.

— Et qu'ont donné les tests de laboratoire sur la voiture ?

— Négatifs. Votre mari l'avait vraiment nettoyée à fond. Plus tard, nous tâcherons de les persuader d'emmener la voiture pour qu'ils puissent l'inspecter plus complètement. Mais je ne crois pas que cela donnera grand-chose, Elaine.

Elle essaya de ne pas désespérer. De toute façon, elle ne fondait guère d'espoir sur la voiture.

— Avez-vous parlé avec M. Vandrak ? demanda-t-elle.

— J'ai rencontré votre M. Vandrak. Je l'ai entendu redonner sa version de ce qui s'est passé.

Newell lui offrit une cigarette qu'elle refusa, puis en alluma une lui-même.

— Drôle de type, n'est-ce pas ? Je ne crois pas qu'il me plaise beaucoup.

— David et moi ne nous sommes jamais entendus avec lui. Et c'est pourquoi David s'est enfui. Il n'avait pas envie d'avoir des ennuis avec Vandrak.

— Oui, je comprends.

— J'ai réfléchi, George ; je ne pouvais guère dormir la nuit dernière, aussi ai-je eu tout loisir de le faire. Puis-je vous dire ce que je pense ?

Il sourit :

— Bien sûr, Elaine.

— C'est surtout à Vandrak que j'ai réfléchi. En supposant que David dise la vérité, et j'en suis convaincue, cela fait de Vandrak un menteur délibéré.

Newell haussa les épaules et éteignit sa cigarette.

— Apparemment, dit-il. A moins que, par une coïncidence vraiment étrange, deux voitures soient réellement impliquées. Je pense toutefois que nous pouvons raisonnablement supposer que si la version de David est vraie, Vandrak ment. Mais pourquoi, Elaine ? Pouvez-vous me le dire ?

— J'ai pensé à une raison, dit-elle en fronçant les sourcils et en se mordant la lèvre comme elle en avait l'habitude chaque fois qu'elle ne comprenait pas bien quelque chose.

— Quoi donc ?

— Pour commencer, je me trouve savoir que les Vandrak ne s'entendaient pas bien. Je n'en connais pas toutes les raisons, mais le chien en était une. Paula détestait Pharaon ; elle me l'avait dit maintes fois. Et son mari aimait le chien, l'adorait. Il essayait de le garder à la maison ou en laisse le plus possible de crainte qu'il s'échappe et qu'il lui arrive quelque chose...

— Attendez une minute ! N'est-il pas concevable, si Vandrak aimait tant le chien et a vu David le renverser, qu'il ait voulu se venger, en mettant sur le dos de David un crime plus grave — un homicide ?

Elaine opina :

— Ce serait tout à fait le genre de Vandrak de faire quelque chose d'aussi abominable !

— Mais croyez-vous qu'il aurait été jusqu'à sacrifier sa femme pour... ?

— Pourquoi pas, s'il la détestait ? Supposons par exemple que Pharaon se soit échappé par sa faute et qu'elle ait été responsable de sa mort. La colère de Vandrak se serait aussi bien portée sur elle que sur David.

Newell sourit :

— Elaine, tout cela paraît vaguement plausible...

— Vaguement plausible ? Vous estimeriez que ça l'est davantage si vous connaissiez Vandrak.

Brusquement, elle se sentait sûre d'elle. Et aucune logique, aucune incrédulité masculine ne pourrait jamais la faire changer d'avis. Les faits avaient dû se passer ainsi.

— Vous m'avez dit qu'il y avait deux choses qui vous avaient fait penser à un meurtre, dit Newell. Quelle est l'autre ?

— Arnold Vandrak ne pouvait pas être très épris de sa femme, car, à plusieurs reprises, il a essayé de me faire la cour.

— Quoi ?

— Oh ! je ne veux pas dire qu'il souhaitait tuer sa femme parce que... A cause de moi.

Gênée malgré elle, Elaine s'écarta de l'avocat.

— Cela prouve seulement qu'il n'était pas terriblement amoureux de sa femme, voilà tout.

— David était-il au courant de ses... avances ?

— Non, je ne lui en ai jamais parlé. David est le genre d'homme qui prendrait ce genre de choses tout à fait au sérieux. Vous comprenez, j'ai toujours été sûre de river son clou à Vandrak, mais beaucoup moins de savoir comment prendre David s'il venait à être au courant.

— Je vois... fit Newell, mais son visage et sa voix témoignaient d'un certain doute.

— C'était si anodin ! Ça commençait toujours quand le chien s'échappait et que Vandrak venait le chercher. Quelquefois il trouvait l'animal dans notre cour. Il savait que j'en avais peur ; alors, il sonnait et venait s'excuser. Plutôt que de l'inviter à entrer, je sortais sur la terrasse et c'est alors qu'il me faisait des avances, mais sans insister, aussi ne m'inquiétais-je pas. Néanmoins, à la longue, j'ai préféré écouter ses excuses à travers la double porte grillagée.

Newell alluma pensivement une autre cigarette :

— Okay, dit-il. Supposons que la version de David soit correcte et que Vandrak ait assassiné sa femme. C'est vous qui me faites l'effet d'être le détective, Elaine. Comment s'y serait-il pris ?

— J'ai également trouvé réponse à cette question.

— Vous avez l'imagination fertile.

— George, j'essaie d'aider David...

— Bien sûr... bien sûr.

Elle s'assit et lorsqu'elle parla ce fut d'une voix calme, lente. Tout était si clair dans son esprit.

— Très bien, dit-elle, commençons au moment où David renverse le chien. Ou bien Vandrak voit l'accident se produire, ou bien il est suffisamment près pour entendre le grincement des freins et des pneus. Quoi qu'il en soit, il est sur les lieux au moment où David s'éloigne et il reconnaît la voiture. Il est furieux contre David et, vraisemblablement, il l'est aussi contre sa femme. Admettons qu'elle soit responsable du fait que le chien se soit échappé. Mais pour le moment il est encore plus furieux contre David. Il court sur la route après la voiture ; il y a environ trois cents mètres jusqu'à notre maison. Lorsqu'il arrive, David est dans le garage, avec la lumière allumée, en train de laver le sang du chien qui se trouvait sur l'aile. C'est ça qui donne son idée à Vandrak — David ne pourra pas prouver qu'il a renversé un chien et non une femme. Aussi Vandrak retourne-t-il sur les lieux de l'accident. C'est là que se trouve le chien mort. Et admettons que Paula Vandrak y soit également. Il la tue et...

— Mais comment, Elaine ? Lui a-t-il demandé d'attendre pendant qu'il allait chercher sa voiture pour revenir l'écraser ?

— George, vous cherchez à me rendre ridicule.

— Non, Elaine. Mais toutes ces hypothèses doivent tenir debout. Le docteur de la police est certain que les blessures mortelles de Mme Vandrak viennent de ce qu'elle a été renversée par une voiture.

— Eh bien, peut-être est-ce ainsi que Vandrak s'y est pris. Mais je ne le pense pas. Je pense qu'il l'a tuée sur place, sur la route, avec une arme quelconque, quelque chose de gros... quelque chose qui donnerait l'impression que Paula avait été renversée par une voiture. C'est un détail mineur...

— Un détail mineur ? Ah ! non, Elaine.

— Laissez-moi finir, George. Il tue Paula et la laisse là, puis il emporte le chien. On n'a pas retrouvé le chien depuis l'accident, n'est-ce pas ?

— Non, Vandrak prétend qu'il s'est enfui.

Elaine se leva, absolument sûre d'elle cette fois.

— Mais c'est ridicule ! s'écria-t-elle d'un ton triomphant. Ce chien était aussi attaché à Vandrak que Vandrak lui était attaché. Jamais il ne se serait enfui.

— Nous ne sommes pas en mesure de le prouver, Elaine.

Elle s'avança vers lui.

— George, dit-elle lentement. Si je pouvais découvrir où Vandrak a enterré ce chien, cela sauverait David, n'est-ce pas ?

L'avocat hocha la tête, mais à contrecœur.

— Je suggère, dit-il, que nous persuadions la police de chercher le chien.

Elle recouvra son sourire :

— Cher George, presque tout le voisinage se compose de bois. La police ne va pas tout retourner, n'est-ce pas ? Non, c'est à moi de faire ça. Il faut que je persuade Vandrak de me mener à la tombe du chien.

Newell la prit par les épaules, l'air vraiment inquiet.

— Elaine, si Vandrak est un assassin, ça pourrait être dangereux.

— N'oubliez pas, rétorqua-t-elle, que je plais beaucoup à M. Vandrak.

***

Debout devant son miroir en pied, Elaine s'étudiait avec objectivité. Ce qu'elle voyait était bien. Ses yeux bleus et brillants n'accusaient aucune trace de chagrin ou de larmes. Ses cheveux noirs étaient soigneusement tirés en arrière sous une écharpe bleue. Sa peau avait une couleur saine de personne qui vit au grand air. De plus, son visage était joli. Elle estima que c'était cette impression de grand air que Vandrak devait apprécier chez elle. Manifestement, Paula avait été une plante de serre et non le genre de femmes à aimer les danois.

Elle boutonna la veste de son tailleur de velours. Sa silhouette était bien, elle aussi. Toutes les courbes voulues, mais en même temps assez athlétique. Ses jambes faisaient bon effet dans les bas de laine qui lui montaient aux genoux et même ses chaussures de marche étaient féminines.

« Pardonne-moi, David, dit-elle, par-delà les kilomètres qui la séparaient de son mari. Je m'habille pour plaire à un autre homme. Une brute qui plus est. Un assassin. Mais je lui plais et ce serait bien commode s'il tombait plus ou moins amoureux de moi. »

Elle quitta la maison, en fermant à clef derrière elle et descendit le long de la route. Quand elle parvint à l'allée des Vandrak, elle s'y engagea. La maison elle-même, du type petit ranch, lui apparut au bout d'un moment derrière les arbres. Une couronne funèbre était accrochée à la porte d'entrée. Elle s'avança et sonna.

Pas de réponse. Elle contourna la maison jusqu'à la cour de derrière en essayant de faire cela d'un air naturel au cas où Vandrak, tapi à l'intérieur, l'observerait. Elle ne remarqua aucune trace de terre fraîchement retournée. Mais elle en était sûre à l'avance ; il n'aurait pas été stupide au point d'enterrer le chien si près. Lorsqu'elle eut fait le tour de la maison, elle s'assit sur les marches du perron et attendit.

C'est une demi-heure plus tard que la voiture de Vandrak remonta l'allée. Elaine se leva, lissa les plis de son tailleur de velours, le regarda descendre de voiture et s'avancer vers la porte, chargé de ce qui semblait être un sac d'épicerie.

Il s'arrêta en la voyant.

— Que voulez-vous, madame Karnes ?

C'était un homme vigoureux, mais mince. Sa vigueur résidait dans sa taille, la largeur de ses épaules, la longueur de ses bras, la dimension de ses mains. Il était assez poilu, de sorte que ses joues, même lorsqu'elles étaient fraîchement rasées, assombrissaient son visage. Ses sourcils étaient si épais au-dessus de ses yeux pâles, profondément enfoncés dans leurs orbites, qu'il était bien rare que l'on pût voir ce qu'exprimait son regard. Jamais elle n'avait eu peur de lui auparavant, mais maintenant, certaine qu'elle était de sa culpabilité, elle avait peur. Son premier devoir était donc de masquer cette peur.

— Je ne vous ai pas vu depuis l'accident, lui dit-elle. Je voulais vous parler. Vous dire... comme je suis désolée...

Le regard de Vandrak restait impénétrable :

— C'est très aimable à vous.

Puis il attendit en la fixant jusqu'à ce qu'elle détournât les yeux.

— Est-ce tout, madame Karnes ?

— Y a-t-il quelque chose... Quoi que ce soit... que je puisse faire ?

— Je sais me débrouiller seul, madame Karnes.

Elle insista désespérément :

— Mais je veux vous aider... Je me sens si coupable...

— Pour ce que votre mari a fait ? Paula est morte, et personne n'y peut plus rien.

Son visage et sa voix exprimaient la douleur, mais elle savait que c'était de l'hypocrisie. Comme tout bon meurtrier, c'était un habile acteur. Elle se devait donc de jouer la comédie mieux que lui. Or, lorsqu'il s'agit de jouer la comédie, les femmes disposent d'un atout que les hommes n'ont pas. Elles peuvent pleurer.

— Oh ! monsieur Vandrak, je suis tellement désolée, commença-t-elle en laissant couler ses larmes.

— Je vous en prie, madame Karnes...

Elle perçut soudain une sorte d'incertitude en lui. Peut-être éprouvait-il quelque chose de cette attirance vers elle qui l'avait incité précédemment à lui faire des avances. Ou peut-être était-il un meurtrier trop terre à terre pour se laisser distraire par une femme de son problème de survie et tentait-il de se débarrasser d'elle sans trop savoir comment s'y prendre.

Mais elle ne le lui permettrait pas. S'il devait la conduire jusqu'à la tombe du chien il fallait qu'elle reste auprès de lui. Elle leva son visage vers lui pour qu'il pût voir ses larmes.

— Je vous en prie, madame Karnes, répéta-t-il. Vous feriez mieux de rentrer chez vous.

— Je ne peux pas supporter de retourner chez moi, dit-elle en sanglotant.

— Je me rends compte que votre mari doit vous manquer...

Elle agit selon l'inspiration du moment :

— Je me moque bien de lui, dit-elle violemment, c'est une brute, un assassin. Je ne veux jamais le revoir. Jamais, jamais. »

Cet éclat prit Vandrak par surprise. Une très petite étincelle s'alluma dans ses yeux pâles. Vandrak n'était pas homme à sacrifier ou même risquer beaucoup pour la possession d'une femme. Il n'allait pas mettre en péril tout son plan pour une femme. Mais si une femme comme Elaine se jetait dans ses bras...

— Je veux faire quelque chose pour compenser. Y a-t-il quelque... ?

Il était intéressé, tenté, mais se tenait toujours sur ses gardes.

— Madame Karnes, je suis sensible à votre sympathie. Mais vous feriez mieux de rester à l'écart de moi. Les gens risquent de...

— Je me fiche bien des gens !

Les larmes coulaient sur ses joues. Elle connaissait son pouvoir féminin et l'utilisait. Elle était là, débout, se sachant attirante dans son apparent désarroi et c'est ce qu'elle souhaitait.

Elle voyait la tentation agir en lui. La folle pensée la pénétra que, peut-être, elle avait été une des raisons pour lesquelles il avait assassiné sa femme. Cette pensée lui fit peur. Elle eut envie de faire machine arrière.

Mais c'était trop tard. Une des mains de Vandrak tenait toujours le sac d'épicerie, mais l'autre se tendit vers elle. Elle comprit quelle était sa force redoutable dès l'instant où il la toucha. D'une seule main il l'attira vers lui. Elle lutta contre sa peur et le dégoût, gardant le visage levé vers lui, se durcissant dans l'attente d'un éventuel baiser. Mais on n'en arriva jamais là. Il dut essayer de changer la position du sac d'épicerie afin de l'attirer plus près de lui, et le sac lui échappa. Il s'ouvrit par terre éparpillant son contenu.

Cet incident les fit sursauter tous les deux et ils s'écartèrent instinctivement. Elaine baissa les yeux. Le sac contenait effectivement de l'épicerie. Un pain, du café, quelques boîtes de légumes, mais le reste — presque tout le reste — se composait de viande. Des paquets de viande soigneusement enveloppés de papier blanc.

La voix de Vandrak intervint avant qu'elle ne pût saisir la signification de ce qu'elle voyait :

— Vous feriez mieux de rentrer chez vous, madame Karnes.

Elle leva les yeux vers lui. Son attitude avait changé du tout au tout. Cette faiblesse temporaire qui l'avait incité à l'étreindre avait disparu. Son visage était plus sombre que jamais, ses yeux froids.

Il irradiait la haine. Une haine implacable, ne visant qu'un but.

— Je vais vous aider avec ces... dit Elaine machinalement, sans réfléchir.

— Je n'ai pas besoin de votre aide. Tout ce que je veux, c'est que vous partiez.

Elle recula. Il la suivit du regard, et la menace qu'exprimaient ses yeux était réelle. Elle se détourna pour lui échapper. Mais elle sentit son regard la suivre tandis qu'elle remontait l'allée en courant. Enfin l'écran des arbres la sépara de lui et elle se retrouva sur la route, hors de sa vue.

Elle s'arrêta, haletante. Elle avait envie de pleurer de vraies larmes maintenant, des larmes de frustration et de défaite. Elle avait essayé de devenir l'amie de Vandrak et avait échoué. Tout cela parce que lorsqu'il avait essayé de l'embrasser, il avait laissé tomber un sac d'épicerie.

Un sac d'épicerie qui ne contenait pratiquement que des paquets de viande...

Et c'est alors qu'elle comprit. Une femme ferait peut-être des courses de ce genre, mais pas un homme. Et certainement pas un homme aussi novice dans l'art de s'occuper de lui-même. Vandrak ne s'était pas attaché à faire ses emplettes avec soin, il n'avait pas acheté cette grande quantité de viande dans une vente intéressante et n'avait pas voulu davantage remplir son congélateur. Cette viande lui était nécessaire pour...

Le chien n'était pas mort ! Il n'y avait pas de tombe. Le chien était vivant, caché quelque part, et devait être nourri !

Au lieu de rentrer chez elle comme Vandrak le lui avait dit, elle se mit à marcher le long de la route, mais ensuite elle fit un détour pour entrer dans les bois, et s'en retourna lentement vers la maison de Vandrak.

Tout lui paraissait clair maintenant. Pharaon était vivant et Vandrak aimait assez son chien pour essayer de le garder en vie — même si cela représentait un certain risque pour lui. S'il pouvait garder le chien en vie, soigner ses blessures, il le ramènerait à la maison un peu plus tard en annonçant simplement à son entourage que l'enfant prodigue était revenu.

Mais en attendant, il lui fallait le garder caché. Pas dans sa maison. Du moins pas encore, ç'aurait été trop dangereux ; le chien aurait pu aboyer et être entendu par un policier se trouvant par hasard sur les lieux. Pas non plus dans l'entourage immédiat de la maison probablement. Alors, quelque part dans les bois. Il y avait des quantités d'endroits dans les bois.

Elaine avait un choix à faire. Elle aurait pu prévenir immédiatement le sergent Riconda ou George Newell. Cela aurait été la solution la moins dangereuse, mais George n'était pas mieux équipé qu'elle pour chercher le chien. Et Riconda, même si cela l'intéressait, risquait de tout compromettre avec sa façon directe d'aborder les problèmes. Alors Vandrak serait alerté ; il emmènerait le chien encore plus loin ou, peut-être même, en désespoir de cause, le tuerait-il et l'enterrerait-il quelque part.

Donc, la meilleure façon d'agir consistait à surveiller Vandrak et le suivre à l'endroit où le chien était caché. Vandrak se méfierait peut-être. Et tous ces paquets de viande répandus par terre l'avaient énervé. Mais Vandrak n'était nullement certain qu'elle ait compris la raison d'être de toute cette viande. Et il serait obligé d'aller nourrir le chien s'il ne voulait pas le voir mourir de faim. Donc elle avait une assez bonne chance de découvrir la cachette de Pharaon.

Et la liberté de David dépendait d'elle.

***

Elle s'avança prudemment dans les bois. Bien que le printemps n'en fût qu'à ses débuts, la plupart des arbres et des buissons étaient en feuilles. Il était relativement aisé de rester caché et d'avancer furtivement. En marchant lentement, elle finit par arriver en vue de la maison de Vandrak. Tout ce qu'elle espérait, c'est qu'il ne fût pas déjà parti retrouver le chien. Elle vit qu'il avait ramassé les provisions éparses. Sa voiture était à la même place. Sans doute se trouvait-il à l'intérieur de la maison. Elaine chercha un endroit où s'asseoir afin de surveiller la porte sans risquer d'être vue au cas où Vandrak sortirait brusquement. Puis elle attendit.

Du temps passa. L'idée lui vint que, vraisemblablement, Vandrak attendrait qu'il fît nuit avant de ressortir. Elle espéra que non. Elle avait déjà assez peur de lui le jour. Deux heures s'écoulèrent sans qu'il se montrât. Le soleil était très bas à l'ouest. Dans les bois, la nuit tombait vite.

Puis Vandrak sortit par la porte de derrière. Il tenait un petit paquet à la main. Elaine le vit s'enfoncer rapidement dans les bois. Heureusement, il avait une veste beige clair. Il était donc plus facile à suivre dans l'obscurité qui tombait.

Elle le suivit aussi vite qu'elle osa. Elle faisait du bruit, mais moins que lui car elle était plus menue, plus légère, et elle espérait que les pas de Vandrak couvriraient les siens.

La veste beige avançait rapidement. Vandrak était athlétique, et ces bois lui étaient familiers. Elaine était obligée de courir pour ne pas perdre de terrain. Les branches et les épines s'accrochaient à ses cheveux, à ses vêtements, l'égratignaient. Elle sut que s'il lui fallait faire face à Vandrak de nouveau, elle ne pourrait plus compter sur son charme. Un moment donné, elle trébucha et tomba, lorsqu'elle se releva, elle sentit du sang sur son visage.

Elle avait l'impression que cette poursuite n'aurait pas de fin. Elle avait dit à George Newell que ces bois étaient assez vastes pour décourager quiconque d'y chercher une tombe au hasard. Mais elle ne s'était pas rendu compte de leur véritable étendue. Elle avait l'impression de les parcourir depuis des heures. Où se trouvait la route ? Y avait-il des maisons à proximité ? Elle n'en avait aucune idée.

Mais, au moment précis où elle pensait avoir atteint les limites extrêmes de la fatigue, la tache claire, devant elle, s'arrêta. Elle interrompit immédiatement sa propre marche afin de ne pas risquer que Vandrak, qui ne faisait plus de bruit, en entendît derrière lui.

Vandrak était avec Pharaon, son bien-aimé. Il s'occupait à soigner les blessures du chien, le nourrissant, le réconfortant. Elle eut donc tout le temps d'avancer pas à pas en prenant bien garde. La lumière dans les bois était grise et laiteuse maintenant, bien que là-haut, entre les cimes des arbres, on distinguât encore le disque rougeâtre du soleil couchant.

Il lui fallut au moins cinq minutes pour se

rapprocher avant d'apercevoir à nouveau la veste claire. Vandrak était à moins de trente mètres. Elle ne l'avait pas remarqué plus tôt parce qu'il se tenait accroupi. Elle se rapprocha encore un peu, jusqu'à ce qu'elle pût voir le chien également, afin d'être absolument sûre de son fait.

Sa première pensée fut que jamais elle n'aurait trouvé cet endroit si elle l'avait cherché seule. Et une douzaine d'agents l'auraient manqué tout aussi facilement. Vandrak avait fabriqué pour le chien un abri de branches et de feuillages qui ressemblait au reste des taillis. Sous ce toit grossier, Pharaon gisait immobile. Elle ne fit qu'entrevoir son pelage fauve. La plus grande partie de son corps était entourée de pansements. Mais Vandrak avait été assez malin pour ne pas se servir de bandes blanches, elles étaient de couleur foncée, vert sombre, pensa Elaine.

Vandrak était agenouillé près du chien. Elle ne voyait pas ce qu'il faisait, mais sa voix lui parvenait assez clairement. « Ça fait mal, hein, mon Pharaon ? Pauvre vieux roi d'Égypte. Ça fait mal, je le sais. Mais tout ira bien. Je te l'ai promis, Pharaon. Tout ira bien. »

De temps en temps, ponctuant les paroles de l'homme, le chien répondait par une sorte de gémissement plaintif, chargé d'affection. C'était un chien blessé, un chien gravement blessé.

Ce qu'elle avait imaginé et raconté à George Newell était donc juste, ou fort près de la vérité. A présent on pouvait prouver que David avait dit vrai en prétendant avoir renversé un chien. Vandrak serait obligé d'expliquer pourquoi il avait menti et ce qui était arrivé à sa femme.

Tout ce qu'Elaine avait à faire maintenant, était d'attendre que Vandrak rentrât chez lui, d'identifier ce lieu dans les bois d'une façon ou d'une autre, puis de trouver un téléphone.

Elle se tenait accroupie, plongée dans ses pensées, quand Pharaon se mit à gronder. Au début, elle ne comprit pas la signification de ce grondement. Vandrak non plus, apparemment, qui adressa au chien des paroles apaisantes. Ce fut seulement après une minute ou deux qu'il arrêta d'essayer de le calmer et se mit à chercher ce qui le troublait.

Elaine comprit également que le chien avait grondé parce qu'il avait flairé une présence étrangère. Elle resta où elle était, parfaitement immobile. Elle était dissimulée par un écran de taillis, ses vêtements étaient sombres, et le soleil avait presque disparu. Aussi espérait-elle qu'il ne la verrait pas.

Mais Vandrak aussi avait dû prendre conscience de l'approche rapide de l'obscurité. Éperonné par les grondements de plus en plus insistants de Pharaon, il se mit à chercher. Il prit la direction vers laquelle se fixait le regard du chien et marcha presque droit sur Elaine.

A mi-chemin il hésita. Elle retint son souffle, espérant le voir renoncer. Mais Pharaon aboya ; un bruit faible, n'ayant rien à voir avec les puissants rugissements dont il était habituellement capable. Cela stimula Vandrak. Il réduisit de moitié la distance qui le séparait d'Elaine, et s'arrêta une deuxième fois. Son regard alla droit sur elle.

— Eh bien, madame Karnes, que croyez-vous avoir découvert ?

Elle comprit à son ton qu'il ne plaisantait pas. Elle aurait risqué de le mettre en colère si elle n'avait pas bougé. D'autre part, si elle essayait de s'enfuir, il la poursuivrait. Elle fit donc la seule chose possible et s'avança vers lui.

— J'ai trouvé le chien disparu, dit-elle d'une voix étonnamment claire et confiante. « Donc la voiture de mon mari a bel et bien renversé un chien, n'est-ce pas, monsieur Vandrak.

— C'est exact.

Il se tenait debout, dans l'ombre, de sorte qu'elle ne pouvait voir que ses yeux.

— Ce qui veut dire qu'il n'a pas renversé votre femme.

Elle n'était plus maintenant qu'à quelques pas de lui et s'immobilisa.

— C'est exact, madame Karnes. C'est moi qui ai tué Paula.

— Vous l'avouez ?

— Oui, bien sûr, ici, dans les bois où personne d'autre que vous ne peut m'entendre.

Le corps de Vandrak était tendu et Elaine n'ignorait pas le danger qu'elle courait. Mais il lui fallait crâner.

— Quand la police trouvera le chien, lui dit-elle, les autres aussi sauront la vérité.

— A condition que la police le trouve, madame Karnes, mais ils ne sont ni aussi intéressés, ni aussi intelligents que vous.

Il sourit puis bondit sur elle. Elaine essaya de l'éviter mais il fut plus rapide. Il la renversa sous le poids de son corps. Elle n'avait aucune possibilité de donner des coups de pied, ne pouvait que le griffer de ses ongles. C'est ce qu'elle fit tandis que les mains de Vandrak encerclaient sa gorge. Elle eut le souffle coupé et une obscurité qui n'était pas celle de la nuit s'abattit sur elle.

Puis elle entendit Pharaon aboyer.

On eût dit que le chien parlait à son maître, le commandait. Vandrak desserra son étreinte sur la gorge. Mais il ne bougea pas et quand elle reprit conscience elle put voir son visage à quelques centimètres au-dessus du sien, sentir son souffle chaud et rapide.

— Merci, Pharaon, l'entendit-elle dire. Tu as raison, vieux roi, ç'aurait été une erreur.

Puis il baissa le regard sur Elaine. Dans la demi-obscurité, ses yeux pâles brillaient comme ceux d'un animal.

— Ça, c'est un chien intelligent, dit-il. Si je vous avais étranglée, j'aurais été obligé de vous enterrer quelque part et si la police ne s'intéresse pas à un chien, elle s'intéresserait à une femme disparue.

Elle ne lui demanda pas à quelle autre solution il pensait, mais il lui dit :

— Il va falloir que vous soyez tuée par un chauffard, comme ma femme.

Tout à coup, elle ne sentit plus le poids de son corps et elle fut brutalement remise debout. Instinctivement elle ouvrit la bouche pour crier. Vandrak la frappa de sa main ouverte en plein visage, étouffant son cri avant même qu'il fût amorcé. Pharaon aboya avec enthousiasme, extase, même, pensa Elaine.

— Chut, Pharaon ! dit l'homme. Il se tourna vers elle. N'essayez pas de crier, sinon je vous ferais vraiment mal. Maintenant nous allons rejoindre la route.

Elle était trop faible pour marcher. Il la tira. Il était fort, aussi s'accommodait-il de son poids bien que délibérément elle ne lui fût d'aucune aide. Mais si son corps restaït inerte, son esprit travaillait fébrilement. Comment allait-il s'y prendre pour donner l'impression qu'elle avait été tuée par une voiture ? Elle n'allait pas rester docilement au bord de la route jusqu'à ce qu'une voiture arrive.

Derrière eux, de plus en plus faiblement, Pharaon continuait d'aboyer. Un moment donné, Vandrak s'arrêta, se retourna et cria : « Ferme-la, tu m'entends ? Ferme-la ! »

Mais les aboiements du chien continuèrent de les poursuivre, de plus en plus faibles à mesure qu'ils avançaient.

Dans les bois, l'obscurité était presque totale maintenant. Mais devant elle, à la lisière de la forêt, Elaine aperçut une lumière crépusculaire. C'était la route. Elle ne la reconnut pas. Vandrak avait dû choisir de sortir des bois à un endroit qui ne lui était pas familier, peut-être plus éloigné de toute habitation. A quinze mètres environ de la route, il s'arrêta et regarda autour de lui.

Elle avait économisé son souffle, se laissant tirer comme un poids mort. Mais maintenant elle était décidée à se battre jusqu'au bout. Si elle pouvait se libérer ne fût-ce qu'une seconde, elle pourrait lui échapper à la faveur de la nuit.

Vandrak la tenait par les deux bras, ses énormes mains s'enfonçant dans sa chair tendre. Mais il ne bougeait pas. Il semblait prêter l'oreille et, tandis qu'il écoutait, une voiture passa, lumière incertaine sur la route, ronronnement enflant rapidement pour de nouveau sombrer dans le silence.

Une des mains de Vandrak se porta à la gorge d'Elaine. Il n'essaya pas de l'étrangler mais la pression fut suffisamment forte pour lui rappeler qu'il pouvait le faire. Il rit doucement, et il y avait une sorte de folie dans son rire.

— Ça a marché avec Paula. Les docteurs de la police se sont complètement gourés. Je l'avais frappée à la mâchoire. Aucune trace de strangulation. Rien qu'un bon coup sur la mâchoire, assez pour l'assommer, vous comprenez. Puis je l'ai prise par les jambes, je l'ai fait tourner et je lui ai écrasé la tête contre un tronc d'arbre. Un seul coup, un simple coup, comme si une voiture l'avait heurtée...

L'horreur de ce qu'il venait de lui dire galvanisa toute l'énergie d'Elaine. Elle donna des coups de pied et se débattit furieusement jusqu'à ce qu'elle parvienne à se libérer en tombant en arrière. Il bondit sur elle et l'agrippa par la veste. Mais elle roula sur le côté en lui laissant la veste entre les mains. Elle était plus ou moins debout lorsqu'il se jeta de nouveau sur elle. Ils luttèrent ensemble. Une douleur intense envahit l'épaule d'Elaine. Elle n'avait plus qu'une pensée maintenant. « S'il me tue, je veux qu'on sache qu'il l'a fait de ses propres mains... Je ne veux pas qu'il s'en tire... Et alors on saura que David n'est pas un assassin... »

Elle n'entendit pas les voix et ne vit pas davantage le faisceau des torches — et sans doute Vandrak ne les vit-il pas non plus — jusqu'à ce que les hommes les aient pratiquement rejoints. Et alors elle parvint à pousser un cri avant que Vandrak ne la frappât.

* * *

Étendue sur le lit d'hôpital, on lui raconta tout.

Elle était meurtrie, affreusement meurtrie, mais rien de plus. George Newell s'était inquiété à la suite de leur conversation. Il lui avait téléphoné dans l'après-midi, mais en vain. Finalement, il s'était rendu chez les Vandrak et avait constaté que si la voiture était là, l'homme avait disparu. Il avait téléphoné à la police. Personne n'avait su où chercher, jusqu'à ce que le chien se mît à aboyer. Et même ainsi, ils étaient arrivés juste à temps.

C'est David qui le lui raconta. Très inquiet pour elle. Très reconnaissant. Et très heureux d'être libre.

Beware ! dangerous man.

D'après la traduction de Nicolète et Pierre Darcis.

UN SHÉRIF PAS COMME LES AUTRES

par ED LACY

Lorsque la vieille voiture entra dans le village d'Harbor Bay, le petit homme assis près du conducteur demanda :

— Pourquoi ralentis-tu, Buddy ? Tu es perdu ? Je ne comprends pas pourquoi tu as emprunté cette vieille guimbarde alors que tu possèdes une splendide voiture. C'est pas normal.

— Ferme-la, Artie, répondit Buddy, un géant aux muscles saillants, vêtu d'un vieux sweat-shirt et d'un bleu de travail, le visage poupin, mais l'expression renfrognée. Je sais ce que je fais.

Il gara le véhicule devant l'unique marchand de spiritueux du village.

— ... Je suis à cran, poursuivit-il d'une voix éraillée. J'ai besoin d'un petit remontant. Tu vas aller m'acheter une bouteille du meilleur whisky.

— Buddy ! Tu es fou ?

— Si tu continues, je te règle ton compte, Artie ! Je parle sérieusement. Allez ! Va m'acheter ma bouteille ou veux-tu que j'y aille moi-même ?

Artie parut sur le point de répondre mais, au lieu de poursuivre l'entretien, il bondit hors de la voiture. Seul, Buddy jeta un coup d'œil autour de lui — la grande rue du village était vide —, puis il se racla la gorge et cracha.

Un homme râblé aux cheveux gris et vêtu de l'uniforme marron de la police sortit de l'ombre et s'avança vers la voiture.

— Il est interdit de cracher dans la rue, dit-il en s'adressant à Buddy. Ne recommencez pas.

Buddy sortit de la voiture et dressa sa haute taille devant le policier. Il lui sourit, dévoilant deux rangées de dents mal plantées et cracha de nouveau.

— Parfait, dit posément le shérif. Suivez-moi. Vous aurez une amende.

Artie, qui venait de sortir du magasin, se hâta vers les deux hommes.

— Shérif ! souffla-t-il entre ses dents. Savez-vous à qui vous avez affaire ?

— Oui : à un type qui a délibérément ignoré un règlement d'Harbor Bay. Il est sous arrestation.

— Vous ne pouvez pas l'arrêter ! Il s'agit de Buddy Winston !

Buddy sourit d'un air glorieux.

— Laisse tomber, Artie, dit-il de sa voix rauque. On va voir si ce flic de m... va m'arrêter. Ça va être drôle !

Le shérif posa sa grosse main sur l'étui de son revolver.

— Vous allez me suivre... sous la menace de mon arme, si nécessaire. Allez, avancez !

— S'il te plaît, Buddy, ne proteste pas ! supplia Artie.

La prison d'Harbor Bay, le poste de police, les toilettes publiques, le bureau de poste, les pompiers et le bureau du maire se trouvaient tous dans le même et unique bâtiment, vieil édifice délabré. Artie avait couru jusqu'à la plus proche cabine téléphonique et, moins de vingt minutes après, le téléphone du bureau du shérif était pris d'assaut. Une heure plus tard, reporters et photographes débarquaient à Harbor Bay les uns en voiture, les autres en hélicoptère. Le shérif refusa de les rencontrer.

Exactement, une heure et demie après que Buddy Winston eut été incarcéré dans la seule cellule de la prison d'Harbor Bay, la voiture du procureur général du comté freina brusquement devant le poste de police. Le magistrat descendit du véhicule et se fraya un chemin à travers la foule des journalistes. Son visage était trempé de sueur, de même que son costume de toile.

— Nom d'un chien, Al ! s'écria-t-il en entrant dans le bureau du shérif. Pourquoi avez-vous arrêté Buddy Winston ? Pour excès de vitesse ?

— Pour violation du règlement trois, alinéa deux, de la police administrative d'Harbor Bay, pour conduite contraire aux bonnes mœurs et pour résistance à l'autorité de la police.

— Écoutez-moi, Al. Vous avez lu les journaux ? Vous savez que Buddy Winston doit disputer, la semaine prochaine, le titre de champion du monde des poids lourds. Trois millions de dollars sont en jeu ! Des pressions très fortes ont déjà été exercées sur moi, de la Maison Blanche même. Alors, vous feriez mieux d'oublier qu'il a craché dans la rue !

— Pourquoi, monsieur le Juge ? Je vous ai déjà précisé qu'il était en prison pour conduite contraire aux bonnes mœurs et refus d'obéissance à l'autorité de la police.

— Réfléchissez un peu, Al ! La presse est dans la rue. Si vous retenez Winston en prison, ne serait-ce qu'une nuit, il en sera profondément affecté et ne pourra livrer son combat dans de bonnes conditions. N'oubliez pas qu'il y va de trois millions de dollars ! A l'instant même où je vous parle, le monde entier a les yeux braqués sur Harbor Bay !

— Le fait que Winston soit un boxeur le place-t-il au-dessus de la Loi ? interrogea calmement le shérif.

— Allons, Al ! Buddy a déjà fait plusieurs fois de la prison avant de devenir boxeur ; une autre condamnation et c'en est fini de sa carrière ! Et si vous le gardez, tous ces journalistes feront une très mauvaise presse à Harbor Bay. Vous causerez indirectement beaucoup de tort au tourisme estival.

— Tout ce que je sais, c'est qu'un homme a violé la Loi.

— Pour l'amour de Dieu, Al, raisonnez un peu ! Qu'allez-vous dire à ces journalistes ? Parce qu'un type a craché sur votre chaussée, vous allez compromettre un marché de trois millions de dollars ?

— Monsieur le Juge, me demandez-vous officiellement de relâcher Buddy ? C'est ce que vous voulez que je dise aux journalistes ?

Le magistrat s'essuya le visage.

— Ne m'obligez pas à me fâcher, Al ! Je suis ici pour vous aider. Cet événement va paraître en première page des journaux. Voulez-vous être la risée du monde ? Il vous faut parler à la presse.

Le shérif ouvrit la porte de son bureau et affronta

la mitraille des flashes : photographes et reporters se bousculaient dans le hall du poste de police. Au même rythme que les éclairs, des questions fusaient de toute part. Le shérif leva sa large main pour obtenir le silence.

— Messieurs, dit-il de sa voix lente, j'ai une déclaration à vous faire. Voilà déjà plus de vingt-cinq ans que je fais respecter la loi dans ce paisible village. J'imagine que la plupart d'entre vous pensent que je suis un cul-terreux cherchant à se faire valoir. Eh bien, sachez que je suis fier d'être un cul-terreux. Mais voici les faits. J'ai arrêté le dénommé Buddy Winston, boxeur professionnel, pour infraction volontaire et délibérée à un règlement municipal, pour conduite contraire aux bonnes mœurs et résistance à l'autorité de la police. D'aucuns m'ont dit que si je le gardais sous les verrous, je porterais atteinte à de gros intérêts, en particulier ceux d'une chaîne de télévision bien connue, en un mot, ce serait la fin du monde. Comme vous vous en doutez, de fortes pressions ont été exercées sur moi pour que je libère cet homme.

« J'ai cinquante-deux ans et j'ai toujours été un défenseur de l'ordre public. Je ne veux pas que ma réputation soit ternie pour complicité dans un détournement de fonds. Si je relâchais Buddy Winston, non seulement je commettrais un acte contraire à la Loi, mais je me rendrais aussi complice d'une escroquerie de 3 millions de dollars au détriment du peuple américain. En effet, il y a un détail que tout le monde ignore dans l'arrestation de Winston. Quand j'ai voulu le conduire en prison, il s'est jeté sur moi et j'ai dû lui faire entendre raison par la force. Je l'ai étalé d'un seul coup de poing. Je ne suis donc pas près de le libérer, car si un homme de mon âge peut mettre hors de combat M. Winston, ce serait vraiment une imposture de permettre à ce boxeur de dernier rang de prendre part au championnat du monde de poids lourds.

The swinging sheriff.
Traduction de Philippe Barbier.

PSEUDO-NÈGRE

par DENNIS LYNDS

Rick Constant ne se fût jamais abaissé à remanier le manuscrit de Carlos Moriarty s'il ne s'était trouvé dans une misère noire à l'époque où cette occasion se présenta. La « pièce » en question n'était qu'un infâme navet. Mais d'autre part, aucun éditeur ne voulait publier l'œuvre personnelle de Rick, ces pages qu'il avait écrites dans le dénuement de sa chambre unique. Aussi n'éprouva-t-il qu'une pointe d'amertume en acceptant de travailler à une autre pièce, aussi mauvaise fût-elle.

Non seulement la pièce était archimauvaise, mais elle donnait dans le macabre et, d'un style impossible, semblait écrite par un cancre définitivement brouillé avec la syntaxe. Sa facture ne rappelait en rien celle de l'annonce parue dans l'édition dominicale du *New York Times*, annonce qui était rédigée comme suit :

ON DEMANDE
UN HOMME DE LETTRES

Écrivain de talent, très doué pour récrire
avec maîtrise une pièce pleine de promesses.
Nécessairement un génial scénariste doublé d'un
travailleur consciencieux.
Rétribution hebdomadaire
plus pourcentage sur droits d'auteur.
Boîte postale 2222.

C'est au lendemain de cette parution dans le journal qu'il convient de nous reporter pour la clarté du récit.

Ainsi donc, Rick Constant avait répondu à l'annonce le jour même. Mais trois semaines s'étant écoulées depuis lors sans qu'il reçût des nouvelles à ce sujet, il en avait presque oublié la chose.

Confiné entre les quatre murs de son pauvre logement, il s'acharnait encore sur la quatrième refonte du chapitre VI de son dernier roman, lorsque retentit la sonnerie impérative du téléphone. Dans son travail, il n'avait avancé qu'à grand-peine, l'attention continuellement distraite par des odeurs de cuisine et par le délabrement de son logis. Il décrocha le combiné et grommela d'un ton bourru :

— J'écoute !

— M. Constant ? s'enquit la voix. Une voix onctueuse, agréable, cultivée.

— Qui est à l'appareil ? aboya l'écrivain.

— Le Dr Carlos Moriarty, monsieur. Je présume...

— Vous présumez qu'il y a erreur. De fait, vous parlez à Sherlock Holmes ! trancha Rick d'un ton coléreux. Il était vivement contrarié par l'interruption de son labeur littéraire.

— On veut faire de l'esprit caustique, me semble-t-il. Mais je crains que vous ne soyez pas spirituel du tout, monsieur Constant. Peut-être ne vais-je point trouver en vous l'écrivain sérieux et intelligent qu'il me faut pour récrire ma pièce.

Rick se souvint alors de l'annonce. Il reprit espoir. Après tout, le sort allait peut-être lui épargner de se résigner à un emploi de gratte-papier dans un bureau.

— Je suis vraiment désolé de ma méprise, monsieur, dit-il sur un ton d'excuse. Voulez-vous avoir l'obligeance de me rappeler votre nom ?

— Docteur Carlos Moriarty, président-directeur de la firme Moriarty & Conant. Activité : le commerce de bijoux en gros, déclina la voix suave. Mais peu importent en ce moment mes titres et qualités, n'est-ce pas ? Vous voudrez bien m'excuser du délai que j'ai mis à vous contacter à la suite de votre offre de services. J'ai dû, en effet, examiner pas mal d'autres candidatures. A ce jour, je n'ai pas encore rencontré l'homme de lettres qu'il me faut. Si donc vous m'éclairiez un peu sur vos aptitudes ?

Rick eut un serrement de cœur. Ses aptitudes ? Son curriculum vitae ? Il avait à son actif cinq romans enfantés en l'espace de sept ans — mais, par malheur, toujours inédits. Et sur une cinquantaine de nouvelles dues à sa plume, dix seulement avaient été publiées, ce qui lui avait rapporté en tout et pour tout les honoraires mirifiques de 250 dollars. Il avait écrit également une pièce de théâtre ; le manuscrit s'empoussiérait encore parmi tant d'autres dans le bureau de son agent littéraire.

— A vrai dire, je suis un illustre inconnu, résuma Rick Constant, d'un ton amer. Vous n'aurez sûrement pas recours à mes services.

— Permettez-moi d'en être seul juge, mon jeune ami. Êtes-vous marié ?

— Non.

— Faute de temps pour ces choses-là, hein ? enchaîna l'onctueux personnage. Pas même le loisir de fréquenter les filles ni d'aller retrouver des amis, je suppose ? En somme, vous menez la vie recluse de l'artiste qui se consacre exclusivement à son art.

— Les femmes coûtent cher, fit observer Rick Constant. Certes, il y avait une femme dans sa vie, mais Rick avait cessé toute relation avec elle depuis des mois. Elle exigeait trop : la sécurité, un bel intérieur et, d'une manière générale, tout ce confort bourgeois qu'il n'aurait pu lui garantir sans se créer des chaînes de nature à entraver son propre accomplissement en tant qu'écrivain.

Le Dr Moriarty émit, après un court silence :

— Je n'ignore point les difficultés matérielles qui sont le lot de l'artiste. Eh bien, voulez-vous que nous poursuivions cet entretien chez moi dans une heure ? Mon appartement se trouve au quatorzième étage du nouvel immeuble résidentiel dans Riverside Drive. Ne manquez pas d'apporter l'une ou l'autre de vos œuvres, de préférence la pièce de théâtre. D'accord ?

L'âme remplie d'espoir, Rick Constant raccrocha le combiné. En principe, l'idée de travailler sur la prose d'un autre lui répugnait. Mais, après tout, pourquoi ne serait-ce pas une bonne pièce ? Dans l'affirmative, il saurait user de certaines astuces pour en chiper l'argument. Peut-être sa tâche serait-elle, en fin de compte, d'un excellent rapport ?

* * *

Une heure plus tard, serrant sous le bras le manuscrit de sa propre pièce, Rick Constant arrivait en vue de l'immeuble indiqué. A vrai dire, le bâtiment était moins remarquable par ses proportions que par son apparence cossue et même somptueuse.

Quand le visiteur se fut annoncé par le truchement du parlophone, l'ouverture automatique de la porte d'entrée se déclencha après un bref bourdonnement. A l'intérieur, ni concierge ni liftier, mais une série d'ascenseurs. Tandis que ses pieds s'enfonçaient dans l'épaisse moquette du vestibule où régnait une paix monastique, l'écrivain pauvre évoqua par contraste l'espèce de caserne lépreuse où il gîtait.

Au quatorzième étage, un Asiatique trapu, à veste blanche, introduisit sans mot dire le candidat dans le luxueux appartement du Dr Carlos Moriarty. Rick trouva les locaux inondés d'un soleil qui jamais ne venait égayer sa chambre miteuse. Ses semelles foulèrent un profond et moelleux tapis brun qui recouvrait le parquet dans toutes les pièces. Un peu connaisseur en antiquités, il inventoria les lieux du regard. De toute évidence, les quatre lampes sur pied réparties dans le vaste living étaient d'authentiques chefs-d'œuvre datant de la Dynastie des Ming. De même que le divan, les fauteuils, d'un luxe inouï, lui parurent offrir un confort ouaté ; impression qui se vérifia quand, sur l'invitation muette du serviteur oriental, il se fut installé dans l'un d'eux.

— Ah ! vous voilà, monsieur Constant ! modula une voix bien reconnaissable.

Le Dr Carlos Moriarty était un petit homme aux cheveux gris-fer soigneusement brossés en arrière afin de dégager un front qu'il avait haut. Il était enveloppé dans une soyeuse, longue et ample tunique chinoise et portait aux pieds une paire de pantoufles japonaises qui avait dû lui coûter un prix fou. Un instant, Rick se remémora certaines histoires qu'il avait entendu raconter au sujet de propositions faites par des vieillards excentriques à des hommes bien plus jeunes qu'eux. Mais le Dr Moriarty alla s'asseoir à l'autre bout du living et se comporta immédiatement en homme d'affaires.

— Je vais lire le manuscrit de votre pièce pendant que vous lirez celui de la mienne, dit-il. Il se pourrait que nous tirions parti de la vôtre également.

— C'est une pièce à grand spectacle, commenta le jeune auteur, empressé.

— Je n'en doute pas. Ah ! si vous saviez combien les autres candidats m'ont déçu ! Tant de jeunes littérateurs ont du talent... mais point de jugeote. Ils pèchent par incompréhension. Or, il faut que je trouve exactement l'écrivain qui convienne. Ainsi donc, au travail !

***

De part et d'autre, la lecture leur avait pris deux heures d'horloge.

A présent, le jeune homme était retombé de très haut. Car la pièce du Dr Moriarty se révélait un horrible navet. Tout littérateur digne de ce nom, fût-il romancier, journaliste ou rédacteur commercial, en eût ri au nez de l'auteur. *Non, vraiment,* se dit Rick, *même rétribué à prix d'or, le plus grand génie littéraire ne pourrait en tirer une pièce valable. Mais lui, le docteur, doit certainement savoir combien c'est mauvais...* ? Il dévisagea le petit homme. Moriarty tourna vers lui un visage souriant.

— Eh bien, jeune talent, votre pièce me plaît.

Vous êtes incontestablement un artiste. Oh ! qu'il est cruel et sot — direz-vous — le monde où nous vivons. Exact ?

— En vérité... commença Rick Constant.

— Mon style est loin de valoir le vôtre, coupa Moriarty, mais vous conviendrez qu'il ne pourrait en être autrement. Je suis un homme d'affaires, et non un homme de lettres. Si je possédais votre maestria, je n'aurais pas besoin de vous. L'œuvre que vous venez de lire en manuscrit est encore dans les limbes, mais j'ai la conviction qu'un as comme vous saura en tirer une pièce à succès.

Le bonhomme parlait sérieusement, avec une ardeur proche de la véhémence. Rick Constant restait affalé dans le fauteuil, séparé de l'étrange personnage par toute la largeur du living, mais son esprit s'activait avec fièvre. Était-il possible que Moriarty ignorât que sa pièce ne valait pas un clou ? Selon toute vraisemblance, les candidats précédents avaient dû le lui dire. A moins que le vieil original ne s'entêtât contre vents et marées, se refusant à l'abandon de son projet malgré le verdict unanime.

— Ma foi, émit avec diplomatie l'écrivain besogneux, l'on rencontre dans votre œuvre certaines choses fort intéressantes, et...

— Assurément, interrompit le petit homme, mais je comprends très bien que, dans son état actuel, le manuscrit appelle un gros travail de refonte pour être mis en forme. D'autre part, vous devez vivre. Que diriez-vous de 100 dollars par semaine plus cinquante pour cent des droits d'auteur lorsque la pièce sera applaudie dans les plus grands théâtres du pays ?

Rick Constant sentit son cœur bondir dans sa poitrine. Cent dollars par semaine ! C'est qu'il en aurait probablement pour des mois et des mois de travail... Du reste, il veillerait à ce que l'importance de la tâche en justifie la durée !

— Il est toutefois une chose que je désire savoir avant tout, reprit le Dr Moriarty avec le plus grand sérieux. Avez-vous foi en ma pièce ? J'attache à ce facteur une importance capitale, monsieur Constant. Dites-moi donc en toute sincérité si vous y voyez vraiment une grande valeur en puissance.

Rick prit une profonde inspiration et, penché vers l'auteur apparemment anxieux, se tira d'embarras par une réponse aussi mensongère que l'expression de ferveur qu'il s'efforçait de répandre sur son visage :

— M'est avis que ce potentiel est fort élevé. Ce me serait un honneur de parfaire votre œuvre.

Le docteur exhala ce qui parut être un long soupir d'aise et, la mine épanouie, se détendit dans son fauteuil. Rick faillit alors se moquer ouvertement de ce nabot assez farfelu pour envisager de gaieté de cœur un gaspillage de 100 dollars par semaine.

— Une coupe de champagne pour sceller notre association ? proposa Carlos Moriarty. Rassurez-vous dès maintenant. Mon rôle se bornera à celui de commanditaire. Pour le travail, je m'en remets entièrement à vous.

***

En vue d'établir leur collaboration littéraire, Rick Constant et Moriarty avaient pris des arrangements à la fois simples, précis et immuables. A domicile, le jeune écrivain s'attelait au remaniement du manuscrit durant toute la semaine ; le vendredi, à heure fixe, il allait livrer à l'appartement du docteur les pages qu'il avait récrites. Par la même occasion il recueillait les pages fournies le vendredi précédent, afin que, de retour chez lui, il pût examiner les changements apportés par l'auteur ou les commentaires marginaux de ce dernier. Puis il empochait son chèque et repartait. Chaque vendredi, le silencieux et massif Oriental l'introduisait auprès du maître de maison. Moriarty bavardait un moment avec son collaborateur, lequel s'en retournait ensuite avec, dans une reliure automatique en cuir, les fascicules livrés la semaine précédente et maintenant « supervisés » par l'auteur en titre.

Au terme de la cinquième semaine, il devint évident que Moriarty ne s'intéressait nullement à la nouvelle rédaction de l'œuvre. Lorsque, au retour de sa visite hebdomadaire à Riverside Drive, Rick eut examiné les annotations portées arbitrairement en marge des feuillets livrés le vendredi précédent, il lui apparut clairement que le fantasque personnage n'avait pas lu une seule ligne du nouveau texte.

De fort méchante humeur, il appela immédiatement au téléphone l'appartement de Moriarty. N'ayant pas obtenu de réponse, il releva dans l'annuaire le numéro de la firme Moriarty & Conant et essaya de ce côté. Une voix féminine au ton arrogant l'informa que le Dr Carlos Moriarty était à Philadelphie. Rick Constant fut sur le point de l'accuser de mensonge, sachant pertinemment qu'à moins d'avoir le don d'ubiquité, le Dr Moriarty ne pouvait pas se trouver *en même temps* à New York et à Philadelphie. Mais il se ravisa. Car, soudain, il lui tomba sous le sens que le Dr Moriarty se trouvait mêlé à une opération bien plus tortueuse que la mise sur pied d'une pièce de théâtre bancale.

— Veuillez lui signaler que Rick Constant l'a demandé au téléphone, dit-il simplement, et il raccrocha.

***

Assis dans la solitude de sa chambre minable, il se mit à réfléchir profondément... C'était Moriarty qui, à l'origine, lui avait offert spontanément, les honoraires de *cent dollars* par semaine. A présent, cette libéralité prenait un caractère suspect aux yeux de Rick qui finit par se dire : *Quelle que soit la véritable raison pour laquelle ce diable d'homme a loué mes services, cela doit faire partie d'un plan qui vise à lui rapporter de l'or en barres.* Sans doute ne serait-il pas mauvais de signaler au bon docteur que lui, Rick Constant, avait percé à jour l'obscur dessein du soi-disant commanditaire.

D'évidence, sous son faux air patelin le docteur l'avait amené à conclure un marché de dupe et se servait de lui à des fins tout autres que littéraires. Et peut-être, en octroyant 100 dollars par semaine à son prétendu collaborateur, avait-il compté l'éblouir suffisamment pour que ce dernier s'abstînt de poser des questions oiseuses. Le petit homme ne se faisait sûrement aucune illusion sur la médiocrité de sa pièce ; mais d'autre part il misait sur le fait probable que l'impécunieux littérateur hésiterait à compromettre, par une curiosité gênante, un emploi qui avait tout d'une sinécure. En quoi il se trompait. Car à malin, malin et demi, Rick Constant entendait découvrir ce que complotait Moriarty... et, s'il y avait un trésor à la clef, en obtenir le partage équitable !

Ce fut peut-être une similitude de noms[1] qui aiguilla sa pensée vers Sherlock Holmes et lui rappela, par analogie avec sa situation présente, l'un des nombreux mystères éclaircis par le Maître-détective. Dans cet épisode, un boutiquier précédemment dans la gêne reçoit depuis peu une large rétribution pour aller accomplir à l'autre bout de Londres un travail aussi fastidieux qu'inutile. Mais Holmes, grâce à ses légendaires facultés de déduction, ne tarde pas à découvrir que l'on a engagé cet homme à seule fin de le retenir loin de son modeste local pendant quatre ou cinq heures par jour, de manière que son absence quotidienne laisse à d'ingénieux cambrioleurs le champ libre pour percer en secret un passage souterrain partant du sous-sol de la boutique pour aboutir dans le caveau d'une banque contiguë à l'arrière.

Rick Constant parcourut d'un regard circonspect les quatre murs de son taudis et finit par se planter devant sa fenêtre sur cour. Aucune banque n'était établie dans le voisinage. Du reste, ni à proximité immédiate de sa chambre ni à l'intérieur de celle-ci, il n'y avait rien qui pût tenter des voleurs. Ses voisins de bicoque n'avaient pas dix *cents* d'économie. Quant à lui, il ne possédait en propre qu'un petit matériel pratiquement sans valeur marchande. Et pourtant, nul doute qu'il servait en quelque façon les buts inavoués de Moriarty. Quelle autre raison eût motivé les largesses du mauvais auteur envers son « nègre » ?

Moriarty n'avait fait aucune tentative d'impliquer Rick dans quoi que ce fût. Il ne lui avait fait

1. Allusion au professeur Moriarty, adversaire de Sherlock Holmes, et à la nouvelle intitulée « La ligue des rouquins ».

d'avances d'aucune sorte. Il ne lui avait demandé l'exécution d'aucune tâche étrangère à la rédaction définitive d'une pièce qui n'en valait pas la peine. Et cependant, nul ne payait grassement son monde pour ne rien obtenir en échange... Rick passa mentalement en revue l'ensemble des arrangements pris.

Chaque semaine, le vendredi matin, il se rendait dans Riverside Drive pour livrer le travail effectué au cours de la huitaine, et s'en revenait porteur de son chèque hebdomadaire ainsi que de la reliure de cuir renfermant les pages fournies le vendredi précédent — pages censées être lues par l'auteur avant d'être agréées comme texte définitif. Les chèques émis par le docteur étaient signés de son vrai nom ; la banque honorait sa signature. Libellés au nom de la firme, ils portaient imprimée, la raison sociale *Moriarty & Conant, Inc.* Rick allait les encaisser de semaine en semaine, sans que surgît la moindre difficulté. Moriarty les établissait au montant exact de 100 dollars, ce qui excluait l'hypothèse d'un détournement de fonds par le codirecteur au préjudice de la firme.

Néanmoins il n'était pas douteux que Moriarty manigançait dans l'ombre. Le petit homme rémunérait l'écrivain à un taux fort élevé pour l'exécution d'une tâche sans objet. De plus, il recevait son « collaborateur » chez lui à un moment où, dans les bureaux de la firme, on le croyait à Philadelphie. Sans pouvoir encore s'expliquer le pourquoi de la chose, Rick acquit la certitude que, d'une manière ou d'une autre, la clef de l'énigme se trouvait dans le travail littéraire en cours.

Il se livra personnellement à une enquête au sujet du Dr Carlos Moriarty. Entre autres démarches, il se fit passer pour un agent du fisc afin de connaître la situation financière du docteur. A la banque sur laquelle les chèques étaient tirés à fin de semaine, on donna au pseudo-agent fiscal l'assurance formelle que la firme Moriarty & Conant comptait parmi les plus solvables de la place.

Ensuite il se rendit dans les bureaux de ladite société aux fins de se faire une opinion *in situ*. La préposée à la réception ne lui réserva pas un accueil très amène lorsqu'il eut décliné sa qualité d'emprunt.

— Désolé de vous importuner, madame, dit-il, de guerre lasse, avec toute l'austérité impersonnelle qui convenait à son rôle, mais il faut bien que je fasse mon métier.

Son attention fut attirée par nombre de petites vitrines qui, disposées avec art dans les locaux, exposaient aux regards des bijoux scintillants... et il s'avisa soudain qu'il avait complètement perdu de vue le genre d'activité de la firme Moriarty & Conant : la bijouterie en gros. Ce fut pour lui un trait de lumière. Ainsi, c'était donc ça ! Moriarty dérobait des joyaux et employait Rick Constant comme véhicule... Mais par quel stratagème ?

Rick se creusait encore les méninges sans pouvoir répondre à cette question, quand il aperçut Moriarty en personne. Le petit homme sortait justement de son bureau directorial. Il s'arrêta pile en voyant là son « collaborateur » qu'il croyait chez lui, sagement à l'œuvre parmi les pages à refondre en vue de la livraison rituelle du vendredi. Rick lui adressa un rictus accompagné d'un grognement. Sidéré, Moriarty écarquillait les yeux... Puis, brusquement, sans dire quoi que ce fût, il tourna les talons et rentra dans son bureau.

Tout au long du trajet de retour à son logement bohème, Rick s'efforça d'assembler en pensée les différents morceaux du puzzle. *A mon insu*, conclut-il en esprit, *Moriarty m'a fait transporter « quelque chose ». Mais quoi ? Des messages en code sous couleur d'annotations sur certaines pages que j'emporte au moment de quitter l'appartement de Riverside Drive, le vendredi ? Ou bien serait-ce le chèque hebdomadaire qui aurait un sens caché ? Mais quelle que soit « la chose » et quel qu'en soit le camouflage, qui en est le destinataire et comment parvient-elle à destination ?*

***

Ce vendredi-là, Rick Constant avait pris la résolution de forcer l'énigmatique employeur à abattre son jeu. Sitôt introduit dans le riche appartement du docteur, il faussa compagnie à l'obséquieux larbin (toujours muet) et gagna d'un pas rapide la salle de séjour, au luxe raffiné, où trônaient les quatre lampes de la Dynastie Ming, qui, à l'heure présente, ajoutaient à l'ambiance une note assez provocante pour le rendre furieux. Quelle que fût l'opération clandestine à laquelle Moriarty se livrait, Rick Constant allait exiger sa part du résultat.

Comme à l'accoutumée, le petit homme le reçut en tenue d'intérieur, c'est-à-dire pris du col aux chevilles dans son vêtement chinois. Il parut très surpris d'entendre Rick Constant l'accuser de perfidie, de machination, de trafic louche, etc. — et exiger plus d'argent.

— Une machination ? se récria-t-il. Quelle machination, monsieur Constant ?

— Bas le masque et parlons franc. Vous savez

aussi bien que moi que votre prétendue « pièce » n'est qu'un tissu d'inepties. Et tout libéral que vous êtes, ce n'est pas pour rien que vous me donnez 100 dollars par semaine depuis un mois et demi.

— Mettriez-vous en doute que ma pièce est un chef-d'œuvre, monsieur Constant ? Moriarty sourit. Là, vraiment, vous m'affligeriez.

— Je n'hésiterais pas à aller trouver la police, dit Rick.

— Du chantage ? roucoula le petit homme à la voix suave. Voilà certes une idée saugrenue. Et qu'iriez-vous raconter à la police, mon jeune ami ? De quel délit me serais-je rendu coupable ?

— Vous vous êtes servi de moi à des fins illicites ! tonna Rick Constant. Vous m'avez manœuvré de façon que, chaque semaine, j'emporte d'ici quelque chose dont vous avez fait mystère et que vous ne vous seriez jamais risqué à transporter vous-même. De cela, j'ai à présent la certitude. Car je sais que cette chose et son transport sont étroitement liés au travail de bénédictin pour l'exécution duquel vous prétendez m'avoir engagé !

Le Dr Carlos Moriarty éclata d'un rire inextinguible qui le fit tressauter dans son fauteuil.

— J'exige beaucoup mieux qu'une obole de 100 dollars par semaine, vous m'entendez ! hurla Rick, hors de lui.

— Bien sûr que vous l'exigez, glousse Moriarty entre deux séries de spasmes hilares. Vous êtes malhonnête et cupide. Oh ! vous n'avez pas idée du temps qu'il m'a fallu pour dénicher un plumitif assez malhonnête, assez âpre au gain pour accepter, moyennant finances, de triturer cette monstruosité littéraire et la récrire d'un bout à l'autre. Tous les autres postulants — et j'en ai contacté pas mal avant de m'adresser à vous — sont des écrivains tellement incorruptibles que la seule lecture de cet amphigouri les avait écœurés.

— Navré de vous décevoir en partageant leur dégoût.

Le Dr Moriarty cessa de rire et, dans son fauteuil, abandonna l'attitude relaxée pour se pencher en avant. A cette minute, Rick eut l'impression soudaine que l'avorton était en tenue de ville sous l'ample tunique chinoise. Or, Rick en était sûr, tel n'avait jamais été le cas lors des entrevues précédentes. Moriarty se fit très sérieux :

— En vérité, jeune homme, vous ne m'avez point déçu. Et à présent vous voyez juste : *effectivement, vous avez emporté d'ici ce que je désirais vous voir enlever en ce lieu*. Maintenant, je crains que l'heure ne soit venue de baisser le rideau. La comédie est jouée.

Moriarty se leva d'un bond et se dirigea vivement vers une petite table rangée le long du mur, mais Rick, qui avait prévu le mouvement, s'élança du même côté pour devancer le gringalet. Moriarty se fendit en avant pour atteindre le meuble en premier, mais Rick l'écarta d'une bourrade, ouvrit le tiroir de la table, y plongea la main et la ressortit armée d'un pistolet automatique de petit calibre. L'arme lui parut bizarrement légère. Une vérification immédiate le convainquit qu'elle n'était pas chargée !

Surpris, il reporta son regard sur Moriarty. Au même instant il perçut derrière lui un bruit de pas feutrés. Pivotant à demi, il crut entrevoir le visage impénétrable du serviteur oriental. Ce fut là tout ce dont il put prendre conscience avant que l'Asiatique l'abattît d'un maître coup de karaté. Sa dernière pensée s'éteignit sur la conclusion que l'Oriental n'était pas vraiment un domestique.

* * *

Lorsqu'il reprit connaissance, Rick Constant se trouva étendu de tout son long sur l'épaisse moquette brune. Il secoua la tête comme le fait un homme encore à moitié étourdi qui tente de s'éclaircir les idées. Une irritation cuisante lui piquait les narines. Vaguement il entendit un bruit sourd, comparable à celui d'une faible explosion. Une fumée âcre lui enflammait le palais et les muqueuses nasales. Encore une fois il branla du chef ; et, lentement, la brume cotonneuse qui lui obnubilait l'esprit se dissipa, quoiqu'il fût encore incommodé par des picotements dus à des vapeurs ambiantes. Sa gorge se contracta à tel point que, suffoquant, il se mit à tousser... Des sels ammoniacaux !

Sous l'action irritante du gaz ammoniac, il ne tarda pas à recouvrer toute sa présence d'esprit. Il se dressa en position assise. Une porte claqua. Celle de la cuisine ? Pris de peur, il se remit sur pied et courut à ladite pièce. Il en trouva la porte verrouillée de l'intérieur. Pas de clef à la serrure. Il regagna au trot la salle de séjour.

Pourquoi avait-on pris la peine de répandre autour de lui des vapeurs ammoniacales ? Dans le but de le ranimer, bien sûr, mais pour quelle raison ? Et qui s'en était chargé ? L'étrange serviteur, probablement, et ce serait donc lui qui venait de fuir par la cuisine... Mais le motif de son acte ? De toute évidence, il avait tenu à ranimer sa victime à ce moment précis, mais... Rick n'eut guère le loisir de se poser d'autres questions, car des cris retentirent à la porte d'entrée et des coups violents en ébranlèrent le panneau...

Il était encore planté au milieu du living lorsque des membres de la police y firent irruption. Deux agents de la patrouille l'appréhendèrent tandis qu'un inspecteur en civil recueillait le léger automatique abandonné sur le tapis. Le détective en renifla le canon.

— On vient de s'en servir, dit-il. Une seule balle a été tirée.

Un second détective se tenait sur le seuil de la chambre à coucher.

— Amenez-le ici, dit ce policier.

Rick n'opposa aucune résistance aux deux agents qui le poussaient dans la chambre à coucher. Là, sur le moelleux tapis brun gisait le cadavre d'un homme !

— Moriarty ? questionna le premier inspecteur.

— Ça en a tout l'air, opina le second. Il répond au signalement fourni par son associé.

Rick Constant crut que sa raison avait sombré, qu'il était en proie à un délire hallucinatoire, tant la situation présente lui semblait irréelle. Il s'efforça de faire le point. Son regard tomba sur le corps inerte étendu à ses pieds. Une flaque de sang tachait la moquette. Le cadavre était revêtu de la tunique chinoise bien reconnaissable. *Mais c'était celui d'un homme que Rick Constant n'avait jamais vu !*

Sa propre voix lui parut tenir du croassement lorsqu'il balbutia :

— Non... non... Ce n'est pas...

Ses protestations moururent sur ses lèvres et le silence s'établit pendant qu'il regardait agir les deux inspecteurs. L'un d'eux, penché sur le corps, retira d'une poche du vêtement chinois un petit écrin, et l'ouvrit. A l'intérieur, il n'y avait que des fragments de bijoux, mais ils étaient sertis de diamants ; visiblement des gemmes authentiques. Le couvercle de l'écrin portait le monogramme *CM* en lettres dorées. Rick Constant fit de stériles efforts pour vaincre la paralysie vocale qui l'empêchait de proclamer que le défunt n'était pas le Dr Carlos Moriarty. Tout à coup il se rendit compte d'une présence nouvelle dans la pièce.

Le premier inspecteur s'adressa au nouveau venu qui s'était arrêté juste derrière le jeune suspect :

— Êtes-vous prêt à identifier formellement votre associé en la dépouille que voilà, monsieur Conant ?

— Mais parfaitement. C'est bien Carlos... le Dr Moriarty, veux-je dire, articula d'une voix cultivée ledit personnage.

L'écrivain n'eut pas besoin de se retourner pour savoir qui se tenait derrière lui. C'était le nabot qui l'avait engagé sous le fallacieux prétexte de lui faire récrire une pièce ridicule. Alors seulement il comprit que cet individu n'était point le Dr Moriarty de la firme Moriarty & Conant. A présent tout devenait plus clair.

Le vrai docteur Carlos Moriarty — l'homme que Rick n'avait jamais vu avant cette heure dramatique — gisait à l'état de cadavre, sur la moquette ensanglantée.

La voix onctueuse du gringalet, — M. Conant pour lui restituer sa véritable identité —, parvint aux oreilles de Rick parmi les sourdes pulsations qui lui martelaient les tympans.

— Voici donc l'homme avec lequel Moriarty était en cheville ?... disait-il aux policiers. Quelle affaire sordide ! Je soupçonnais Moriarty de vol depuis un certain temps déjà, mais sans toutefois y croire.

Carlos avait subi de lourdes pertes ; et puis, ses voyages à Philadelphie tous les vendredis... Voyages que n'exigeaient nullement les affaires, comprenez-vous ? Et chaque fois, avant son départ en voyage, il lui fallait démonter les bijoux qu'il avait dérobés et en confier les pierres à son complice ici présent. Pauvre Carlos !

Rick Constant secoua la tête en signe de dénégation. Son cœur battait à grands coups. A toute allure son esprit passa en revue le marché conclu et les arrangements ultérieurs entre lui et l'intrigant qui avait usurpé chaque semaine, à jour fixe, l'identité de Moriarty. Ce fut à peine s'il reconnut le son de sa propre voix dans les raucités qu'il fit entendre :

— La pièce ! Je rédigeais pour lui une pièce de théâtre... d'après un affreux galimatias... Mais cela ne pouvait justifier le taux élevé de mes honoraires...

Le petit homme du nom de Conant se mit à rire à gorge déployée, d'un rire sonore et sarcastique. Il avait l'air de s'amuser follement.

— Une pièce de théâtre ? Que nous contez-vous là ? C'est absolument grotesque ! s'exclama-t-il. Comme si Carlos avait pu faire œuvre littéraire ! Il n'était pas capable de rédiger dix lignes ! Pourquoi ne pas dire la vérité, jeune homme ? Vous savez fort bien que vous êtes dans l'impossibilité de produire comme pièce à conviction le texte d'une pièce inexistante. Mon domestique chinois vous a tenu à l'œil. Nous désirions vous prendre la main dans le sac, vous et Moriarty. C'est pourquoi j'avais prévenu la police. Dites la vérité, mon garçon ! Vous avez fini par vous disputer les bijoux, tous les deux ! Vous-même deveniez trop gourmand... Avouez donc !

— Pas si vite, monsieur Conant, intervint le premier inspecteur. Vous et votre domestique ne pouviez prévoir que Constant tuerait Moriarty. J'imagine plutôt que, si votre domestique surveillait les mouvements de Moriarty, c'était dans le seul but de pouvoir éventuellement lui extorquer des fonds sous menaces de chantage. Ça ne fait pas un pli.

La voix mielleuse de l'homuncule parvint comme un ronronnement aux oreilles de Rick qui, figé dans une immobilité de statue, ne pouvait que promener à la ronde un regard hébété en écoutant son cœur battre la chamade.

— J'aurais dû deviner ce qui se passait, dès le moment où j'ai vu les talons des chèques tirés par Moriarty au profit de cet homme, ronronna Conant. Ce pauvre Carlos n'était pas même un filou habile. Imagine-t-on un voleur qui paie son complice par chèque ! Tout porte à croire qu'il ne s'attendait guère à être assassiné. Ou bien aurait-il choisi ce mode de paiement avec l'arrière-pensée d'établir ainsi la complicité de Constant, au cas où il lui arriverait malheur ?...

— A cet égard, les chèques sont probants. Ils constituent une preuve accablante.

— Je présume qu'on ne retrouvera jamais les bijoux volés, poursuivit le petit homme, mais du fait que mon associé et moi étions tous deux assurés pour une somme très importante, je n'y perdrai vraiment pas grand-chose et...

... Et Rick cessa d'écouter. *Les chèques* ! Toute une révélation. Voilà donc en quoi consistait « la chose » emportée par lui à chaque fin de semaine conformément au plan secret du faux docteur. Ces chèques nominatifs établiraient indéniablement que le Dr Carlos Moriarty — le vrai — avait eu à sa solde un complice en la personne de Rick Constant.

Simple comme bonjour. Quoi de plus simple en effet, pour le perfide Conant, de se faire passer pour son associé (inconnu de Constant) une fois par semaine, précisément le jour où Moriarty se trouvait d'ordinaire à Philadelphie ? Et il n'avait rencontré aucune difficulté non plus à faire signer par Moriarty les chèques de cent dollars... Chèques dont l'authenticité allait convaincre Rick Constant d'assassinat.

Silent partner.
Traduction de Jean Laustenne.

JANIE INTERVIENT

par ARTHUR PORGES

Plongés dans l'angoisse, en proie à la peur et à l'indécision, les Sanford oublièrent complètement Janie, discrètement recroquevillée dans le grand fauteuil près de la cheminée. Elle aurait dû être au lit depuis longtemps, quoiqu'une entorse au programme fût parfois tolérée, cette jeune personne s'étant, avec passion, spécialisée dans les phalènes, les chauves-souris, les grillons et autres créatures nocturnes. A onze ans, maigrichonne, godiche, criblée de taches de rousseur, sauvée de justesse de la laideur par d'immenses et limpides yeux bruns, rayonnant d'intelligence et de vivacité, Janie était sans conteste une « experte » en histoire naturelle et biologie ; intrinsèquement, toute considération d'âge mise à part.

Tandis que M. Sanford faisait passer la bande magnétique pour la troisième fois (peut-être dans le faible espoir que le son de la voix de son fils l'aiderait à résoudre le dilemme qu'elle avait suscité) Janie prenait placidement des notes et « gambergeait ». Pour elle, c'était un peu comme s'il s'agissait de jeter les bases et d'étudier les données d'un nouveau « topo » à l'École de Kenilworth.

— On me retient prisonnier, Papa, annonçait la voix du garçon (sur un ton léger manifestement voulu). Je ne sais pas où, bien sûr. Mais si tu ne laisses pas tomber cette réunion du Conseil Municipal, lundi prochain, ils vont « prendre des mesures ». Il n'est pas question de me tuer ; on m'a demandé de bien insister là-dessus. Il est question de mes... (ici, une légère hésitation dans la voix) doigts. Je ne peux pas en dire plus ; sauf que pour l'instant ça va.

— Les doigts de Bill ! s'indigna Mme Sanford, éplorée (comme à chaque audition de la bande). Les horribles individus !

— C'est bien pourquoi je suis sûr qu'Ed Corey est derrière tout ça, gronda son mari. C'est tout à fait son genre. Si je ne peux pas voter, en n'assistant pas à la réunion, le Conseil cédera le terrain de Glen Davon à sa compagnie, et notre dernière chance d'obtenir un parc convenable s'envolera.

— Il faut faire ce qu'ils exigent, soupira-t-elle. On ne peut pas risquer de sacrifier les mains de Bill.

Le visage de Sanford revêtit une expression sinistre, à la fois douloureuse et courroucée. Il lui arrivait parfois de souhaiter que son garçon fût dépourvu d'un tel don. Cela faisait de longues années, lui semblait-il alors, qu'ils étaient l'objet de leur incessante vigilance, ces précieux doigts, ces menus doigts prestigieux. Pourquoi diable Bill n'avait-il pas montré des dispositions pour les mathématiques ou autre chose, dans un domaine où les mains n'ont pas une telle importance ? Mais c'était ainsi ; et dans une semaine exactement, il jouerait le Troisième Concerto pour piano de Beethoven avec l'Orchestre Symphonique, à moins que les truands de Corey n'aient brisé les doigts du gosse. Ils n'hésiteraient pas un seul instant, avec une aussi juteuse opération foncière à la clef ; et pour un musicien, une main blessée, c'était extrêmement grave. Le dommage risquait d'être irrémédiable, en dépit de toutes les prouesses de la médecine et de la chirurgie. Pouvait-on courir pareil risque ?

— Eh bien, voilà, exhala-t-il lourdement, on a fait une douzaine de fois le tour de la question, et je ne connais toujours pas la réponse. Faut-il avertir la police, ou suivre à la lettre leurs instructions, s'incliner, et laisser Corey rafler la mise ?

— Je n'ai pas changé d'avis, dit son épouse. Pour moi, à côté de la carrière de Bill, la création d'un parc, ça ne compte pas.

— S'il n'y avait que ça ! Tout le monde pensera que je me suis laissé acheter. Sur le plan politique, ici, je serai fichu.

— Je sais, et c'est terriblement injuste. Mais avons-nous le choix ? Si tu avertis la police, que pourra-t-elle faire ? Où iront-ils le chercher, Bill ? Il peut être à deux pas comme à cent kilomètres. Comment veux-tu qu'ils le trouvent avant la réunion, d'ici trois jours seulement, et sans la moindre indication pour orienter leurs recherches ?

— Peut-être que je pourrais les aider, lança une petite voix allègre, pleine d'assurance, et Mme Sanford sursauta.

— Janie ! s'écria-t-elle. Tu es restée là tout le temps ? Ça, alors ! Il est presque minuit, ma petite fille.

— J'ai écouté l'enregistrement de Bill — et ça

m'a donné à penser, des tas de choses, émit doctement la jeune créature.

— Ça n'est pas un jeu, maugréa son père. C'est une affaire très sérieuse.

— Je le sais. Moi aussi, je suis très sérieuse, Papa.

Cette réponse se colorait d'une nuance assez prononcée de reproche. Elle les aimait beaucoup, ses parents, mais, souvent, elle trouvait qu'ils manquaient de logique et d'objectivité dans leur comportement quotidien ; pas assez réfléchis ; trop émotifs, sentimentaux, impulsifs. Mais aussi, allez du jour au lendemain changer quelqu'un qui vous déclare péremptoirement, automatiquement, sans y regarder de plus près, que les chauves-souris et les insectes sont des bestioles déplaisantes ; toute une éducation à refaire. Cela pourrait prendre des années, songeait Janie à l'instant même, désabusée, réprimant un soupir.

— Épargne-nous tes élucubrations et va te coucher, mon enfant, lâcha M. Sanford avec quelque brusquerie. Ta mère et moi avons à discuter d'un grave problème et il nous faut du calme, de la tranquillité. Tu sais, enchaîna-t-il (se retournant vers sa femme), il devrait se ramasser, Corey, avec sa sale combine. Même si je m'abstiens, il tombera sur un bec. Un des votes sur lesquels il comptait va lui manquer, celui de Hugh Norton. Ce cher Hugh a eu la bonne idée de se faire esquinter avec sa bagnole dans un accident de la circulation à Redwood Falls, et il ne pourra pas être là. J'ai appris la nouvelle juste avant de rentrer. Résultat : les votes « pour » vont équilibrer les « contre », et le vote du Maire Leavitt sera décisif. Il appuiera le projet de parc ; c'est un type bien, et il s'est engagé à fond.

— Il sent le pain de seigle rassis, commenta la voix claire et incisive de Janie.

— Janie, voyons ! la rabroua Mme Sanford.

Malgré la gravité de la situation, son mari ne put s'empêcher de sourire.

— Le fait est qu'il aime à tâter du kummel, Ivy, dit-il, et j'avoue qu'il l'empestait le jour où Janie l'a rencontré. Ça n'en a pas seulement l'odeur, d'ailleurs, ça a aussi nettement le goût du seigle. Je préfère le whisky.

— Écoute, Papa, dit Janie. Pour Bill, j'ai vraiment une idée. Vraiment ! Ça devrait marcher.

— Bon, très bien, soupira sa mère, quêtant du regard l'approbation de M. Sanford. Inutile de vouloir s'en débarrasser quand elle s'est fourré quelque chose dans le crâne. Allez, Bébé, vas-y ; comme ça, on pourra peut-être te mettre au lit avant l'aube.

« Bébé » fit tiquer Janie, et elle grimaça ; mais elle sentait bien que ce n'était pas le moment de faire une scène à cause de ce révoltant vocable.

— Vous n'avez fait qu'écouter Bill, déclara-t-elle, sentencieuse et sévère, et tous les sons importants de la bande vous ont échappé.

— C'est-à-dire ? s'enquit son père.

— Eh bien, les grillons, pour commencer.

— Les grillons ! Qu'est-ce que ça nous apporte, les grillons ? Ils pullulent, il y en a partout.

— Oui, mais il y a un rapport très simple et très précis entre le nombre de stridulations à la minute et la température ambiante. Lutz l'indique dans son « Manuel ». J'ai fait le calcul, et j'ai obtenu vingt degrés.

Les Sanford se regardèrent, vaguement décontenancés.

— Bon, nous savons quelle chaleur il faisait. A quoi ça nous avance ? demanda sa mère.

— Au coucher du soleil et pendant une pareille vague de chaleur, c'est bas comme température, Maman. Il n'y a pas beaucoup d'endroits par ici où on pourrait la relever.

— Qu'est-ce qui te fait penser que la bande a été enregistrée au coucher du soleil, peux-tu me le dire ? s'informa M. Sanford.

— Tu n'as même pas entendu les mauvis, et les merles ? Les grillons commencent à striduler au crépuscule, en général ; et les oiseaux se taisent pour la plupart une fois la nuit tombée ; j'en ai donc déduit...

— Laisse, j'ai compris ! coupa son père. Ma tête n'est pas qu'un paquet d'os, seulement aux deux tiers.

— Ça ne nous dit pas où Bill se trouve ! dit son épouse d'une voix plaintive.

— Ensuite, il y a les grenouilles, poursuivit l'inexorable Janie (en les fixant tour à tour de ses énormes yeux bruns, chauds et doux comme du caramel fondu). Mauvis et grenouilles, ça veut dire de l'eau.

— Là, tu marques un point, admit M. Sanford. Mais pourtant, mon petit chou, ça n'est pas suffisant comme indices. J'ai bien peur...

— Depuis mars, on n'a pratiquement pas eu de pluie, lui rappela sa fille. Tu sais à quel point la sécheresse a sévi dans toute la région. Vraiment, Papa, à des kilomètres et des kilomètres à la ronde, il y a fort peu d'endroits qui ne soient à présent complètement asséchés. Alors, en tenant compte des mauvis (et ça veut dire aussi des joncs ; ils les adorent) et des martins-pêcheurs, par-dessus le marché, je me suis dit...

— Des martins-pêcheurs ? répéta-t-il, paraissant déglutir avec peine.

— Ce sont des oiseaux. On peut en entendre un qui jacasse à l'arrière-plan. Donc, je me suis dit que c'était sur le vieux domaine du Ranch Larrabee qu'il fallait chercher. Il a des tas d'hectares avec beaucoup de vieilles bâtisses et de cabanes, des joncs, des étangs ; et il y a là en particulier une petite vallée où le soleil ne pénètre pas ou à peine. Je parie que c'est le bon endroit, dans la zone basse, là où l'air frais s'installe et se tasse, comme qui dirait. C'est là que doit être Bill.

— Fred, murmura Mme Sanford, ça se tient, ce qu'elle dit.

— On pourrait téléphoner au vieux M. Renfrew du Ranch Santa Clara, suggéra Janie. Il établit lui-même sa météo. Il pourrait au moins nous dire ce qu'il a relevé comme température aux abords du domaine Larrabee, pas loin de l'endroit en question.

M. Sanford la considéra avec une stupeur émerveillée.

— J'appellerai le chef de la police, le Shérif Thompson, demain à la première heure, et je lui demanderai d'organiser des recherches — ou plutôt une sorte de raid — dans ce coin du Ranch Larrabee. Il pensera probablement que je travaille du chapeau, mais Janie peut avoir vu juste. Il faut essayer ; on n'a rien à perdre. Après tous, si elle se trompe — et je ne me risquerais pas à parier là-dessus, car elle le connaît comme sa poche, le comté ; elle l'a parcouru dans tous les sens avec le groupe écolo de ton ami Eddie Taylor — mais enfin, si elle se trompe, je pourrai toujours renoncer au vote de lundi pour soustraire Bill aux représailles de ces truands. Et après ça, ajouta-t-il, farouche, il aura affaire à moi, ce salopard de Corey !

Mais Janie avait tapé en plein dans le mille. Sous la conduite avisée d'un shérif chevronné, au terme d'une approche concentrique, silencieuse et circonspecte, les policiers surprirent et maîtrisèrent, tout déconfits, les deux individus qui retenaient Bill prisonnier dans une cabane délabrée. Celle-ci se trouvait dans un épais taillis au bord d'un étang — avec des joncs, naturellement, et des mauvis emplissant l'air de leur allègre gazouillis.

Plus tard, le même jour, le shérif déclara à M. Sanford :

— Ces deux minables voyous ne savent même pas qui a loué leurs services. D'après eux, il était masqué et déguisé à ce moment-là, et aussi quand il a enregistré le message du gosse. Le seul renseignement qu'ils prétendent pouvoir fournir, ajouta-t-il, l'air écœuré, c'est que le type sentait le pain de seigle. Ils doivent me prendre pour un demeuré !

La mâchoire inférieure de M. Sanford tomba et il se tourna bouche bée vers sa femme, dont les yeux se transformaient en soucoupes. Janie piaula, puis fut prise d'un petit fou rire aigu imitant une volière de mauvis en folie.

— Non ! Ça, par exemple ! s'exclama son père. Le Maire !

— Quou — a — ah ? expectora le shérif Thompson.

Il s'avéra ultérieurement que le Maire Leavitt, se trouvant dans une dramatique situation financière, s'était laissé acheter pour un bon prix. Sanford s'abstenant, son vote décisif aurait enterré le projet de parc.

Janie n'assista pas au triomphe de son frère à la salle de concert ; un cas de force majeure l'en empêcha. Les phalènes commençaient à émerger de leurs chrysalides, et, ainsi qu'elle l'expliqua à ses parents en termes poignants :

— Vous ne voudriez tout de même pas que ces pauvres petites choses viennent au monde dans un total isolement, sans personne pour veiller sur elles !

— Non, je ne pourrais pas supporter un pareil poids sur ma conscience, confirma gravement Sanford, et il entraîna sa femme vers la sortie (ce serait un miracle, à présent, s'ils arrivaient à temps pour le premier mouvement).

— En tout cas, murmura-t-il, en un perceptible aparté théâtral qui fit s'empourprer les joues de sa fille, elle n'a pas encore, à onze ans, le détachement cynique de certains savants à sang de poisson.

Puis il ajouta, d'une voix sonore, en se retournant avant de franchir le seuil :

— Bonne Fête des Mères, Janie !

Janie Zeroes In.
Traduction de Philippe Kellerson.

CULBUTES

par Talmage Powell

Marco fut ravi et très excité quand Timothy Watkins vint le trouver dans un moment de trouble extrême, mais il n'en laissa rien paraître. C'est aux alentours de minuit que, avec toutes les apparences de la plus amicale inquiétude, il accueillit un Timothy échevelé, surgissant de la pluie.

Après tout, Timothy et lui étaient censés être amis. En prenant, grâce à sa fortune, une grosse participation dans l'affaire chancelante de Marco, Timothy avait sauvé celui-ci de la faillite. Et c'est en toute franchise et amitié que Timothy était venu parler à Marco quand il était apparu que Miss Sharon Randall, cette ravissante brune, le préférait à celui-ci.

Lorsqu'il ouvrit sa porte à l'homme qu'il haïssait en secret, il suffit à Marco d'un seul coup d'œil pour englober les vêtements trempés, boueux, le visage blême, le regard vitreux et comme absent.

Marco savait que Timothy avait été invité à dîner

par Miss Randall, et il avait passé une torturante soirée à les imaginer tous deux seuls, dans l'intimité du chalet situé au bord du lac.

En affectant la compassion, Marco le guida jusqu'au divan, tandis que Timothy bredouillait sur un ton d'excuse :

— Il me fallait parler à quelqu'un... vu que toi qui... vaut mieux que je m'en aille... regrette de t'avoir...

Il s'était levé à demi, mais Marco le fit rasseoir :

— Allons, allons, ne sois pas ridicule !

Il brûlait tellement de savoir quels ennuis avait Timothy qu'il eût fermé la porte à double tour pour l'empêcher de partir.

— Tu as eu le bon réflexe. A présent, détends-toi et dis-moi ce qui t'arrive.

Comme la détente souhaitée ne se produisait pas, Marco alla verser une bonne rasade de whisky dans un verre qu'il apporta à Timothy. Celui-ci s'en saisit avec gratitude et le but d'un trait, ce qui eut pour effet de redonner quelque couleur à son visage.

— Marco, dit-il dans un souffle trahissant une intense souffrance, j'ai tué un homme.

— *Quoi ?*

— Un inconnu... Un homme que je n'avais jamais vu auparavant... Je n'ai eu conscience de sa présence qu'au moment où la voiture l'a heurté.

Du coup, disparut pour Marco toute la torturante amertume de cette soirée. Prenant un air grave, il s'assit à côté de Timothy, posa une main sur l'épaule de l'homme effondré :

— Mieux vaut que tu me racontes tout depuis le début...

L'autre tenta pitoyablement de s'y refuser :

— Non... Non, je ne veux pas t'entraîner dans...

— Encore une fois, ne sois pas ridicule, dit Marco en le secouant doucement. Les amis ne sont-ils pas faits pour ça ?

Marco se montrait si bon et compréhensif que les yeux gris de Timothy s'embuèrent.

— Miss Randall et moi... Nous avions bu des cocktails avant dîner... un digestif ou deux après... si bien que, en partant, je baignais dans une douce euphorie... Je n'étais pas ivre, non, mais néanmoins... (Il ferma les yeux et eut un frémissement.) Et à cent lieues de penser que j'allais avoir la vie d'un homme entre mes mains...

— Tu revenais de chez Miss Randall et tu rentrais chez toi ?

— Oui, je roulais en pensant à elle, à notre soirée. Bien en avant de moi, je vis le camion faire halte au croisement, puis repartir. Je comprends maintenant que le conducteur avait déposé là un autostoppeur, parce qu'il tournait au lieu de continuer vers la ville où l'autre devait souhaiter aller... Je... Je ne l'ai aperçu qu'en arrivant au croisement. Brusquement, il est apparu au bord de la route en me faisant signe.

« J'ai freiné à fond et la voiture a dérapé, me donnant l'impression que j'allais me retourner... Je ne m'étais pas rendu compte que je roulais si vite.

« J'ai donné un coup de volant, redressé la voiture à l'extrême bord du talus et j'ai entendu un choc, un bruit de métal heurtant de la chair et des os.

« Lorsque j'ai enfin réussi à m'arrêter, je suis descendu aussitôt mais je n'ai plus vu l'auto-stoppeur... Comme en un mirage engendré par la pluie, je ne gardais que la vague impression d'avoir entr' aperçu un type maigre, en jeans et blouson... Me rappelant le choc que j'avais entendu, je me suis mis à trembler... J'ai pris vivement la torche électrique dans la boîte à gants et j'ai couru sur la route...

— Tu l'as retrouvé ?

— Oui, gémit Timothy en se prenant la tête à deux mains. Dans un taillis, de l'autre côté du talus... Il avait le visage couvert de sang et j'ai tout de suite compris qu'il devait être mort.

— Le sang, ça ne prouve rien ! Es-tu descendu l'examiner ?

Timothy releva lentement la tête :

— Non... A la vue de tout ce sang... J'ai dû être pris de panique... Je ne me rappelle plus rien ensuite avant mon arrivée ici. Mais avec la tête dans un tel état, il ne pouvait pas avoir survécu...

— Tu n'as pas laissé de traces à cet endroit ? Rien qui puisse te rattacher à lui ?

— Je... Je ne sais pas... balbutia Timothy.

— Alors, il faut aller nous en assurer.

— Marco, je ne veux pas t'entraîner dans...

— Tais-toi donc, fit Marco en détournant son visage pour que Timothy ne pût voir l'éclat de son regard. Nous sommes associés, non ?

Timothy se mit péniblement debout :

— Tu sais, tout au fond de moi, j'avais le sentiment que tu ne m'aimais pas. Après tout, tu pouvais estimer que je t'avais pris la fille que tu...

— Allons, Timothy, fais-moi la grâce de me croire quand même plus adulte que ça.

La grand-route était semblable à un ruban noir et glissant. Timothy ralentit doucement.

— C'est là, Marco, chuchota-t-il bien qu'il n'eût aucune raison de parler si bas. De l'autre côté... Tu comprends : je roulais dans le sens opposé, vers la ville.

Marco descendit de voiture dans un bruissement d'imperméable, la torche électrique à la main.

— Laisse les feux de position allumés et si tu vois une autre voiture se pointer, descends ouvrir le capot, comme si tu avais des ennuis de moteur.

— Marco...

— Je sais. Remets ça à plus tard.

Marco traversa rapidement la route et dévala l'autre côté du talus. Il progressa au-dessous du niveau de la route, balayant du rayon de sa lampe un terrain inégal parsemé de taillis. Son excitation allait croissant. C'était vraiment une occasion unique de récupérer son entreprise et la fille qu'il aimait. Quand il aurait fini de se plier aux règles de l'amitié, il lui faudrait aller trouver la police avant que Timothy ait eu la possibilité de faire disparaître le corps... Il avait une conscience après tout ? Et c'était là ce que lui dictait son devoir de citoyen respectueux des lois, non ?

Le plus savoureux de l'histoire était que si Timothy avait su garder son sang-froid, il aurait pu s'en tirer. Alors que maintenant, il était cuit.

L'irritation se mit à l'emporter sur la jubilation, tandis que le pinceau lumineux s'agitait de façon de plus en plus fébrile. Mais où diable était-il donc ce mort qui allait restituer à Marco tout ce que Timothy lui avait pris ? La clarté de la torche balaya un gros fourré. S'immobilisa. Revint en arrière.

Marco se pencha, tenant la lampe d'une main ferme. Il étouffa un juron. De toute évidence, c'était bien l'endroit où l'auto-stoppeur avait été projeté, où Timothy l'avait vu. Des branchages fraîchement brisés l'attestaient, et l'on voyait l'empreinte du corps dans les feuilles mortes, où se lisaient aussi les efforts faits par l'homme pour s'éloigner en rampant.

En proie à un violent sentiment de frustration, Marco déplaça lentement le faisceau lumineux. Il vit ainsi l'endroit exact où l'homme était parvenu à se remettre debout. Quelques pas plus loin, il y avait un mouchoir maculé de sang. Sentant ses forces lui revenir peu à peu, l'homme s'était arrêté là pour palper ses blessures.

Marco plongea en avant, avide de découvrir le corps effondré.

Mais apparemment l'auto-stoppeur était parti. Marco dut bien finir par s'en convaincre et perdre tout espoir. Incroyable la résistance de ces vagabonds qui pourtant semblent souvent n'avoir que la peau et les os ! Quelque automobiliste avait dû le recueillir à son bord et il devait être à présent confortablement couché dans un lit d'hôpital. Les policiers n'attacheraient guère d'importance à son accident et l'engageraient à quitter la ville au plus vite.

— Marco ?

Il releva la tête. La silhouette de Timothy se découpait en ombre chinoise au bord de la route.

— Marco, que se passe-t-il ? Où es-tu ?

En cet instant, entendre la voix tant détestée fit serrer les dents à Marco. Il avait fallu que l'occasion lui en ait été offerte ce soir, pour qu'il se rende compte à quel point il souhaitait être débarrassé de Timothy.

Brusquement, il s'avisa que celui-ci n'avait aucun moyen de savoir qu'il n'y avait pas de cadavre. Sans rallumer la torche, qu'il avait éteinte lorsqu'il avait arrêté ses recherches, il appela doucement :

— Timothy ! Retourne à la voiture ! Bon sang, tu

cherches à attirer l'attention si quelqu'un vient à passer ? T'es dingue, ma parole ! J'arrive tout de suite !

Quand Marco regagna la voiture, Timothy était au volant, visiblement confus.

— Allez, Timothy, filons !

— Pourquoi as-tu mis si longtemps ?

— Mais je n'ai pas mis longtemps ! C'est une impression que tu as eue. Il m'a fallu d'abord retrouver le type, puis décider quoi faire... J'ai regardé si je voyais un endroit où cacher le corps...

— Alors, il est... ?

— Oh ! pour ce qui est d'être mort, il ne peut l'être davantage, mon pauvre vieux.

Timothy eut un sanglot en s'affaissant sur le volant.

— Marco, je suis un assassin.

— Tu ne dois pas te...

— Un assassin ! répéta Timothy en frappant du poing sur le volant. Je suis un assassin ! Jamais plus rien ne sera pour moi comme avant !

Marco le saisit par les épaules :

— C'est juste, Timothy. Et il faut te faire à cette idée.

— Marco, j'ai peur d'aller trouver la police...

— Rien ne t'y oblige, et tu serais bien fou de le faire. Tu avais bu quand tu as culbuté ce type et tu écoperais du maximum.

Timothy frémit et laissa aller son front contre le bord du volant.

— Mais ressaisis-toi, lui dit Marco en le gratifiant d'une tape sur l'épaule. Il y a un moyen de t'en sortir.

— Vraiment ?

— Oui. Je m'en vais t'aider, Timothy.

— Comment ?

— Nous allons retourner chez moi et je vais te donner tout l'argent liquide que j'ai. Ainsi, tu seras loin depuis longtemps quand ils découvriront le cadavre et ils n'arriveront jamais à te retrouver.

— Tu veux dire... M'enfuir ?

— Tu as une meilleure idée ?

— Mais je perdrais ma participation dans l'affaire, la fille que j'aime...

— Il est de par le monde quantité d'autres affaires et d'autres femmes. Mais les vingt prochaines années, tu ne les vivras qu'une fois. Bien sûr, si tu préfères les perdre, en sus de l'affaire et de la fille... (Marco eut un haussement d'épaules.) J'essaie de t'aider à sauver ce qui peut encore l'être. Moi, je ne vois pas d'autre issue pour toi que de partir au plus vite et très loin, sans jamais plus regarder en arrière. Allons, Timothy, dis-toi que tu n'es pas le premier à qui il arrive une chose de ce genre !

Timothy se calmait. Il se redressa, tourna la clef de contact et remit la voiture en marche. Marco se félicita que la nuit masquât la jubilation à laquelle il était en proie.

L'ascenseur les déposa au cinquième étage de l'immeuble habité par Marco et celui-ci ouvrit la porte de l'appartement, alluma dans le living-room.

Il étreignit brièvement le bras de Timothy :

— Allez, reprends courage ! Tu vas commencer une nouvelle vie sous un autre nom, à des milliers de kilomètres d'ici, et tout cela te fera l'effet d'avoir été un mauvais rêve. Bon, maintenant, voyons un peu ce que j'ai comme fric à te donner.

D'un air abattu, Timothy marcha jusqu'à la fenêtre, qu'il ouvrit. Il respira profondément. La pluie avait cessé, et de la nuit silencieuse émanait une fraîcheur vivifiante.

— Voici quinze cents dollars, Timothy, dit Marco en revenant. Sans doute n'est-ce pas une forte somme, mais si tu l'utilises avec discernement, elle te permettra de faire beaucoup de chemin.

Timothy prit l'argent, le regardant comme s'il n'avait pas bien conscience de ce que c'était. Le bas de son visage se fendit en un sourire oblique :

— Assassin... musa-t-il. Vois-tu, Marco, une fois qu'on est revenu du choc de se savoir un assassin, ça change totalement la façon dont on voit les choses.

— Ne pense plus à ça, Timothy, le rabroua Marco.

— Pourquoi ? Lorsqu'on a tué, la vie humaine acquiert une tout autre valeur... Ou, plus exactement, une absence de valeur.

Marco commençait à éprouver un certain malaise.

— Timothy, tu devrais désormais employer chaque minute à mettre le plus possible de distance entre...

— La pensée de perdre mon affaire et la femme que j'aime, m'est vraiment odieuse, Marco. Surtout depuis qu'il n'y a plus qu'une seule chose pouvant me rattacher à l'auto-stoppeur. La pluie a dû effacer les traces de pneus au bord du talus et je puis brûler mes chaussures, au cas où j'aurais laissé des empreintes de pas. Si bien qu'il ne reste plus contre moi que toi, Marco. Toi, l'unique témoin.

Avant que Marco ait pu dire quoi que ce soit, Timothy le frappa à la pointe du menton. Comme il vacillait, il le saisit par les épaules et orienta sa chute vers la fenêtre ouverte. Puis, d'un coup de pied, il envoya en arrière le tapis qui se trouvait sous la fenêtre, afin de rendre les apparences évidentes.

Comme tout un chacun, il déplorerait que le tapis ait glissé sur le parquet ciré juste au moment où Timothy se penchait à la fenêtre...

Lone witness.
Traduction de Maurice B. Endrèbe.

CHASSE AU SORCIER

par Walter Satterthwait

— J'ai l'intention de le *tuer* ! siffla-t-elle en swahili, d'une voix vibrante de fureur. N'approchez pas, sinon...

Saroya avait toujours été une femme superbe, mais en cet instant — les seins dressés sous son boléro rouge, ses minces jambes brunes raidies sous la jupe rouge, les cheveux en désordre, les yeux flamboyants — elle était carrément spectaculaire.

A vrai dire, le sergent Andrew Mbutu était surtout impressionné par le *panga* qu'elle tenait à deux mains, les doigts crispés sur le manche en bois. Toutes les prostituées somalis étaient armées de couteaux — c'était pour elles une nécessité professionnelle, au même titre que les sourires — mais aucune d'elles n'avait jusqu'alors menacé Andrew avec un *panga*, cette espèce de longue machette redoutable qui, dûment affûtée, pouvait vous fendre le crâne comme une vulgaire mangue.

Andrew ne doutait pas que le couteau n'eût été dûment affûté : les Somalis étaient extrêmement sentimentaux en ce qui concernait leurs armes.

— La secrétaire t'a dit que Bwana[1] Harper n'était pas là, dit-il, surpris par le calme de sa voix.

Encore pantelant d'avoir couru sous le soleil africain, il fit un timide pas en avant. Il entendait, derrière lui, la respiration haletante de l'agent de police Kobari.

D'un geste brusque, Saroya brandit le couteau, dont la lame s'immobilisa au-dessus de son épaule droite.

— Encore un pas, *fisi*[2], et ta tête roulera à tes pieds.

Ils se trouvaient tous les trois dans le bureau de la secrétaire de Robert Harper : moquette grise, sièges en plastique orange, grande table en bois — et, sur la gauche, une fenêtre ouverte par laquelle la secrétaire s'était sauvée en poussant des cris d'orfraie, trente secondes plus tôt.

Andrew et Kobari patrouillaient dans Harambee Street à bord de la Toyota de la police quand, en tournant dans Uhuru Avenue (en faisant hurler les pneus, comme toujours ; Kobari avait une grande admiration pour les bandes-son des films américains) Andrew avait vu Saroya entrer dans l'immeuble au pas de charge, le *panga* à la main, sans même essayer de camoufler ses intentions belliqueuses. Ordonnant à Kobari de s'arrêter, il avait bondi hors de la voiture et foncé jusqu'à la porte du bureau, qu'il avait ouverte juste à temps pour entendre la secrétaire déclarer en pleurnichant que

1. Monsieur.
2. Hyène.

Bwana Harper, malade, était retenu chez lui. A l'entrée d'Andrew, Saroya avait fait volte-face et la secrétaire en avait profité pour battre en retraite par la fenêtre.

Derrière Andrew, toujours haletant, Kobari s'enquit :

— La radio, sergent ?

Le regard de Saroya se reporta sur Kobari, puis revint se poser sur Andrew. Pas un instant le *panga* ne trembla.

Pour elle, se livrer maintenant eût été une issue peu glorieuse ; or, pour les Somalis, n'importe quelle tragédie — fût-ce le suicide — était préférable au ridicule. Si Andrew demandait le renfort d'hommes armés (les revolvers n'étaient fournis qu'en cas d'urgence) elle se défendrait jusqu'à la mort. Cela ferait un beau gâchis ; était-ce bien nécessaire ?

— Non, dit-il à Kobari.

Il regarda Saroya droit dans les yeux et prit une expression dédaigneuse.

— Pas pour une minable petite salope comme elle, ajouta-t-il.

Elle n'avait rien d'une salope ni d'une minable, Saroya : c'était une professionnelle à la fierté ombrageuse. Une lueur meurtrière s'alluma dans ses yeux et elle bondit sur le policier. Le *panga* fendit l'air ; Andrew l'entendit siffler tandis que, d'un écart brusque, il esquivait le coup. Puis il s'élança. Pour la première fois de sa vie (et, espéra-t-il, la dernière) il frappa une femme. Il enfonça son poing dans le ventre dénudé de Saroya, juste sous le diaphragme.

Elle se plia en deux, le souffle coupé ; Andrew la saisit alors par la taille et se mit à sautiller frénétiquement pour tenter de lui agripper le bras. Il entendit le *panga* tomber sur la moquette avec un bruit net, infiniment doux à l'oreille. Il sentit le parfum de Saroya — un arôme très agréable : du jasmin ? — et, brusquement, elle vomit sur le devant de sa chemise.

Muet d'horreur, il lâcha prise et recula en titubant. *Maudite petite ingrate* !

Kobari sortit ses menottes, saisit les bras de Saroya et les ramena brutalement en arrière, dans le dos de la jeune femme.

— Vous n'avez rien, sergent ?

Andrew secoua stupidement la tête. En regardant sur sa gauche, il s'aperçut qu'il avait conquis un public : une foule de badauds, bouche bée, était massée devant la porte vitrée du bureau.

— Garde-la un moment, dit-il à Kobari. Je vais voir s'il y a des toilettes quelque part.

Il trouva ce qu'il cherchait : un cabinet raffiné communiquant avec le bureau non moins raffiné de Robert Harper. Il prit une serviette, qu'il mouilla sous le robinet ; puis, avec une grimace de dégoût, il entreprit de frotter et de tamponner sa chemise, à petits coups rapides mais précis. Il y en avait aussi sur ses chaussures. Répugnant ! On essayait d'éviter un bain de sang, et en fait de bain...

Il se rappela alors le sifflement du *panga* s'abattant sur lui. Pris d'une soudaine faiblesse, il s'assit sur la cuvette des W.C., tremblant de tous ses membres.

***

— Elle dit que Bwana Harper a tué son homme, déclara Kobari tandis qu'ils roulaient vers le poste de police, Andrew à côté de lui et Saroya à l'arrière, confinée dans un silence maussade.

Andrew n'avait aucune envie de savoir ce que disait Saroya. La tête légèrement penchée à droite, il respirait à pleins poumons l'air frais qui pénétrait par la fenêtre ouverte.

— Le journaliste américain, précisa Kobari. Celui qui a disparu hier alors qu'il photographiait les poissons.

Curieuse histoire, en vérité. Le type avait nagé vers les récifs de corail, muni d'un appareil photo et de bouteilles d'air comprimé, et il n'était pas revenu. Trois plongeurs du coin avaient retrouvé plus tard l'appareil photo et les bouteilles, mais pas le journaliste. Andrew se rappelait avoir vu, au cours des deux derniers mois, le grand Américain boire un verre en ville avec telle ou telle touriste. Oui, cette disparition était vraiment curieuse, mais elle ne concernait en rien Andrew.

Kobari, qui savait se montrer opiniâtre, poursuivit :

— Elle dit qu'il avait accusé Bwana Harper de contrebande d'ivoire, il y a une semaine, au bar de l'Hôtel Aladin.

Malgré lui, Andrew sentit croître son intérêt. Il avait entendu des rumeurs selon lesquelles Robert Harper se livrait au trafic de l'ivoire, mais il s'était bien gardé d'en tenir compte : Harper était l'un des plus riches résidents européens du pays, et certainement le plus important. Propriétaire terrien et homme d'affaires de grande envergure, proche des milieux gouvernementaux, il avait récemment contribué à négocier un important contrat avec les Saoudiens.

— Il l'a accusé en public ? demanda Andrew.

— D'après Saroya, oui.

Les Européens étoufferaient l'affaire, naturellement ; ils gardaient leurs scandales pour eux, histoire de mieux les savourer. Tournant la tête, Andrew regarda la Somali. Assise légèrement en biais, les mains entravées dans le dos, elle l'ignora.

— Pourquoi ce journaliste pensait-il que Bwana Harper était impliqué dans la contrebande d'ivoire ?

Elle ne lui accorda même pas un regard.

— Question stupide, reprit Andrew d'un air pensif. Il était certainement trop avisé pour révéler des choses importantes à une femme comme toi.

Elle fit volte-face vers lui, les narines frémissantes.

— Nous devions nous *marier* !

Andrew accorda à cette affirmation fort peu d'attention et encore moins de crédit : les prostituées somalis étaient toujours sur le point de se marier. Au moins avait-il réussi à faire sortir Saroya de son mutisme.

— Dans ce cas, dit-il, tu devrais savoir s'il avait des preuves concrètes.

— Il avait des images, répondit-elle avec fierté.

— Des images ? répéta Andrew, surpris. Des photographies, tu veux dire ? De Bwana Harper ?

Elle ne dit rien ; Andrew comprit.

— En fait, tu ne les as pas vues. T'a-t-il *dit* que c'étaient des photographies de Bwana Harper ?

— Il avait des images, répéta-t-elle sur un ton de défi.

C'était inutile ; elle ne savait rien. Il tenta une autre approche :

— D'après toi, comment Bwana Harper s'y est-il pris pour tuer ton homme ?

Andrew avait du mal à imaginer Harper se battant sous l'eau avec un journaliste américain.

Sentant l'incrédulité du policier, Saroya se réfugia de nouveau dans le silence. Kobari répondit à sa place :

— Elle dit qu'il a fait appel à un *mwanga*[1] qui a jeté un sort au journaliste.

— Ah ! fit Andrew, amusé. Un *mwanga*... Passionnant !

Saroya lui lança un regard chargé de haine et détourna la tête.

La Toyota s'arrêta devant le poste de police dans un hurlement de freins, et la secousse projeta Andrew en avant. Il regarda par la vitre. A vingt pas de là, à l'ombre d'un jacaranda, se tenait Abdullah, le frère de Saroya : en ville, les nouvelles se propageaient à la vitesse de la lumière.

Tandis que Kobari aidait Saroya à descendre de voiture, Abdullah, immobile sous son arbre, considéra Andrew d'un air mauvais. « Il veut s'assurer que nous n'abîmons pas son gagne-pain », pensa le policier. Abdullah tenait une minuscule boutique de souvenirs à Uhuru Avenue, où il vendait de la bimbeloterie africaine à de belles touristes évaporées ; mais, de temps à autre, il faisait aussi le maquereau pour sa sœur. C'était un triste sire, hargneux et sournois.

Après s'être occupé de Saroya, Andrew s'installa au volant de la Toyota et rentra chez lui pour se changer. Mary était là quand il arriva. Elle émit de réconfortantes roucoulades quand il lui raconta l'épisode du *panga* mais fut prise de fou rire quand il lui expliqua comment il avait taché ses vêtements.

Lorsqu'il regagna la Toyota, on l'appelait à la radio de bord. Bwana Robert Harper — l'informa-

1. Sorcier.

t-on — le priait de venir le voir pour bavarder un peu.

***

Précédé d'un domestique — un grand Kikuyu au long visage impassible, pieds nus — Andrew traversa un vaste living-room, longea un passage voûté de style mauresque et déboucha dans un patio dallé de marbre qui s'étirait le long de la pelouse séparant la maison du jardin. Au bout du patio, assis à une table ombragée que rehaussait l'éclat rose vif des bougainvillées, Robert Harper regarda Andrew approcher et se leva pour l'accueillir.

— Sergent Mbutu ? dit-il en lui tendant la main. Merci d'être venu. Ça vous convient que nous nous installions ici ? A mon âge, on a besoin d'un peu de fraîcheur, pas vrai ? Qu'est-ce que je vous offre ? Du thé ? Quelque chose de plus fort ?

— Du thé, volontiers.

Harper se tourna vers le domestique :

— *Chai*, Hannibal, s'il te plaît. Asseyez-vous, sergent, asseyez-vous, dit-il en prenant lui-même un siège.

Agé d'environ soixante ans, Robert Harper était un homme de petite taille, guère plus grand qu'Andrew mais beaucoup plus large. Il portait un *kanga* lie-de-vin — ce vêtement commun aux hommes et aux femmes, consistant en une pièce de coton rectangulaire serrant la taille et drapée jusqu'aux chevilles — ainsi qu'une chemise de soie blanche aux pans sortis et aux manches retroussées. Il avait une crinière de cheveux d'un blanc argenté et un visage creusé de rides, rougi par le soleil ou par le whisky ; des poils argentés émergeaient de l'échancrure de sa chemise et formaient une abondante toison sur ses bras épais. Ses yeux — les plus bleus qu'Andrew eût jamais vus — étaient éclairés de l'intérieur, indéchiffrables.

— J'ai reçu un coup de fil d'un de mes gars, tout à l'heure, dit Harper. Mustapha Bey, le responsable de mon entrepôt d'Harambee, en face du bureau. Il m'a raconté ce qui s'était passé. Je voulais vous remercier.

Andrew camoufla d'un haussement d'épaules la légère irritation que lui inspirait cette entrée en matière.

— Je n'ai fait que mon travail, Bwana Harper.

— D'accord, je ne le conteste pas. N'empêche que si ç'avait été un autre que vous, un quelconque *polisi*[1]... (Les Américains aimaient bien émailler leur anglais de mots swahili)... il aurait peut-être reculé, pas vrai, sergent ? Il aurait rameuté des renforts, des hommes armés de *bundikis*[2]. Et une fois l'assaut terminé, le bureau aurait été un véritable champ de bataille. Sans vouloir vous offenser, hein, j'ai vu tirer certains de vos *polisis*... Diabolique ! (Il eut un sourire affable.) Bien sûr, il y a toujours des exceptions.

Andrew, qui se méfiait des armes à feu et était lui-même un piètre tireur, lui rendit son sourire.

— En tout cas, reprit Harper, je respecte les hommes — noirs ou blancs, peu importe — qui ont du cran. Je ne pouvais faire moins que de vous inviter chez moi pour vous exprimer ma gratitude.

1. Policier.
2. Revolvers.

Manifestement, Andrew était censé se montrer reconnaissant de cette marque d'estime.

— Très aimable à vous, Bwana Harper.

Le visage de Harper s'éclaira.

— Pas du tout, pas du tout. Ah ! voici le thé qui arrive. Du lait, sergent ? Du sucre ? Merci, Hannibal, ça ira.

Harper tendit à Andrew une tasse et une soucoupe.

— Comme vous le savez, dit-il, je ne suis pas allé au bureau aujourd'hui. Un peu de diarrhée... — Il eut un sourire épanoui. — Vous vous rendez compte, si j'étais tombé sur cette superbe Somali brandissant un *panga* ? Mon vieux palpitant m'aurait lâché ! — Il se tapota le cœur. — Je ne suis plus aussi solide qu'autrefois.

Andrew savait bien que Robert Harper, face à une Saroya armée d'un *panga*, aurait pu aisément lui arracher les membres un par un. Cette conversation à bâtons rompus avait-elle un but particulier ?

Harper but une gorgée de thé et fronça les sourcils d'un air perplexe.

— Bizarre, quand même... Pourquoi a-t-elle fait ça, à votre avis ?

Ah ! cette fois, ça y était. Andrew comprit : on voulait lui tirer les vers du nez. Il sourit.

— Apparemment, elle croit que vous avez tué son amant.

Harper éclata de rire, franchement amusé.

— Grover, vous voulez dire ? L'Américain siphonné ?

Andrew acquiesça :

— Est-il exact que la semaine dernière, à l'Hôtel Aladin, il vous ait accusé d'être un trafiquant d'ivoire ?

L'espace d'un éclair — moins d'une seconde,

peut-être — les yeux bleus de Harper s'étrécirent. Mais il retrouva aussitôt son exubérante jovialité.

— Extraordinaire, hein ? dit-il avec un large sourire. Je dois reconnaître que le gars ne manque pas de culot ! Il a lancé cette accusation comme ça, devant tout le monde. Ça m'a estomaqué, vous pouvez me croire. — Il sirota son thé. — Je vous signale en passant que je suis resté chez moi toute la journée d'hier. Comment suis-je censé l'avoir tué, au juste ?

Andrew trouvait cela très sympathique, très civilisé, ces passes d'escrime entre deux gorgées de thé.

— Elle pense que vous avez demandé à un *mwanga*, un sorcier, de lui jeter un sort.

— Un sorcier, rien que ça ? gloussa Harper. Désolé, mais je ne peux rien pour vous. Je n'ai pas de sorciers parmi mes relations. Personnellement, je préfère les avocats. A long terme, c'est beaucoup plus dangereux. Pour ne rien vous cacher, j'ai contacté mon avocat le lendemain même de l'incident pour qu'il intente une action en diffamation. Ce Grover aurait été saigné à blanc.

Il haussa les épaules, sourit tristement.

— Maintenant, conclut-il, ce n'est plus la peine. Pauvre bougre...

— Vous ne voyez aucune explication à sa disparition ? demanda Andrew.

Harper croisa confortablement les jambes sous son *kanga*.

— Sacrée devinette, hein ? D'après moi, le gars a tout bonnement perdu les pédales : il n'était déjà pas très équilibré au départ, si vous voulez mon avis. Je suppose que, dans un moment d'aberration, il a ôté son équipement de plongée pendant qu'il était au fond ; ses poumons se sont remplis d'eau, et ça a réglé la question.

— Un suicide, en quelque sorte ?

Harper acquiesça.

— C'est ma conviction. Mais comment en être sûr ? (Il sourit.) Ça pourrait être aussi un stratagème, qui sait ? Il voulait peut-être échapper à son envahissante *kahaba*[1]. Si ça se trouve, un sous-marin l'attendait au large pour l'expédier en Amérique, hein ?

Andrew sourit.

— Selon vous, pour quelle raison vous a-t-il accusé de trafic d'ivoire ?

— Par dépit, tout simplement.

— Comment ça ?

— Il y a un peu plus d'une semaine, il est venu me voir en se présentant comme un collaborateur de *Newsweek*, le magazine américain ; il voulait que je lui donne une interview au sujet de l'accord commercial avec l'Arabie Saoudite. J'ai accepté — pourquoi refuser, hein ? — mais j'ai quand même demandé à mon assistante de se renseigner auprès de *Newsweek*. Là-bas, on n'avait jamais entendu parler de lui. Naturellement, j'ai annulé l'interview.

— Il vous en a gardé rancune ?

— Plutôt, oui, dit Harper en souriant. Il prétendait que si j'avais tenu parole, il aurait pu vendre l'interview à *Newsweek* sans problème.

— C'était peut-être vrai.

— La question n'est pas là. Cet homme m'avait menti, de propos délibéré. Imaginez ce qu'il aurait pu écrire dans son article !

1. Prostituée.

— Et il s'en est pris à vous, à l'Hôtel Aladin, peu de temps après cet incident ?

— Le surlendemain.

— Mais vous n'avez aucune idée de ce qui l'a incité à vous accuser de trafic d'ivoire ?

— Pas la moindre. — Harper sourit. — La seule explication que je voie, c'est qu'il avait complètement perdu la boule.

— Pensez-vous qu'il ait pu découvrir quelque chose, un indice l'ayant amené à croire — par erreur, naturellement — que vous faisiez de la contrebande ?

Lentement, le sourire de Harper s'effaça. Il observa Andrew un long moment. Enfin, il dit :

— Vous êtes un Giriyama, n'est-ce pas, sergent ?

Surpris, Andrew fronça les sourcils.

— Oui.

— C'est bien ce que je pensais. La plupart des membres de la police sont des Kikuyu, n'est-ce pas ? Vous n'avez pas trop de problèmes de rivalités ?

— Non, mentit Andrew, estimant que ça ne regardait pas Harper.

— Hum ! Un malin, à ce que je vois. Courtois, manifestement instruit. Quelques années d'université, peut-être ? Une bourse d'études ?

Andrew acquiesça, se demandant où Harper voulait en venir.

— Forcé de partir très jeune de chez vous, hein ? Des ennuis familiaux ?

Andrew commençait à avoir la désagréable impression d'être déshabillé.

— Oui, répondit-il.

— Ne me dites pas que vous faites partie de ces

doux rêveurs que le massacre des malheureux *waatembo*[1] fait frémir d'horreur ?

— Non, dit Andrew. Mais le trafic d'ivoire est illégal, bien entendu.

Avec un sourire absent, Harper posa sa tasse et sa soucoupe sur la table.

— Cessons de jouer au plus fin, voulez-vous ? — Ce n'était plus le colon caricatural, jovial et fanfaron. — Un homme a mystérieusement disparu, un homme dont vous savez qu'il m'a calomnié la semaine dernière. En votre qualité de policier, vous vous demandez s'il pourrait y avoir un lien entre les deux faits. Normal. De même, il est normal que vous me posiez vos questions. J'y ai répondu.

Se penchant en avant, il ajouta à voix basse :

— Mais ne vous avisez pas de me chercher des noises, *boy*.

Andrew demeura pétrifié.

— Je ne suis pas aussi facile à manier qu'une vulgaire pute Somali, poursuivit Harper. A trois reprises, vous m'avez questionné sur la contrebande d'ivoire. Si vous avez la moindre preuve que je suis impliqué dans ce trafic, je vous suggère de m'arrêter sur-le-champ. Sinon, foutez le camp de chez moi.

Andrew se leva, hébété, partagé entre la fureur et l'humiliation.

De nouveau tout sourires, Harper s'adossa à son siège.

— Quelque chose à ajouter ? Non ? Dans ce cas, je suis sûr que vous retrouverez la sortie tout seul.

1. Éléphants.

***

— Je n'en sais rien, dit Saroya d'une voix morne. Il ne m'a pas montré les images.

Assise sur la couche étroite, les épaules voûtées, le visage perlé de sueur, elle était hagarde, défaite. Une odeur aigre flottait dans la cellule chichement éclairée.

— Mais qu'est-ce qui te fait croire que c'étaient des photos de Bwana Harper ? demanda Andrew, assis sur un tabouret en bois, le buste en avant.

Saroya eut un haussement d'épaules désabusé.

— Tout le monde sait que Bwana Harper fait de la contrebande d'ivoire.

Elle avait perdu tout orgueil, tout ressort ; quand on les met en cage, les Somalis se meurent à petit feu.

Malgré lui, Andrew laissa transparaître son irritation dans sa voix :

— On le sait, oui, mais les *photos* ?

Elle le foudroya du regard.

« Du calme », pensa-t-il. « Il ne faut pas qu'elle se ferme comme une huître. »

— Bon, dit-il. Où sont-elles ?

— A la maison. Quand il est revenu, ce jour-là, il a enlevé la pellicule de son appareil pour la développer.

— Les photos sont toujours là-bas ?

Elle acquiesça :

— Dans une boîte en métal, sous le lit.

— Ah ! Et la porte d'entrée n'est pas verrouillée ?

Saroya secoua négativement la tête.

— Parfait !

Pour le moment, il n'était pas établi officiellement

qu'un meurtre avait été commis ; par conséquent, si la maison avait été fermée à clef, la police n'aurait pu y pénétrer sans mandat de perquisition.

Andrew sortit de la cellule, mit le grappin sur l'agent de police Kobari — qui feuilletait un vieux *Playboy* dans la salle radio — et l'expédia chez l'Américain avec mission de rapporter la boîte. Après quoi, il retourna auprès de Saroya.

— Quand ton homme a-t-il pris ces photos ? demanda-t-il en s'asseyant sur le tabouret.

— Il y a trois jours. Vendredi dernier.

— Ah ! C'était donc *après* avoir lancé son accusation contre Bwana Harper ?

Elle acquiesça.

— Et sais-tu où il les a prises ?

Saroya eut une moue excédée.

— Pourquoi toutes ces questions, à la fin ?

— Si Bwana Harper a tué ton homme, tu veux qu'il soit puni, n'est-ce pas ?

Retrouvant un peu de son arrogance, elle leva le menton d'un air de défi :

— Je le punirai *moi-même* !

— Ça m'étonnerait, lui dit Andrew. Tu vas rester enfermée ici jusqu'à ce que le magistrat ait statué sur ton sort. Et n'oublie pas qu'il se fondera sur mon témoignage pour prendre sa décision.

Saroya arbora une mine renfrognée.

— Alors ? dit-il. Où a-t-il pris ces photos ?

L'espace d'un instant, il crut qu'elle ne répondrait pas. Puis, de nouveau, ses épaules se voûtèrent et elle détourna la tête.

— A Gedi, murmura-t-elle.

Le vieux village arabe abandonné, à dix kilomètres au sud.

— Il voulait photographier les ruines ?

Les Américains étaient très portés sur les vestiges.

Elle secoua la tête.

— Non, dit-elle. Les poissons. Il devait faire des images sous l'eau.

— Il est allé là-bas en voiture ?

— Non. Il a loué un bateau à Sayyid Khan, sur les quais.

— Et tu étais à la maison quand il est rentré ?

Elle acquiesça.

— Qu'a-t-il dit au sujet des photos ? A-t-il mentionné des noms ?

— Rien du tout. Mais il était tout heureux. Il riait. Il a dit que, bientôt, le trafic de l'ivoire nous rapporterait beaucoup d'argent. Grâce à ses images.

— Lui as-tu demandé des explications ?

— Oui, mais il m'a simplement dit de ne pas m'en faire.

« C'est lui qui aurait dû s'en faire un peu plus », songea Andrew.

— L'Américain savait-il que Bwana Harper avait engagé des poursuites contre lui pour diffamation ?

— Quoi ?

Andrew lui expliqua le sens de sa question. Non, elle n'était pas au courant de cette histoire.

— Avait-il des problèmes financiers ? Des besoins d'argent ?

— Il avait un peu d'argent par sa famille, en Amérique. Mais pas beaucoup.

Sur la défensive, elle ajouta :

— Les propriétaires de journaux et de magazines américains ne l'aimaient pas parce qu'il était trop honnête.

Andrew opina, mais il savait reconnaître des fadaises quand il en entendait. Vraiment bizarres, ces prostituées : elles passaient leur vie à estamper des hommes qui avaient de l'argent et à tomber amoureuses de vauriens qui n'en avaient pas.

— Bon, dit-il. Parle-moi maintenant de la matinée d'hier, quand il est parti plonger.

D'après Saroya, l'Américain s'était réveillé à sept heures, comme d'habitude. Elle lui avait préparé son petit déjeuner — du thé et des toasts, rien d'autre : il mangeait toujours légèrement avant une expédition sous-marine — et il avait rempli un Thermos de thé qu'il avait mis dans un grand sac, avec son appareil photo et son équipement de plongée.

Enfin, vêtu d'un simple slip de bain, il était descendu sur la plage avec son sac.

— Il louait la maison de Bwana Freeman ? demanda Andrew, qui connaissait ladite maison.

Saroya acquiesça.

— De là-haut, reprit-il, on a vue sur l'océan, n'est-ce pas ?

— Oui. Je suis restée sur la véranda à regarder.

— Tout le temps ?

Elle fit oui de la tête.

— Et qu'as-tu vu ?

Elle eut un vague haussement d'épaules. Une fois sur la plage, le journaliste avait endossé son équipement de plongeur et était entré dans l'eau. Il n'était jamais revenu.

— Y avait-il d'autres nageurs ?

Elle secoua négativement la tête.

— Y avait-il des bateaux à proximité ? Ou plus loin, au-delà des récifs de corail ?

— Non. — Elle leva les yeux vers lui. — J'ai déjà dit tout ça à l'autre *polisi*.

Elle faisait allusion au sergent Oto, qui était chargé de l'enquête.

— Lui as-tu parlé de Bwana Harper et des photos ?

— Non, je voulais tuer ce porc de mes propres mains. — Elle décocha à Andrew un regard incendiaire. — Et sans vous, je l'aurais fait !

— Tu oublies qu'il n'était pas à son bureau quand tu y es allée... Dis-moi, au bout de combien de temps as-tu commencé à t'inquiéter, pendant que tu observais l'océan ?

L'Américain avait expliqué à Saroya que la quantité d'air contenue dans les bouteilles métalliques lui permettait de tenir seulement une heure sous l'eau. Ne le voyant pas réapparaître au bout de ce laps de temps, elle était allée chez le voisin, un Français qui pratiquait lui aussi la plongée sous-marine. Celui-ci avait alerté la police et entrepris des recherches pour retrouver le journaliste. Saroya avait suivi toute la scène en compagnie de la petite amie du Français, une Anglaise nommée Mrs. Johnson. Laquelle s'était efforcée de la réconforter, avec cette bienveillance guindée mais sincère qui est l'apanage des Britanniques.

— A ton avis, demanda Andrew à Saroya, est-il possible que l'Américain se soit suicidé ?

— Non ! répliqua-t-elle en levant brusquement la tête. Nous étions heureux.

— Pourtant, il n'avait pas d'argent...

— Nous allions en avoir. Il me l'avait *dit* !

A cet instant, le gardien vint prévenir Andrew qu'on le demandait au téléphone.

C'était l'agent de police Kobari qui appelait de chez l'Américain. La boîte en métal cachée sous le lit avait été forcée peu de temps avant son arrivée. Elle était vide.

***

Après avoir envoyé l'équipe technique sur les lieux du vol, Andrew partit à la recherche du sergent Oto. Il le trouva en train de siroter un café épicé dans le petit restaurant indien qui sentait le curry, à côté du poste de police.

Oto était un Kikuyu obèse, membre de la police depuis vingt ans ; il était convaincu que les Wazungu (les Européens, y compris les Américains) étaient tous fous à lier, aussi avait-il cessé depuis longtemps de s'intéresser à eux. Il se fit un plaisir de dire à Andrew tout ce qu'il savait — ce qui, au total, équivalait à rien du tout. Il avait cependant une théorie sur le pourquoi et le comment de la disparition de l'Américain.

— Il appartenait à la C.I.A., dit-il avec l'implacable et tranquille assurance de celui qui va bientôt toucher sa retraite.

— A la C.I.A. ? répéta Andrew, interloqué. Qu'est-ce qui te fait dire ça ?

— Tous les journalistes américains sont des agents de la C.I.A., expliqua Oto en portant sa tasse à ses lèvres.

— Ah ! fit Andrew, qui ajouta en son for intérieur : « Et tous les Kikuyu sont des imbéciles. »

— Ils se font passer pour des journalistes afin de pouvoir photographier les mouvements de troupes. Ensuite, ils envoient les clichés à leur président, à Washington.

— Il n'y a pas eu de mouvements de troupes dans cette ville depuis quinze ans, fit observer Andrew.

— Justement, dit Oto en inclinant sa grosse tête.

Maintenant, grâce aux photos de ses espions, le président américain va se rendre compte que tout est paisible dans le coin et il renoncera à lancer une opération contre nous. — Il fronça les sourcils. — On ne t'a donc pas appris ça, à l'université ?

Andrew sourit.

— Malheureusement non.

Oto émit un grognement.

— Eh bien, c'est comme ça que ça se passe. Et hier, le journaliste de la C.I.A. a été recueilli par un sous-marin qui va l'emmener à Washington.

Andrew en était à son second sous-marin de la journée ; peut-être fallait-il avertir la Marine Nationale ?

— Est-ce que ça t'ennuierait que j'interroge les personnes impliquées dans cette histoire ? dit Andrew. Je travaille sur une autre affaire, qui a peut-être un lien avec celle-ci.

— La pute de l'Américain ? Ah ! Voilà une affaire sur laquelle j'aimerais bien travailler.

Il but une gorgée de café, haussa les épaules.

— Non, reprit-il, ça ne me dérange pas. A l'heure actuelle, l'Américain est en route pour Washington à bord de son sous-marin. Mais bien entendu, si jamais tu apprends du nouveau, ce sera pour mon rapport.

— Bien entendu, dit Andrew.

Il n'en demandait pas plus.

***

— Les bouteilles d'air comprimé et l'appareil photo de Grover ont coulé à pic, naturellement, déclara le Français, Marcel Dirot. Si les bouteilles avaient été vides, elles auraient flotté. Elles sont ainsi conçues.

Andrew et Dirot étaient assis à une table, sur la véranda ombragée qui se trouvait derrière le bar de l'Hôtel Aladin. Dans la salle, l'agent de police Kobari discutait voitures avec le barman. Sur la gauche, à travers les pins, Andrew voyait (et entendait) les touristes faire la bringue dans la vaste piscine de l'hôtel. Ils n'étaient qu'à vingt mètres de l'océan Indien, et pourtant ils préféraient s'ébattre dans leur eau privée. Sidérant !

— Et qu'adviendrait-il d'un cadavre ? s'enquit Andrew.

Dirot haussa les épaules ; pour Andrew, qui avait une expérience limitée des Français, ceux-ci étaient des gens... qui n'arrêtaient pas de hausser les épaules.

— Ça dépendrait de la quantité d'eau contenue dans les poumons. S'il y en avait beaucoup, il coulerait aussi, mais plus lentement. Avec une quantité moindre, il flotterait au gré des courants et des marées.

Dirot but une longue rasade de sa bière blonde *Tusker*. Agé d'une cinquantaine d'années, il était petit, musclé, et sa peau avait la couleur brun foncé du cuir tanné. Il était entièrement vêtu de blanc : chemise, short, chaussettes et chaussures. En ville depuis quinze ans, il avait été chasseur et guide de safari à l'époque où la chasse était encore autorisée ; aujourd'hui, il avait un service de bateaux et emmenait les touristes pêcher le makaire. Il faisait d'excellentes affaires ; dans les rares périodes où il n'avait pas de clients, il enseignait les positions du yoga — et certaines autres, à en croire les rumeurs — aux touristes du beau sexe. (Andrew avait parfois l'impression que la ville tout entière, tel un gigantesque fauve prêt à bondir, était perpétuellement à l'affût des touristes féminins).

— Nous parlons là d'un corps délesté des bouteilles d'air comprimé, dit Andrew.

— Oui, bien sûr. S'il avait encore les bouteilles — et de l'eau dans les poumons — le cadavre coulerait.

— Donc, si quelqu'un avait tué Bwana Grover, il aurait été bien inspiré, pour éviter qu'on retrouve le corps, de déboucler les bouteilles ?

Avant de venir, Andrew était passé au dépôt du poste de police pour examiner les courroies qui servaient à attacher les bouteilles d'air : elles étaient intactes. Il avait examiné par la même occasion l'appareil photo et le Thermos, lequel était vide : les gars du labo avaient analysé — et probablement bu — son contenu.

— Oui, c'est évident, répondit Dirot, qui commençait visiblement à s'ennuyer.

— Avez-vous expliqué cela au sergent Oto ?

Dirot eut une moue expressive qui équivalait à une sorte de haussement d'épaules.

— Il ne m'a pas posé la question.

Ça, c'était bien Oto.

— L'indicateur de niveau des bouteilles montre qu'elles sont aux trois quarts pleines. Cela signifie-t-il que Bwana Harper s'en est servi pendant seulement quinze minutes ?

— Si elles étaient complètement remplies quand il a plongé, oui. Sûrement pas plus de quinze minutes.

— Comment était la mer, hier matin ?

— C'était la marée descendante. Si quelqu'un a tué Grover, comme vous le dites, son corps a dû être emporté en haute mer et dévoré par les requins.

— Ah ! oui, dit Andrew.

Il n'avait pas pensé aux requins. Il reporta son regard vers les touristes qui s'ébrouaient dans la piscine. Peut-être n'étaient-ils pas si stupides, après tout ?

Il se tourna vers le Français :

— Vous avez vu Bwana Grover entrer dans l'eau ?

Dirot acquiesça, but une gorgée de bière.

— Et vous étiez où ?

— Dans le patio, avec une amie.

— Vous n'avez vu personne d'autre dans l'eau ? Pas de bateaux ?

— Non.

— Vous êtes resté dans le patio jusqu'à ce que Saroya vienne vous chercher ?

— Oui, mais vous vous doutez bien que je n'ai pas observé la plage en permanence.

— Bien sûr.

« Sans doute donnait-il un cours de yoga à cette brave Mrs. Johnson », pensa Andrew, qui reprit à haute voix :

— Quelqu'un aurait-il pu guetter Bwana Grover avec un couteau ou un fusil à harpon ?

— Certainement, du moment qu'il avait assez d'air. L'eau n'étant pas très profonde, il lui aurait fallu peu de temps de décompression.

Andrew se fit expliquer en quoi consistait le temps de décompression.

— Qui savait que Bwana Grover plongerait à cet endroit-là hier matin ?

Dirot haussa les épaules.

— Tout le monde. Il allait plonger là-bas tous les dimanches matin.

— Ah... fit Andrew, dépité.

Nouveau haussement d'épaules de Dirot.

— Était-ce un plongeur accompli ?

— Je n'ai plongé avec lui que deux fois. Il était... — Dirot eut un geste vague de la main — ... compétent.

— Il paraît que les plongeurs sont parfois sujets à des malaises. Ils sont intoxiqués, en quelque sorte, et perdent la notion des choses qui les entourent.

— La narcose, acquiesça Dirot.

— Cela a-t-il pu arriver à Bwana Grover ?

— Ça peut arriver à n'importe qui. Mais pas à cet endroit-là : l'eau n'est pas assez profonde.

Réponse gratifiante, qui éliminait une possibilité qu'Andrew souhaitait justement écarter.

— A-t-on retrouvé l'appareil photo et les bouteilles d'air comprimé au même endroit ?

— Non. J'ai d'abord repêché l'appareil photo. L'un des autres plongeurs, Abdullah, a trouvé les bouteilles une cinquantaine de mètres plus loin.

— Curieux, dit Andrew.

Après une brève pause, il s'enquit :

— Abdullah ?

— Abdullah Sellim. Le frère de Saroya.

Andrew se figea.

***

— Comment ça se passe, le trafic d'ivoire ? lui demanda Mary.

Elle était allongée sur le lit, appuyée sur un coude, le visage tourné vers lui ; Andrew était couché sur le dos, les mains derrière la tête. La petite chambre à coucher tremblotait à la lueur vacillante de la bougie posée sur la table de chevet.

Andrew haussa les épaules ; lui-même ne savait pas grand-chose sur la question.

— Dans l'ensemble, il s'agit d'un trafic organisé. Si j'ai bien compris, il y a encore des contrebandiers indépendants qui vendent à des marchands arabes le long de la côte ; ils transportent l'ivoire dans des petites barques et le chargent en douce sur des boutres. Mais la plupart du temps, le trafic est très bien organisé. Les contrebandiers travaillent par équipes dans les réserves et rassemblent l'ivoire dans des dépôts dont l'emplacement change fréquemment. L'ivoire est caché dans des produits agricoles — maïs, café, fruits de palétuviers — et acheminé par camions jusqu'à la côte, où il est embarqué sur des navires de commerce.

— Des navires de commerce arabes ?

— Je crois, oui.

— Robert Harper serait donc bien placé pour faire de la contrebande ?

— Très bien placé : il vend des denrées agricoles, il a une patente d'affrètement et il négocie avec les Arabes.

— A ton avis, qu'est-ce que l'Américain a vu à Gedi ? Une livraison d'ivoire à laquelle participait Robert Harper ?

— Pas nécessairement à Gedi ; quelque part entre Gedi et ici. Pour le reste, oui : je pense qu'il a assisté à une livraison et qu'il a pris des photos. Je crois aussi qu'il a tenté de faire chanter Robert Harper. Sinon, la disparition des clichés n'aurait aucun sens.

— Mais, maintenant, tu n'es plus persuadé que c'est Robert Harper qui a tué le journaliste ?

Il secoua la tête d'un air mélancolique.

— J'ignorais qu'Abdullah sût se servir de bouteilles d'air comprimé. Si ça se trouve, il a tué l'Américain pour préserver une source de revenus, croyant que Saroya allait vraiment épouser Grover. Il avait le temps de s'éloigner à la nage, de refaire surface sans être vu et de rentrer chez lui avant que le Français ne vienne lui demander de l'aider à chercher le corps.

Mary sourit : elle connaissait Andrew depuis l'école de la mission.

— Tu soupçonnes Abdullah uniquement parce que c'est un Somali.

Andrew fit la moue.

— Je soupçonne tous les Somalis. Si j'étais sûr que Saroya sache se servir des bouteilles, je la soupçonnerais aussi.

— Et pourquoi Saroya aurait-elle tué l'Américain ? s'enquit-elle, amusée.

— Les Somalis sont des sadiques. En plus, ils adorent comploter.

Elle éclata de rire.

— Est-ce là un échantillon de la fameuse éducation scientifique que tu as reçue à l'université ?

Il la regarda. Mère de deux enfants, Mary avait gardé un visage dépourvu de rides et un corps de jeune fille. Il lui sourit.

— Toi, tu te fiches de moi !

— Tu as dit toi-même que, à la connaissance du Français, Abdullah n'avait pas de bouteilles d'air comprimé. Il a utilisé celles du Français pour participer aux recherches. Comment aurait-il pu guetter l'Américain sous l'eau ?

— D'après Dirot, Robert Harper n'a pas de bouteilles non plus.

Elle bâilla ; il commençait à se faire tard.

— Décide-toi, dit-elle. Quel coupable préfères-tu ? Robert Harper, parce qu'il t'a appelé *boy* ? Ou Abdullah, parce qu'il est somali ?

Andrew fronça les sourcils d'un air perplexe.

— Je n'arrive toujours pas à imaginer Robert Harper guettant lui-même Grover sous l'eau. Peut-être a-t-il acheté des bouteilles quelque part et payé Abdullah pour faire le travail à sa place. Comment trouver meilleur tueur à gages qu'un homme désirant également la mort de la victime ?

Mary s'allongea sur le dos et réprima un bâillement.

— Si tu y réfléchis suffisamment longtemps, tu arriveras peut-être à impliquer dans ce complot toutes les personnes qui te dérangent.

— Même toi ? plaisanta Andrew.

Elle lui dédia un sourire assoupi.

— Robert Harper n'a peut-être pas eu recours à un tueur.

— Comment ça ?

— A t'entendre, ce n'est pas un homme stupide. Or ç'aurait été stupide de sa part de mettre un complice dans le coup, de lier son destin à Abdullah ou à un autre. Tu ne trouves pas ?

— Oui... peut-être. Quelle est ton idée ?

— Cette maladie qui frappe parfois les plongeurs... — Mary ferma les yeux. — Elle provoque une sorte de folie, non ?

— Ce n'est pas une maladie. Ça a un rapport avec l'azote contenu dans les bouteilles d'air comprimé. Et ce phénomène ne se produit qu'en eau profonde.

— Oui, mais il existe peut-être une drogue ayant des effets similaires, voire pires encore. Et Robert Harper a peut-être mis ce produit...

Elle s'interrompit pour bâiller.

— Dans les *bouteilles*, dit Andrew en se redressant brusquement.

***

— Le chef a déjà eu cette idée, dit le sergent Oto.

Lui, il ne l'avait manifestement pas eue et ne la prenait donc guère au sérieux.

Il était renversé en arrière sur son siège, les pieds sur le bureau en bois, position qu'il n'osait adopter qu'en l'absence du chef. En l'occurrence, celui-ci était à Nairobi.

— Hier, il a demandé aux gars de remplir des ballons avec de l'air provenant des bouteilles et de les envoyer par avion au laboratoire de Mombasa.

— Résultat ? dit Andrew.

— *Kapana kitu*[1]. Ils ont appelé ce matin. Les ballons étaient remplis d'air.

— C'est tout ?

— C'est tout.

— Pff ! soupira Andrew, comme une baudruche qui se dégonfle.

— Un sous-marin l'a emmené, dit le sergent Oto.

— Et le Thermos de l'Américain ? Ils n'ont rien trouvé dedans ?

— Rien. Seulement un peu d'eau de mer.

Andrew hocha la tête, se détourna pour partir. Brusquement, il s'immobilisa. Le front plissé, il se retourna vers Oto.

— De l'eau de mer ?

1. Rien.

***

Une fois encore, Andrew eut un entretien avec Saroya. Celle-ci confirma le fait que le Thermos était rempli de thé quand l'Américain était parti pour la plage. Elle déclara aussi — entre autres choses — qu'elle-même ne buvait jamais de thé et que Grover détestait tellement Abdullah qu'il avait toujours refusé de le recevoir chez lui.

Andrew et l'agent de police Kobari se rendirent en voiture à la maison que louait l'Américain. La boîte en métal qui avait naguère contenu des feuilles de thé contenait à présent *Kapana kitu*, ce qui n'était pas très étonnant à ce stade de l'affaire.

De retour en ville, Andrew s'arrêta au poste de police pour y déposer la boîte en métal, après quoi Kobari et lui prirent la direction des quais. Andrew interrogea plusieurs personnes, notamment Sayyid Khan, celui qui avait loué un bateau à l'Américain pour lui permettre d'aller à Gedi. Laissant la Toyota sur les quais, Andrew et Kobari parcoururent à pied Uhuru Avenue dans les deux sens, posant encore d'autres questions ici et là ; ils s'arrêtèrent à l'Hôtel Roc, où Andrew s'entretint — sans résultat — avec Mrs. Johnson. Enfin, il ne resta plus à Andrew qu'un dernier endroit où aller.

***

La cabane d'Abraham Olefe avait des murs blanchis à la chaux, d'un gris terne ; la rouille du toit en tôle ondulée avait laissé des traînées sur la façade, faisant des taches qui ressemblaient à du sang séché. Tandis qu'Andrew se dirigeait vers la porte, un poulet décharné sortit d'un pas sautillant, lança au policier un regard circonspect et émit un caquètement songeur avant de disparaître en se pavanant à l'angle de la baraque.

Andrew s'arrêta sur le seuil et dit d'une voix forte :

— *Hodi* ? (Il y a quelqu'un ?)

De la pénombre intérieure, une voix répondit :

— *Karibu*. (Entrez.)

Andrew obéit. La lumière qui filtrait à travers les rideaux de guipure de l'unique fenêtre révélèrent un sol en terre, une table en bois, un petit réchaud avec sa cartouche rouge de gaz, un lavabo — et, sur le mur, des étagères en bois mal équarries supportant des centaines de flacons, grands et petits, remplis d'herbes, de poudres ou de liquides troubles, de nature indéterminée. Une forte odeur de choux et de poussière régnait dans la pièce, ainsi qu'un insaisissable parfum d'épices, vaguement écœurant.

A droite, au-delà des étagères, était accroché un rideau en toile cirée d'un jaune passé ; derrière cet écran, la voix se fit de nouveau entendre :

— Entrez, sergent Mbutu. Je vous attendais.

Les voyantes, les magiciens — et plus particulièrement les sorciers — adorent étonner leurs visiteurs par leurs prémonitions et leur omniscience. Mais Andrew eût été davantage étonné s'il n'avait vu, quelques instants plus tôt, le vieil homme soulever un coin du rideau de la fenêtre pour regarder qui venait lui rendre visite.

Il traversa la pièce, écarta la toile cirée et entra. Ici, l'odeur d'épices était plus forte. Ça sentait aussi la fumée de cigarette, la transpiration et le renfermé. L'unique lumière provenait de la bougie posée sur une petite table en bois. (*Cinéma*, se dit Andrew). A côté, il y avait une chaise et, plus à gauche, un étroit matelas — sans draps ni couvertures — disposé sur un lit en fer tout rouillé. Le vieil homme était assis sur le matelas, les jambes étendues, le dos appuyé contre le chevet du lit.

Un très vieil homme, en vérité. En le voyant, Andrew pensa à un petit singe décrépit, tout gris et ratatiné. Son torse décharné était nu. Il portait des guêtres d'un beige sale, effilochées aux chevilles ; contraste saisissant, ses pieds étaient chaussés de baskets neuves, de style américain, couleur bleu cobalt. Il tenait entre ses doigts une cigarette allumée ; une large capsule de bouteille — en guise sans doute de cendrier — était posée sur ses genoux.

— C'est un grand honneur que vous me faites, sergent, dit le vieil homme en souriant comme s'il trouvait la situation fort divertissante. Allez-vous me donner l'occasion de vous rembourser la dette de reconnaissance que j'ai envers vous ?

Andrew n'avait jamais rencontré le sorcier mais, comme il l'avait expliqué à Kobari (lequel avait néanmoins préféré attendre son supérieur dans un café, au bout de la rue), il avait relâché l'année précédente le petit-fils du vieillard, malgré certains indices tendant à prouver que le jeune garçon faisait partie d'une bande de voyous qui dévalisait les boutiques locales.

Andrew acquiesça.

— Oui, *m'zee*.

M'zee était un terme de respect réservé aux anciens ; en l'occurrence, Andrew l'utilisa avec une certaine répugnance.

— Asseyez-vous, dit le vieil homme.

Andrew s'exécuta sans mot dire ; l'étiquette exigeait qu'il ne formulât point sa requête avant d'y avoir été invité.

D'un air méditatif, le vieillard fit claquer ses lèvres sur ses gencives édentées. Il inhala une profonde bouffée de cigarette et se mit à parler en rejetant la fumée, nimbant chacun de ses mots d'un petit nuage blanc :

— Laissez-moi réfléchir... Vous ne venez pas me consulter pour la grippe de votre fils, puisque celle-ci a guéri toute seule la semaine dernière. S'agirait-il de votre épouse ? Encore ses douloureuses migraines ?

Il pencha la tête de côté et dévisagea Andrew, les yeux plissés. Puis il tira sur sa cigarette et exhala la fumée, qu'il dissipa d'un revers de la main.

— Mais non, suis-je stupide ! Elle n'a plus de migraines depuis que le gros docteur asiatique lui a arraché cette mauvaise dent.

Andrew fut impressionné malgré lui. Non par « l'omniscience » d'Olefe — toute la ville était au courant de la fameuse grippe et des migraines de Mary — mais par la mémoire du vieillard.

— Il s'agit donc de vous, conclut le sorcier. Venez-vous me voir au sujet de votre fantôme ?

— Mon fantôme ? répéta Andrew.

Le vieil homme le regarda, bouche bée, avec une stupéfaction qui était presque convaincante.

— Vous n'êtes pas au courant ? Ça, par exemple ! — Il écrasa sa cigarette dans la capsule de bouteille. — Si, sergent, je vous assure, vous avez un fantôme sur votre épaule, un fantôme intelligent, un fantôme d'intelligence. Il est avec vous depuis un certain temps, peut-être même vous a-t-il aidé une fois ou l'autre.

Il se pencha en avant, un sourire de conspirateur sur les lèvres :

— Vous savez comment ils sont, ces fantômes. Ils adorent faire gonfler notre orgueil. Mais ce qu'ils aiment encore plus, sergent — oh oui ! — c'est le faire gonfler au point qu'il éclate. *Pfffuit* ! — Il gloussa, ravi de son effet sonore. — *Pfffuit*, voyez ? Et *votre* fantôme, lui, il se frotte les mains et ricane comme un chacal. Bientôt, j'en ai peur, il attirera sur vous une grande catastrophe. — Il baissa la voix. — Votre lot, ce ne sera pas le sang mais la culpabilité.

Le numéro était très au point, mais Andrew n'était pas preneur.

— Non, *m'zee*, ce n'est pas un fantôme qui m'amène.

— Non ?

Sourcils froncés, l'air maussade, le vieillard prit un paquet de cigarettes sur le matelas et en sortit une, qu'il alluma à l'aide d'un briquet jetable en plastique.

— Pourquoi n'avez-vous pas tout bonnement assommé mon petit-fils avec une brique pour le jeter ensuite dans le fleuve ? C'est un petit monstre pleurnichard. On aurait dû le noyer le jour même de sa naissance ; j'avais d'ailleurs donné ce conseil à son père, déjà à l'époque. — Il soupira. — Enfin... Qu'est-ce que vous voulez ?

— Comme vous le savez sans doute, *m'zee*, un Américain a disparu avant-hier en faisant de la plongée sous-marine...

Andrew exposa à Olefe les divers éléments de l'affaire : les bouteilles d'air comprimé, le thé, le Thermos. Enfin, il conclut :

— Ce que je voudrais savoir, c'est s'il existe une

drogue ou une herbe qui puisse inciter un homme à avoir un comportement aussi étrange, à se débarrasser des bouteilles d'oxygène qui assurent sa survie ?

Le visage ridé du vieil homme arbora une expression d'innocente perplexité.

— Je ne suis qu'un humble sorcier, sergent. Comment voulez-vous que je connaisse une drogue si dangereuse ?

Andrew le rassura d'un signe de tête.

— En temps normal, *m'zee* il ne me viendrait pas à l'idée de poser cette question à un homme tel que vous. Je me rends bien compte qu'un homme de votre haute réputation doit être horrifié à la seule pensée qu'une telle chose puisse exister...

Radieux, le vieillard fit signe à Andrew de continuer. Il tira sur sa cigarette et se pencha en arrière, croisant ses baskets l'une sur l'autre.

— Mais n'ignorant pas votre grand respect de la loi, reprit Andrew (qui commençait, lui aussi, à bien s'amuser), j'ai pensé que vous consentiriez, l'espace d'un bref instant, à fouiller votre mémoire illimitée pour tenter de vous rappeler si vous avez déjà entendu parler d'une substance pouvant produire l'effet dont je vous ai parlé.

— Oui, oui, acquiesça le vieil homme, aux anges. Je crois vous comprendre. Au fond, vous souhaitez que j'arpente avec vous le Territoire des Hypothèses ?

— On ne saurait mieux exprimer ma pensée, *m'zee*.

— Ah ! sergent, votre intelligent petit fantôme sautille d'une épaule à l'autre. — Il gloussa. — Mais oui, bien entendu. Je serai heureux de faire cette promenade avec vous si cela peut aider la police, pour laquelle j'ai tant de respect.

Il s'adossa au lit, inhala une bouffée de sa cigarette et contempla rêveusement le plafond. Andrew attendit. Une motocyclette passa devant la cabane en vrombissant.

Au bout d'un long moment, le vieillard prit la parole, sans quitter le plafond du regard :

— Voulez-vous que je vous dise, sergent ? En vous accompagnant dans cette promenade, je commence à me rendre compte que les gredins qui préparent ces substances nocives ne sont peut-être pas si haïssables, en définitive. Supposez qu'un homme voie ses poulets exterminés par un maléfice et qu'il n'ait aucun moyen efficace de se venger de l'ennemi qui lui a ainsi jeté un sort. Ne pensez-vous pas que la personne qui lui fournirait l'instrument de la vengeance — ces fameuses substances — ferait preuve de compassion ?

— Question délicate sur le plan moral, répondit Andrew sans se compromettre. Mais quelle substance particulière cette personne compatissante préparerait-elle pour un homme faisant de la plongée sous-marine ?

Le vieil homme regarda Andrew, sourit.

— Du datura, dit-il.

Andrew en avait entendu parler — tous les enfants de la ville avaient été mis en garde contre la fleur blanche de la pomme épineuse — mais seulement comme d'un poison mortel.

— Pourquoi le datura ?

— Je n'ai qu'un souvenir confus de ces choses malsaines, vous pensez bien, mais je crois me rappeler que les graines de la fleur, préparées de façon adéquate, puis séchées et réduites en poudre, ne donnent à l'eau qu'un très léger goût amer.

— On ne remarquerait pas la présence de ce produit dans du thé ?

— Non.

— Et les effets ?

— En grande quantité, c'est la mort certaine. Quand on en absorbe une quantité plus réduite, on est sujet à des visions très fortes, très distinctes, très effrayantes.

— Au bout de combien de temps ces visions se manifestent-elles ?

— Une demi-heure, quarante minutes.

— Et elles peuvent être effrayantes au point de pousser un plongeur à arracher ses bouteilles d'oxygène ?

— Imaginez, sergent, que vous vous aperceviez tout à coup que votre corps grouille de serpents. Vous voyez s'enrouler autour de votre torse de longs mambas noirs, énormes, de gros cobras ondulants. Vous hurlez, vous essayez de vous dégager, de desserrer leur étreinte. — Le vieil homme haussa les épaules. — Mais dans la réalité, naturellement, vous déchirez vos vêtements, puis votre peau, et finalement vous lacérez vos propres chairs.

— Ce sont toujours les mêmes hallucinations ? Toujours des serpents ?

— Le plus souvent, oui. Mais le datura provoque des visions de ce que l'esprit craint le plus.

Andrew pensa à l'Américain, à la terreur du malheureux plongeur. Avec quels monstres hideux s'était-il colleté au fond de l'eau, prisonnier des horreurs engendrées par son propre cerveau ?

— Et les drogues modernes, celles qu'utilisent

les hippies ? demanda-t-il au vieillard. Seraient-elles aussi efficaces ?

— Peuh ! De la gnognotte. Seul le datura est fiable.

— Un Africain saurait-il le préparer de manière appropriée ?

— Peut-être. Il paraît que les Somalis s'en servent parfois pour détruire leurs ennemis.

— Et les Européens ?

— Ah ! les *Wazunga* ! Ils *adorent* les histoires de datura. Des étudiants en médecine, désireux d'apprendre les anciennes méthodes, viennent me demander des renseignements sur les herbes — et, toujours, ils me questionnent sur le datura. Le dernier docteur qui m'a rendu visite, cet hiver, m'a lu des passages d'un livre qu'il avait trouvé à la bibliothèque britannique, en ville. Et il demandait : « *Ceci*, est-ce que c'est vrai ? Et *cela* ? » Ils *adorent* le datura !

— Un Européen est-il venu vous trouver récemment pour vous interroger à ce sujet ?

Le vieil homme se contenta de le regarder.

— Une simple réponse, dit Andrew. Oui ou non. Si oui, donnez-moi son nom ; la dette de votre famille sera payée.

— Non, répondit le vieil homme. Personne.

— Parole d'honneur ?

— Parole d'honneur.

Andrew inclina la tête.

***

Une heure plus tard, après avoir posé encore

quelques questions en ville, Andrew rejoignit Kobari qui l'attendait au volant de la Toyota.

— Je connais le coupable, dit Andrew avec amertume. Je sais comment il s'y est pris, et je sais pourquoi il a tué. Mais je ne peux rien prouver.

Kobari haussa les épaules.

— Pourquoi ne faites-vous pas comme les Américains ?

Il parlait des Américains tels que les montrent les films policiers américains.

— C'est-à-dire ?

Kobari lui expliqua ce qu'il entendait par là.

Andrew se montra sceptique mais, comme le fit observer Kobari, le sergent Oto devait remettre son rapport le jour même et, dans moins d'une semaine, l'enquête judiciaire conclurait à une mort accidentelle probable. Ce qui équivaudrait en fait à un aveu de totale impuissance. Et un meurtre resterait impuni.

* * *

Cet après-midi-là, étaient présents dans le minuscule bureau du chef : Saroya, prostrée et indifférente ; Abdullah, son frère ; le sergent Oto et l'agent de police Kobari ; Robert Harper, assis un peu à l'écart des autres ; Anthony Corbett-Smith, son avocat ; enfin, Marcel Dirot. Les Européens bavardaient entre eux, les Africains demeuraient silencieux.

— Je vous remercie d'être venus, déclara Andrew. Je vous ai convoqués afin d'élucider certains points concernant la disparition de Martin Grover, le journaliste américain.

Il s'éclaircit la gorge avant de poursuivre :

— D'après Saroya, qui vivait avec lui depuis

plusieurs semaines, Bwana Grover a pris des photographies deux jours avant sa disparition. Il les a prises soit à Gedi, soit à un endroit situé entre Gedi et ici.

Andrew se sentit ridiculement pontifiant. Et il ne savait que faire de ses mains ; pour les occuper, il se mit à jouer avec l'ouvre-lettres du chef.

— Toujours d'après Saroya, reprit-il, ces clichés montraient une transaction entre trafiquants d'ivoire. — Il tapota la paume de sa main gauche avec l'ouvre-lettres. — Seulement voilà : Bwana Grover ne lui a pas dit qui on voyait sur les photos. Et, malheureusement, ces photos se sont volatilisées, tout comme Bwana Grover. Apparemment, quelqu'un les a volées dans la maison du journaliste.

Tap, tap, tap... faisait l'ouvre-lettres à un rythme régulier.

— Donc, reprit Andrew, ce fameux dimanche où Bwana Grover a disparu...

Il résuma brièvement les événements de cette matinée : le petit déjeuner de l'Américain avec Saroya, la préparation du Thermos de thé, la plongée avec les bouteilles d'air comprimé, l'inquiétude de Saroya, les recherches...

— J'en reviens maintenant au Thermos de Bwana Grover, dit Andrew. Quand notre équipe technique l'a examiné, il ne contenait pas de thé mais seulement un peu d'eau de mer. Pourtant, à en croire Saroya, le Thermos était bien rempli de thé lorsque Bwana Grover était entré dans l'eau. Apparemment, quelqu'un avait donc vidé le Thermos et l'avait rincé dans la mer. La même personne, semble-t-il, était également allée chez Bwana Grover pour vider la boîte en métal contenant les feuilles de thé. Pourquoi ? Parce que, un peu plus tôt, cette personne avait mis dans le thé une substance destinée à rendre Bwana Grover fou de terreur pendant qu'il serait sous l'eau. Je vous expliquerai tout à l'heure la nature de cette substance.

S'y prenait-il correctement ? L'idée, telle que la lui avait exposée Kobari, consistait à mettre les suspects sur les charbons ardents, à faire monter la tension jusqu'à ce que la situation soit mûre : alors, dans un coup de théâtre, on confondait le meurtrier en lui assenant le témoignage le plus compromettant. A en croire Kobari, la méthode était infaillible.

Andrew parcourut l'assistance du regard.

— Mais qui avait l'opportunité de mettre cette substance dans le thé ? Bwana Harper, peut-être ?

Harper se contenta de sourire ; Corbett-Smith, lui, foudroya Andrew du regard :

— Hé là, minute... ! protesta-t-il.

Andrew l'interrompit d'un geste apaisant.

— Ce n'est qu'une simple hypothèse, *bwana*, je vous l'assure. Car, même si Bwana Harper avait empoisonné le thé, nous savons tous qu'il ne participait pas aux recherches pour retrouver Bwana Grover ; or c'est forcément à ce moment-là que le Thermos a été nettoyé. Dans ces conditions, comment pourrait-il être le coupable ?

Andrew posa l'ouvre-lettres et mit les mains dans ses poches.

— Passons maintenant à Abdullah, le frère de Saroya. Savait-il que Saroya envisageait d'épouser l'Américain ? Se sentant menacé, a-t-il décidé de supprimer cette menace ?

Abdullah eut un petit sourire narquois.

— C'est possible, enchaîna Andrew. Mais Saroya affirme que Bwana Grover avait interdit à Abdullah l'accès de sa maison. Abdullah savait peut-être que

Bwana Harper plongerait à cet endroit le dimanche matin, mais il ne pouvait pas savoir que Bwana Harper buvait toujours du thé avant une expédition sous-marine. Il ne connaissait pas les habitudes de l'Américain.

Andrew se mit à arpenter la pièce. Il commençait à prendre de l'assurance et à trouver cette mise en scène presque réjouissante. Il comprenait que, pour les hommes politiques, le besoin d'être écouté pût devenir une drogue.

— Examinons maintenant le cas de Saroya, dit-il.

Saroya leva la tête, le regard morne.

— Bwana Harper avait-il décidé de rompre leur liaison ? Saroya avait-elle décidé de le tuer ? Après tout, nous n'avons que le témoignage de Saroya pour étayer l'existence de ces photos disparues. Ne les a-t-elle pas simplement inventées pour détourner d'elle les soupçons ?

Saroya fronçait les sourcils.

— Non, dit Andrew en secouant la tête, je ne le pense pas. Après la disparition de Bwana Grover, Saroya est restée avec une touriste anglaise, Mrs. Johnson, pendant toute la durée des recherches. En outre, deux témoins — Mrs. Johnson et Bwana Dirot — ont affirmé que Saroya n'était pas allée sur la plage avant ce moment-là. Elle n'a donc pas eu l'opportunité de rincer le Thermos. Or celui-ci a *nécessairement* été rincé : Bwana Harper n'aurait pas emporté sur la plage un Thermos contenant simplement de l'eau de mer.

« Non, si nous tenons pour acquis le fait que c'est la même personne qui a mis le poison dans le thé et qui a vidé le Thermos, il ne nous reste qu'un seul suspect possible... — Il se tourna vers le Français. — ... Vous, Bwana Dirot.

— Quoi ? s'exclama Dirot en sursautant.

— Vous saviez que Bwana Grover avait l'habitude de boire du thé avant de plonger, puisque vous l'aviez déjà accompagné en deux occasions. D'autre part, vous habitez la maison voisine ; il vous était donc très facile d'empoisonner les feuilles de thé, dans la boîte en métal, et de les faire disparaître par la suite.

— Ridicule !

— Avant la prohibition de la chasse aux éléphants, vous étiez vous-même chasseur. Vous connaissez les gens de ce milieu, les hommes qui sont aujourd'hui des trafiquants d'ivoire. Nombre d'entre eux travaillaient naguère pour vous, comme porteurs ou comme guides — peut-être même, déjà à l'époque, comme contrebandiers. Je vous soupçonne de vous livrer à ce trafic depuis déjà un certain temps.

— Mais enfin, c'est *absurde* ! s'écria Dirot, se tournant vers Harper et Corbett-Smith comme pour quêter un appui.

— Vendredi dernier, dit Andrew, le jour où Bwana Grover est allé à Gedi, vous avez pris votre bateau et vous avez quitté le port une heure avant lui. Votre bateau et le sien ont été les deux seuls à partir de si tôt matin.

— J'avais des *clients*.

Andrew demeura impassible mais, intérieurement, il était tout excité : *le premier mensonge*.

— Non, dit-il, Sayyid Khan vous a vu partir ; vous étiez seul. Vous avez mis le cap sur Gedi, au sud. A un moment donné, vous avez chargé une cargaison d'ivoire à bord d'un boutre qui mouillait à proximité du rivage. Martin Grover a été témoin de la scène et a pris des photos. Il a tenté de vous faire chanter. Vous l'avez tué.

— C'est faux ! protesta Dirot. Je le jure !

— Savez-vous ce qu'est le datura, Bwana Dirot ?

— Le datura ?

Dirot fronça les sourcils d'un air qui se voulait perplexe mais n'était guère convaincant. Andrew sentit croître son excitation.

— La fleur, Bwana Dirot. Le poison.

— N-non.

— Vous ne connaissez rien à ces choses-là ?

— Non.

— Et vous ne vous y intéressez pas ?

— Non.

Triomphant, Andrew porta l'estocade :

— Comment se fait-il, dans ce cas, que samedi dernier — la veille de l'assassinat de Bwana Grover — vous soyez allé à la bibliothèque britannique *pour lire un ouvrage sur les poisons africains* ?

Dirot ne répondit pas ; il avait du mal à respirer.

— La bibliothécaire, Mrs. Redda, vous a *vu*, Bwana Dirot.

Se tournant vers le bureau, Andrew prit le livre qu'il avait dissimulé sous un journal.

— Elle vous a vu en train de lire *ce* livre, Bwana Dirot !

Les yeux étrécis, Dirot serra les mâchoires.

— Vous ne tirerez rien de moi, dit-il. Rien du tout.

L'agent de police Kobari essaya de s'interposer ; voyant Saroya s'élancer, il plongea en avant. Andrew, lui aussi, fit volte-face et bondit. Mais ils échouèrent l'un et l'autre. Saroya s'empara de l'ouvre-lettres posé sur le bureau et, le tenant à deux mains, se jeta sur Dirot, qu'elle poignarda en plein cœur.

***

Un meurtre commis dans son bureau, en présence de trois de ses hommes : le chef de la police serait furieux quand il rentrerait, le lendemain. Encore heureux que l'équipe technique, en fouillant la maison de Dirot, y ait découvert les graines de datura et les photographies. Pourquoi les avait-il gardées ? Folie pure, mais les Européens étaient toujours difficiles à comprendre. En tout cas, c'était assurément un coup de chance pour Andrew.

Allongé dans son lit, à côté de Mary, il songea à la chance et au destin. Dirot avait certainement considéré comme une chance le fait que l'Américain, en proie à ses hallucinations, ait débouclé ses bouteilles d'air comprimé : pas de corps, pas d'autopsie. De toute évidence, Dirot ne pouvait prévoir une telle issue. Mais si le journaliste avait gardé ses bouteilles, si le corps avait été retrouvé, est-ce qu'une autopsie pratiquée par le Dr Murmajee, le vieux pathologiste, aurait révélé la présence de datura dans l'organisme ? Connaissant Murmajee, sans doute pas. Quant à Saroya, elle n'aurait sans doute pas accusé Robert Harper d'avoir loué les services d'un sorcier. Et Andrew n'aurait sans doute jamais été mêlé à l'affaire.

Apparemment, la chance avait souri à Robert Harper. Un homme fondamentalement déplaisant, qui — selon toute vraisemblance — se livrait au trafic d'ivoire mais demeurait néanmoins intouchable. A l'avenir, peut-être...

Et Saroya ? Elle ne serait pas pendue ; les jurys africains comprenaient la passion, la vengeance. Mais c'était une Somali, et les juges se plaisaient à infliger aux Somalis des peines exemplaires, pour dissuader les autres. Elle risquait de ne pas revoir la lumière du soleil avant des années. La pendaison eût été moins pénible pour elle.

Un simple ouvre-lettres. Qui aurait imaginé... ?

A sa gauche, Mary remua ; les draps froufroutèrent.

— Ce n'est pas ta faute, Andrew, lui dit-elle en posant une main sur sa poitrine.

Andrew se rappela alors, pour la première fois, les paroles du vieil homme :

Pas le sang, mais la culpabilité.

— Si, dit-il. Bien sûr que c'est ma faute.

To Catch a Wizard.
Traduit par Gérard de Chergé.

PLEUREZ POUR LES COUPABLES

par HENRY SLESAR

Le camion en provenance d'Edalia devait arriver à onze heures, mais Johnny Bree n'avait pas de montre-bracelet pour déterminer le moment où il apparaîtrait. Aucun d'eux n'avait droit à une montre ; les heures étaient ponctuées par les ordres et les coups de sifflet des gardiens. Seulement, il en aurait fallu une à Johnny en cet instant, par cette chaude matinée baignée de soleil. Debout sur le sol d'un brun rougeâtre, il avait les yeux tournés vers le grenier à blé, là-bas au loin, et vers le point où la route d'Edalia disparaissait.

Il s'approcha de Fisher par-derrière, et le gardien se retourna vivement. Ce dernier se détendit lorsqu'il vit de qui il s'agissait ; Johnny n'était pas un trublion.

— Qu'est-ce qu'il y a, Beau Mec ?

— Mal au ventre, répondit Johnny. (Il croisa les doigts sur le devant de sa chemise bleue et grimaça.) J'ai une crampe ou je ne sais quoi. Est-ce que je pourrais aller me reposer un moment dans le hangar ?

Le gros visage affable de Fisher afficha une expression d'indécision.

— O.K., vas-y, finit-il par dire.

Johnny le remercia et entra.

Le hangar était frais, sombre, et on y sentait une forte odeur de ferme. Johnny se dirigea vers l'évier et s'aspergea d'eau le visage. Il regarda ses mains dégoulinantes et vit qu'elles tremblaient. Il avait mentalement répété cet instant durant des semaines, mais à présent il était nerveux et redoutait un échec.

Cinq minutes plus tard, il entendit gronder les roues du camion de ravitaillement qui approchait. D'un mouvement rapide il poussa un motoculteur vers l'angle le plus obscur et se cacha. Dans une minute, le camion stopperait dehors, et le déchargement commencerait. Cela faisait un mois qu'il observait l'opération. Lorsque les caisses seraient déchargées dans le hangar, le chauffeur et son aide fumeraient une cigarette avec Fisher ou l'un des autres. C'était à cet instant-là qu'il devrait agir.

Le camion s'était arrêté, et les portes du hangar s'ouvraient. Les deux hommes firent leur boulot méthodiquement. La dernière caisse fut enfin rangée. Ils refermèrent les portes en sortant.

Johnny attendit, puis se dirigea vers les portes. Encouragé par le silence, il en entrouvrit une de quelques centimètres, et vit l'arrière du camion, béant.

C'était maintenant ou jamais.

Il gagna l'arrière du camion en trois bonds de ses longues jambes, grimpa à l'intérieur, et se glissa à quatre pattes jusqu'au fond obscur. Il trouva une bâche abandonnée là, et se dissimula sous le lourd tissu humide.

Puis une silhouette cacha la lumière passant par les portières arrière, qu'une main referma avec un claquement. Il sentit le camion osciller au moment où les deux hommes montaient dans la cabine. Il écouta le bruit agaçant du démarreur et fit une prière. Lorsque le moteur se mit à tourner au ralenti, il faillit sangloter de soulagement. Et les voilà partis.

A environ quinze kilomètres de la ferme selon son estimation, il ouvrit les portières arrière d'un coup de pied et regarda la route filer sous les roues. Il attendit que le camion gravisse une côte. Puis il sauta et atterrit sur le gravier

***

Erika Lacy était d'une humeur que seule la vitesse était en mesure de calmer. Sur la grand-route plate et déserte entre la ville et les Sycamore Hills, elle poussa le moteur de sa voiture, oubliant l'avertissement de son oncle. « Ne bois jamais et ne prends jamais le volant quand tu es en colère », disait-il, et la colère, c'était son rayon à l'Oncle Bell, véritable spécialiste en la matière. Il lui avait donné un mauvais exemple, et Erika, repensant à Huey Brockton ainsi qu'à leur dispute d'hier soir sur la piste de danse de Point Placid, arborait le même air pincé qu'elle avait si souvent vu sur le visage de son oncle. Avec ses cheveux d'un roux doré que faisait voler le vent s'engouffrant dans la décapotable, elle ressemblait à un pétard sur le point d'exploser.

C'était justement l'Oncle Bell qui avait occasionné la dispute. Huey détestait cordialement le tuteur d'Erika, et il ne fallait pas chercher loin l'origine de son parti pris. Son père, Howard Brockton, était l'associé de l'Oncle Bell dans l'affaire de ce dernier, et son principal adversaire, si bien que leurs dissensions continuelles fournissaient depuis trois ans un intéressant sujet de conversation à Point Placid.

Vroum ! La décapotable passa en trombe devant une rangée de jeunes arbres au bord de la route et les fit courber sous le déplacement d'air. Au loin, un camion semi-remorque traversait la grand-route à l'intersection d'Edalia Road, et Erika ralentit à contrecœur. Le geste la détendit quelque peu. Elle songea qu'elle allait déjeuner en ville avec l'Oncle Bell ; il avait promis de l'emmener à l'Iron Club, club très fermé, à clientèle masculine, et elle était ravie à cette perspective. Lorsqu'elle aperçut la silhouette solitaire, un peu pathétique, du jeune homme qui tendait le pouce, elle se sentait d'humeur presque aimable. Et c'est pourquoi elle s'arrêta, faisant fi d'une autre règle de l'Oncle Bell : « Ne prends jamais un auto-stoppeur. »

— Vous allez en ville ?

Il s'avança en boitant, et s'efforça de sourire. Son visage était incrusté de poussière et il portait une salopette d'un bleu passé.

— Oui, répondit-elle. (Puis, soudain prise d'un doute, elle ajouta :) Qu'est-ce que vous fabriquez perdu par ici ?

— Ma voiture est tombée en panne, expliqua-t-il avec un grand sourire en ouvrant la porte.

Il monta à côté d'elle, et Erika le regarda vivement d'un œil critique avant de repartir. C'était un beau gosse. Il arborait un petit sourire qui était dénué de timidité, et il avait le hâle brun de l'homme qui travaille en plein air.

— Vous devez avoir chaud après votre randonnée, observa-t-elle gaiement. On peut s'arrêter à une station-service pour que vous vous occupiez de votre voiture, et vous pourrez boire quelque chose.

— Je ne tiens pas à m'occuper de ma voiture, dit-il en riant.

— Comment ?

— J'abandonne cette vieille guimbarde. J'en fais cadeau aux vautours. Je n'ai aucune envie de revoir ce tas de ferraille.

Erika se mit à rire à son tour.

— J'ai des bonbons acidulés dans la boîte à gants. Ça vous aidera peut-être à tenir le coup un moment.

— Merci, dit-il en appuyant sur le bouton de la boîte à gants. Je pensais que j'allais devoir me taper à pied le trajet jusqu'à la ville. Je viens de quitter un boulot à Delmar, et j'ai eu l'idée d'aller à Point Placid pour voir si je pourrais trouver mieux.

— Fermier ?

— Plus maintenant, répondit-il avec feu, plus maintenant. (Il dévissa le couvercle du bocal de bonbons, et lui tendit celui-ci.) Vous en voulez un ?

Elle allait répondre non quand, saisie, elle sentit soudain la pointe métallique contre ses côtes. Elle se raidit, et faillit en lâcher le volant.

— Pas d'affolement, lui enjoignit le jeune homme. Ce n'est pas très pointu, mais ça peut faire mal. Rangez-vous seulement sur le bas-côté, restez tranquille et il ne vous arrivera pas de misères.

— Qu'est-ce que c'est que cette histoire ? lança-t-elle avec colère.

— Je vous ai dit de vous ranger, mademoiselle. Je ne tiens pas à vous faire de mal, vous avez été sympa.

Il enfonça un peu plus l'instrument qui lui servait

d'argument. Erika, les larmes lui piquant les yeux, appuya sur le frein, fit perdre de la vitesse à la décapotable et s'arrêta. Lorsque la voiture stoppa, elle baissa les yeux et vit que l'arme de l'homme était un petit tournevis qu'il avait pris dans la boîte à gants.

— Voilà une jolie façon de remercier d'un service rendu, observa-t-elle.

— Descendez de voiture, mademoiselle.

— Non !

— Je vous tuerai sans doute si vous ne descendez pas.

Elle lui fit face, et il lui parut aussi calme que possible. Ce calme même l'effraya, et elle décida qu'il était plus prudent de quitter la voiture. Elle sortit, attendant l'ordre suivant.

— Lancez-moi votre sac.

Elle le jeta dans la voiture.

— Vous ne trouverez pas grand-chose dedans, précisa-t-elle d'un ton méprisant.

Il se glissa derrière le volant, et posa le sac à côté de lui. Puis il desserra le frein à main, et écrasa l'accélérateur. La décapotable partit en flèche, soulevant un nuage de poussière.

— Espèce de... saligaud ! cria Erika derrière lui. Puis elle se mit à pleurer. Lorsqu'elle éprouva de nouveau une saine indignation, elle cessa de pleurer et tâcha de réfléchir. Il restait treize kilomètres jusqu'à Point Placid, et elle avait peu de chances de se faire prendre en stop sur cette route déserte. Elle partit à pied.

Cinq minutes plus tard, elle se rendit compte que ses talons aiguilles ne lui étaient d'aucune utilité sur la route cuite par le soleil. Elle ôta ses chaussures et entama pieds nus sa marche vers la civilisation, se maudissant d'avoir négligé les conseils d'Oncle Bell.

Elle discerna au loin un petit nuage de fumée prometteur. C'était une voiture, qui allait dans la mauvaise direction, mais Erika se planta néanmoins au milieu de la route et agita les bras frénétiquement. Quand la voiture ne fut plus qu'à une centaine de mètres, elle vit que c'était à sa propre décapotable qu'elle adressait des signes.

Celle-ci la dépassa de quelques mètres, puis le jeune homme vêtu de la salopette bleue tourna brusquement le volant et fit demi-tour. Il coupa le moteur, et se pencha à la portière.

— Je suis désolé, lâcha-t-il.

Elle traversa la route en clopinant. Il descendit de voiture du côté opposé et se contenta d'attendre avec un air de chien battu.

— J'ai dit que j'étais désolé, répéta-t-il. Je ne sais pas ce qui m'a pris. C'est la chaleur qui a dû me taper sur le système.

Elle remit ses chaussures, puis s'installa derrière le volant, sans toucher à la pédale.

— Je ne comprends pas, déclara-t-elle sans ambages.

— Il n'y a rien à comprendre. Je ne suis pas un voleur, j'ai fait une erreur, voilà tout. Je n'ai touché à rien dans votre sac. Vous voulez vérifier ?

Elle se mordilla la lèvre.

— Je vous fais confiance.

— Vous n'avez aucune raison.

— Vous êtes revenu. J'estime que c'est une raison suffisante. (Elle tourna la tête et lui décocha un regard furieux.) Eh bien, montez. Vous n'apprécierez guère de marcher ; moi, je sais que je n'ai pas apprécié.

— Vraiment ?

Elle embraya. D'un geste vif, le jeune homme ouvrit la portière droite et s'assit à côté d'elle.

— Je m'appelle Johnny Brennan, reprit-il.

Elle comprit qu'il voulait parler, et que garder le silence l'inciterait à parler. De surcroît, Erika comprit qu'elle avait envie d'écouter.

— Je n'ai jamais fait une chose pareille, poursuivit-il. Quand ma vieille bagnole est tombée en panne, je crois que ç'a été la goutte d'eau qui a fait déborder le vase. Je n'avais plus qu'une idée en tête, partir quelque part, n'importe où, faire quelque chose de différent. Lorsque j'ai quitté ce boulot à Delmar, j'ai juré que je ne travaillerais plus jamais dans une ferme. Je ne suis pas bête. On ne fait pas travailler son esprit dans une ferme, on est ravalé au rang d'animal...

— Il y a des diplômés de fac dans les fermes à notre époque.

— Pas dans celles où je bosse. Dans la crasse, parmi les cochons... J'ai envie de porter une chemise blanche pour changer. Seulement, qui serait prêt à m'embaucher ? Les gens reniflent l'odeur du foin dès que j'entre quelque part. Et tout ça à cause de la guerre...

— De la guerre ?

— Vous ne devez même pas savoir de quelle guerre je veux parler. De notre boucherie en Corée. Je me suis engagé quand j'avais seize ans, en mentant sur mon âge rien que pour m'échapper de chez moi. Je me suis retrouvé à Heartbreak Ridge à dix-huit ans. Je n'étais qu'un petit crétin. Je ne savais pas de quoi il retournait. J'ai fini criblé de balles.

— Je suis désolée, dit doucement Erika.

— Je n'étais pas trop à plaindre : l'hôpital, c'est toujours mieux qu'un champ de bataille. Seulement la guerre a duré longtemps pour moi. Il leur a fallu huit ans pour me rafistoler. De ce point de vue-là j'ai eu plus de chance que Humpty-Dumpty*. Lorsqu'ils m'ont laissé sortir, j'étais pâle et maigrichon, et j'avais besoin de faire de l'exercice. Les médecins militaires ont recommandé du travail en plein air ; c'est par eux que j'ai eu mon premier boulot dans une ferme. Depuis ce jour-là j'essaie d'en sortir. Vous comprenez ce que je veux dire ?

— Je crois, assura Erika. Certes, je ne suis pas d'accord avec vous, et pourtant je comprends ce que vous ressentez. Mon grand-père était fermier, mais mon oncle, le frère de mon père, a toujours détesté cette vie-là. Il s'est échappé de la ferme à l'âge de dix-huit ans.

— Qu'est-ce qu'il est devenu ?

— Il a assez bien réussi. Il est propriétaire de la Lacy Machine Company à Point Placid ; enfin, avec son associé.

Johnny émit un sifflement.

— C'est là que je me rendais avant que vous ne m'arrêtiez, reprit Erika. A mon rendez-vous avec Oncle Bell pour le déjeuner. Avant que vous ne fassiez vos débuts dans le banditisme. (Elle sourit.) J'ai bien peur que vous ne réussissiez guère dans cette branche.

— Je comprends votre point de vue, observa Johnny avec un grand sourire. Bien entendu, si j'avais su que vous étiez une riche héritière, j'aurais

* Personnage de comptine traditionnelle. Humpty-Dumpty, qui a la forme d'un œuf, tombe d'un mur et se brise en mille morceaux... *(N.d.T.)*

peut-être été plus méchant. Je parie que vous avez un million de dollars dans ce sac à main.

— C'est ce que vous croyez. J'ai très exactement trente dollars.

— Ma foi, ça fait toujours trente dollars de plus que moi. Quand j'ai quitté Delmar, je n'ai même pas attendu l'arriéré de mon salaire. Je n'ai pas un seul costume convenable à me mettre sur le dos.

Erika lui jeta un coup d'œil de biais et eut un geste impulsif. Elle saisit son sac et le posa sur les genoux de Johnny.

— Ouvrez-le, lui dit-elle. Prenez l'argent.

— Non, dit Johnny fermement. Je n'ai pas dit cela pour ça. Si je voulais vraiment votre fric, j'aurais pu le voler.

— Je tiens à ce que vous le preniez, insista Erika. Il vous faudra un costume si vous cherchez du travail.

— Mais je ne vois même pas où je pourrais m'adresser.

Erika hésita.

— Je connais un endroit. J'ai mes entrées auprès du patron. J'ignore de quel genre de travail il s'agirait, peut-être même de balayer. Mais je pourrais glisser un mot en votre faveur.

Devant eux, scintillant au soleil, se dressait la tour du Point Placid Hotel, entourée de bâtiments plus petits, les usines et les immeubles de bureaux. Johnny fixa l'horizon bas avant de répondre.

— Vous voulez parler de votre oncle ? questionna-t-il. Vous feriez ça pour moi ?

— Il est d'ordinaire accommodant lorsqu'il est à table, répondit-elle d'un ton dégagé. Je ne risque rien à lui demander. Allez, prenez cet argent. Achetez un costume gris ; c'est la couleur préférée d'Oncle Bell. Je lui dirai que vous passerez au bureau de l'administration à trois heures ; il vous attendra.

— C'est dingue. Vous ne me devez rien.

— Non, mais vous, vous me devrez trente dollars. Et je compte que vous me les remboursiez lorsque vous travaillerez. (Elle se mit à rire.) L'adresse, c'est 300 Main Street. Et vaut mieux que vous soyez à l'heure. Oncle Bell est un maniaque de la ponctualité. Et d'un certain nombre d'autres choses.

Johnny Brennan regarda le sac à main, et fronça les sourcils. Puis il l'ouvrit.

***

La Lacy Machine Company se trouvait à l'extrémité de Main Street. Ses limites étaient marquées par une haute clôture grillagée, que gardaient plusieurs hommes en uniforme à la mine belliqueuse. L'usine proprement dite s'étalait comme un jeu de dominos : une demi-douzaine de bâtiments sans étages pointaient à angle droit les uns vers les autres. Johnny, vêtu d'un costume mal ajusté qui lui avait coûté vingt dollars sur les trente d'Erika, s'approcha du portail principal et inspecta à travers le grillage les bâtisses disséminées. Il décréta que les affaires de l'Oncle Bell devaient décidément bien marcher.

Il dut passer entre les mains de gardes, de réceptionnistes, de secrétaires, et franchit pour finir la porte d'acajou du bureau de Beldon Lacy. Il frappa, et une voix bourrue lui enjoignit d'entrer.

Il s'attendait à quelque chose de luxueux, mais ne trouva qu'espace et capharnaüm. Il avisa deux grands bureaux. L'un d'eux servait à déposer papiers et objets divers ; l'autre faisait face à la fenêtre et était presque aussi mal rangé. Derrière, il y avait un fauteuil pivotant à dossier haut, et la tête qui s'enfonçait dans le coussinet de cuir frappait par sa férocité. C'était la figure d'un battant, et cette impression demeura inchangée lorsque Bell Lacy se leva, découvrant aux regards le complet gris terne de l'homme d'affaires, orné de la cravate classique à rayures. Sous un front élevé, ses sourcils surplombaient des orbites sombres ; un menton proéminent venait compléter un gros nez ; de petites cicatrices striaient les deux joues. Johnny eut du mal à trouver une ressemblance entre la bouche gracieuse, les yeux incandescents d'Erika, et les traits de son oncle.

— Je suis Johnny Brennan, annonça-t-il timidement. On m'a dit de venir ici.

Lacy s'essuya la main sur la bouche d'un geste rapide.

— Ah oui, fit-il. Erika m'a parlé de vous. Fermez la porte, voulez-vous. Il y a plein de courants d'air dans ce bureau.

— Oui, monsieur.

Il ferma doucement la porte.

— Venez donc par ici, dit Lacy en faisant le tour de son bureau et souriant d'un air bizarre.

Johnny s'approcha de lui. Le sourire se crispa.

— Alors comme ça, c'est vous Johnny ?

— Oui, monsieur.

Lacy prit son temps. Il ramena en arrière le bras droit, et Johnny eut tout loisir de voir s'approcher telle une pierre la masse compacte de son poing serré. Lequel le cueillit sur le côté de la mâchoire et l'envoya dinguer à mi-chemin du mur. Il trébucha en s'emmêlant les pieds, et lorsqu'il tenta de se relever, il ne distinguait plus le mur du plafond.

La main de Lacy vint vers lui et il tressaillit, mais Lacy la lui tendait pour l'aider. Johnny hésita, puis accepta. Lacy le remit sur ses pieds.

— Ça, c'est pour le tour que vous avez joué à ma nièce. Maintenant, si vous avez toujours envie qu'on parle d'un boulot..., asseyez-vous.

Johnny regarda la figure de Lacy. Il n'y lut ni hostilité ni excuses.

— O.K., fit-il, sonné.

***

En repensant à l'interview, Johnny avait du mal à s'en souvenir avec précision. Sa mâchoire le faisait souffrir, et le feu roulant des questions qui fusaient de la bouche de Beldon Lacy était presque trop nourri pour qu'il pût esquiver.

— Vous avez quel âge ?

— Vingt-huit ans.

— Vos parents sont vivants ?

— Je ne sais pas.

— Vous ne *savez* pas ?

— C'est-à-dire... oui, je crois.

— Vous avez uniquement travaillé dans des fermes ?

— J'ai travaillé dans une station-service environ un mois.

— Comme mécanicien ?

— Non, monsieur. Je nettoyais, je remplissais les cuves, c'est tout.

— Vous savez vous servir d'un tour, d'une machine à percer ?

— Non.

— Et le travail de bureau ? Vous savez taper à la machine ? Faire de l'archivage ?

— Je ne suis pas très doué.

— Mais alors, qu'est-ce que vous savez faire ?

Johnny frotta sa figure douloureuse.

— Il y a un dispensaire au second étage, reprit Lacy avec aigreur. Passez-y en sortant et demandez-leur qu'ils vous mettent du sparadrap sur cette ecchymose. Ne leur dites pas comment vous avez chopé ça. J'ai déjà ici une assez sale réputation comme ça.

— Je n'en ai pas l'intention.

— Vous mériteriez bien pis. Je pourrais vous dénoncer à la police pour ce que vous avez fait. (Il se leva, l'air renfrogné.) C'est sans doute la plus grande bêtise que j'aurai jamais commise. Et j'en ai commis un bon nombre. Je vais vous donner un boulot au Magasin d'Approvisionnement. Vous travaillerez pour un vieux schnock qui s'appelle Gabriel, c'est lui le responsable. Vous l'aiderez à s'occuper de la réserve à outils et vous donnerez aux gars le matériel dont ils ont besoin. Le salaire est de soixante dollars par semaine. Vous acceptez ou pas ?

Johnny déglutit péniblement.

— Oui, répondit-il, j'accepte.

— Et je vous conseille de vous tenir à carreau ici. Erika vous a pour une espèce de héros, uniquement parce que vous vous êtes ravisé en vous abstenant de la dévaliser. Mais ça ne prend pas avec moi.

— Je m'en étais douté, confirma Johnny en faisant jouer sa mâchoire.

Lacy se mit brusquement à rire.

— Il n'était pas mauvais, ce crochet du droit, hein ? J'ai fait de la boxe professionnelle quand j'avais vingt ans. A cette époque-là, une réputation sur les rings vous ouvrait bien des portes. Mon premier patron à l'usine sidérurgique m'a embauché parce qu'il aimait mon style. Le monde du travail était autrement plus violent en ce temps-là. Et ça marchait rudement mieux, ajouta-t-il amèrement. Bon, c'est tout. Présentez-vous à ce bâtiment lundi matin à neuf heures.

— Entendu, acquiesça Johnny.

— Vous vous plairez ici, dit Lacy d'un ton ricaneur. C'est une véritable école maternelle. Vous serez hospitalisé à l'œil, vous serez payé une heure et demie pour chaque heure supplémentaire, vous aurez des primes, des pensions vieillesse... Vous aurez même droit à une visite médicale gratuite, en raison de l'assurance de groupe. Nous vous mâchons tout... C'est tout juste si on ne vous essuie pas le nez.

— Je n'ai besoin de personne pour m'essuyer le nez.

— Le vendredi est le jour de paie. Vous avez de quoi vivre en ce moment ?

— Pas grand-chose.

Lacy prit son portefeuille et en sortit deux billets de dix dollars.

— C'est une avance, précisa-t-il. Nous la déduirons de votre premier chèque.

— Merci, dit Johnny.

Il sortit du bâtiment administratif sans obliquer vers le dispensaire. Il passa le reste de l'après-midi à baguenauder de par la ville. A six heures, il avisa un écriteau à une fenêtre d'un bâtiment de grès brun, sur lequel on pouvait lire : CHAMBRES. Il se renseigna, et la moins chère était une chambre sur l'arrière qui se louait neuf dollars la semaine, payables d'avance.

Il demanda à sa logeuse un timbre, du papier à lettres, ainsi qu'une enveloppe, et glissa dedans un billet d'un dollar. Puis il chercha dans l'annuaire l'adresse d'Erika Lacy. Il la trouva répertoriée sous le nom de Beldon Lacy : RFD 1, Sycamore Hills. Il écrivit alors un mot.

Chère Héritière. Voici ma première échéance. Je vous dois à présent vingt-neuf dollars. Et encore merci.

Johnny.

P.S. Je travaille. Pourrais-je vous voir un de ces jours ? Que diriez-vous de samedi ?

En montant l'allée qui menait à la maison de pierre à flanc de colline, Erika vit la voiture d'Oncle Bell rangée dans le garage. Beldon Lacy rentrait rarement chez lui de l'usine les soirs de semaine, préférant les passer dans sa chambre spartiate de l'Iron Club. Lorsqu'il revenait, c'est qu'il était généralement d'une humeur noire.

Elle le trouva dans le salon, en compagnie d'une bouteille de whisky intacte et d'un verre vide.

— Bonjour, fit-elle en s'efforçant de sourire. Qu'est-ce qui s'est passé ? Le Club t'a mis à la porte parce que tu n'as pas payé ta note de bar ?

— J'avais envie de rentrer à la maison, c'est tout.

Elle s'assit en face de lui et l'examina.

— Je te connais trop. Quelque chose te turlupine. C'est Brockton ?

— Pour ne pas changer ! Seulement cette fois-ci les choses sont arrivées au point critique.

— Qu'est-ce qu'il a fait ?

— Il ne s'agit pas de ce qu'il a fait, mais de ce qu'il a l'intention de faire. Il est entré dans mon bureau aujourd'hui et m'a demandé de repenser à son offre. Je lui ai déclaré que je ne vendrais pas pour un million de dollars mes intérêts dans l'affaire, comme je le lui ai toujours dit. Ça ne lui a pas cloué le bec.

— Il ne peut quand même pas te *forcer* à vendre...

— Non ? Tu ne connais pas Brockton. Il ne reconnaîtrait pas un sou d'une douille, mais il a plus de tours dans son sac que Houdini. (Il saisit la bouteille de whisky et examina l'étiquette.) Il a convoqué les actionnaires à une assemblée extraordinaire. Il a l'intention d'en faire un règlement de compte par personnes interposées.

— Un règlement de compte ? Qu'est-ce que tu veux dire ?

— Il estime qu'il sera suffisamment soutenu par les actionnaires pour me mettre au rancart pour de bon. S'il n'arrive pas à me faire partir en me payant, il peut me flanquer dehors et se débarrasser par la même occasion de mes méthodes dépassées.

— Ça ne marchera pas, assura Erika catégoriquement. L'usine ne peut pas se passer de toi, Oncle Bell. Même si Brockton ne s'en rend pas compte, les autres actionnaires le comprendront. C'est toi qui as tout créé.

— Ne le sous-estime pas, Erika. C'est l'erreur que j'ai commise voilà trois ans. Il sait comment embobiner les gens, il leur parle dividendes, plus-values, tout le tremblement. (Il décacheta la bouteille et se servit un verre.) Je ne vais pas pleurer sur ton épaule. Je saurai m'y prendre avec Brockton, ne t'inquiète pas. J'ai toujours su mener ma barque.

(Il éclusa rapidement le verre, puis se leva.) Je crois que je vais aller me pieuter de bonne heure.

Elle le regarda se diriger lentement vers la porte, et hésita avant de poser la question suivante.

— Oncle Bell...

— Oui ?

— Est-ce que Johnny Brennan a commencé à travailler aujourd'hui ?

Il se retourna.

— Ouais, fringant et l'œil pétillant. Je l'ai cuisiné, et il débute demain à la Réserve. Il fraudra que je dise à Gabe de l'avoir à l'œil, de veiller à ce qu'il ne lève pas le pied avec la petite caisse.

— Ce n'est pas juste, repartit Erika. Je t'ai parlé de lui, Oncle Bell, ce n'est pas un voleur.

— Pourquoi en es-tu si certaine ?

— Parce que aucun voleur n'aurait agi comme il a agi. Je crois que tu peux lui faire confiance.

— Tu lui fais confiance, toi ? s'enquit-il d'un ton narquois.

— Oui.

Son oncle fronça les sourcils.

— Tu ne m'as pas dit qu'il avait eu un comportement héroïque à la guerre, ou je ne sais quoi ? En Corée ?

— Je n'ai pas dit que c'était un héros, mais seulement qu'il avait été criblé de balles. Il est resté un bon bout de temps dans un hôpital militaire.

— C'est drôle, grommela-t-il. Vu qu'il a passé brillamment la visite médicale de l'assurance. Les médecins militaires ont dû vraiment faire du beau travail.

Erika sursauta.

— Pas de traces de blessures ?

— Pas une seule marque sur le corps, ni sur ses

bras, ni sur ses jambes, nulle part. Cela t'apprendra à être si confiante, ma chérie. Tu ne connais pas les gens comme moi. (Il avait l'air découragé, et se tourna vers la porte. Il s'arrêta un instant devant et ajouta :) Il y a du courrier pour toi. Je l'ai mis sur la table dans l'entrée.

Une fois seule dans la salle de séjour, Erika tenta de ne pas songer à Johnny Brennan, mais son souvenir refaisait constamment surface. Elle accueillit avec plaisir l'interruption que causa un crissement de pneus sur le gravier de l'allée.

Elle sut que c'était Huey Brockton avant même qu'elle n'atteigne l'entrée ; il fit jouer comme à l'accoutumée la sonnette sur un rythme staccato enjoué. Elle n'ouvrit pas la porte, mais s'appuya dessus et annonça :

— Désolée, il n'y a personne.

— Oh ! allez, Erika...

— Va-t'en, Huey, il est tard.

— Il faut que je te parle une minute. S'il te plaît, implora-t-il. On gèle dehors.

Elle ne put s'empêcher de sourire. Elle ouvrit la porte. La nuit d'août était douce. Huey, vêtu d'une chemise sport en soie, dont les manches retroussées étaient soigneusement roulées, serrait les bras autour du corps.

— Brr..., fit-il. Ça doit être une gelée prématurée. (Il referma la porte derrière lui et tendit la main vers Erika. Elle se recula vivement.) *Très* prématurée.

— Arrête. Tu as la mémoire courte. Si je me rappelle bien, j'ai dit que je ne voulais plus te revoir.

— Nous commettons tous des erreurs, concéda-t-il en souriant, passant la paume sur ses cheveux blonds et brillants. D'ailleurs, je suis venu te faire mes excuses. Je ne pensais pas tout ce que j'ai raconté sur ton oncle. Je l'aime vraiment bien, ce bon vieux bougre, Erika, je t'assure.

— Bah voyons, comme ton père...

— Écoute, est-ce que j'y suis pour quelque chose si papa et ton oncle ne s'entendent pas ? Le mieux que nous puissions faire, c'est d'être ensemble tous les deux. Un traité de paix en quelque sorte.

— Très touchant, répliqua Erika froidement. Et je suppose que tu sais ce que ton père est en train de fabriquer en ce moment, avec sa réunion des actionnaires ?

— Je ne m'intéresse pas à toutes ces histoires.

— Tu sais ce qu'il tente de faire, non ? Il essaie d'évincer Oncle Bell. Ce n'est pas vrai ?

— Les affaires sont les affaires, observa Huey sagement. Si ton oncle ne sait pas mener sa barque, il devrait abandonner la partie. Maintenant, vas-tu cesser de me casser les oreilles avec cette fichue usine et parler de nous ? Je veux te voir samedi.

Erika lui tourna le dos, et se dirigea vers la table de l'entrée. Trois enveloppes étaient posées dessus, le côté portant l'adresse orienté vers le haut.

— Alors, ta réponse ? reprit Huey.

Elle ouvrit la première, et en lut le bref contenu.

— Je te demande : qu'est-ce que tu en penses ? répéta Huey avec humeur. Je peux te voir samedi soir ?

— Non, répondit Erika en souriant. Non, malheureusement, Huey. Je suis déjà prise.

***

Sans Gabriel Lesca, Johnny aurait abandonné son nouveau travail dès le deuxième jour. La Réserve de la Lacy Company ressemblait au centre de stockage du plus grand, du plus complexe, puzzle du monde. Il devait bien y avoir deux mille casiers contenant des outils et des pièces détachées. Si Lacy attendait de lui qu'il mémorise tout ça, il était fou.

Mais le vieux Gabe Lesca avait plissé son visage ridé en souriant d'un air compréhensif.

— Te bile pas, petit. Personne ne te demande de tout retenir immédiatement. Il m'a fallu quarante ans pour m'y retrouver. Contente-toi de faire ce que je dis. Je me charge des bons de sortie, et toi tu iras me chercher les pièces d'après le numéro des casiers. Et puis, un soir par semaine, tu pourras faire l'inventaire.

— Le soir ?

— Ouais, le samedi soir on travaille jusqu'à huit heures, on ne peut pas faire l'inventaire pendant les heures de boulot. Mais ne t'inquiète pas, ajouta-t-il en gloussant, on est payés en heures supplémentaires.

Gabe était le plus vieux travailleur que Johnny eût jamais vu. Il aurait cru que le vieil homme avait plus de soixante-dix ans, mais lorsqu'il eut suffisamment fait connaissance avec lui pour lui poser la question, Gabe répondit avec un clin d'œil qu'il avait soixante-quatre ans. Johnny ne fut pas surpris d'apprendre que Gabe était le plus ancien employé de la maison, et qu'il travaillait aux côtés de Beldon Lacy depuis la création de la Lacy Machine Shop juste après la Première Guerre mondiale. Quand Gabe parlait du patron, ce qui était fréquent, il en parlait avec vénération.

— Des Bell Lacy, on n'en fait plus de nos jours, lui dit un jour Gabe au déjeuner. Ici, Bell a tout construit de ses mains. Y en a qui l'aiment pas, et peut-être à juste titre, mais y en a pas un qui reconnaisse pas sa valeur.

— Et ce Brockton ? demanda Johnny. Son nom a l'air d'être un gros mot par ici.

— C'en est un, acquiesça le vieil homme avec amertume. Vers 1958, quand les temps étaient durs, l'entreprise a connu une mauvaise passe. Les ventes se ralentissaient, les commandes étaient annulées, et Bell se retrouva avec un tas de machines qu'il ne pouvait pas payer. C'est à ce moment-là que ce Brockton est entré en scène. Il avait quelque chose dont Bell avait besoin à l'époque : de l'argent. Il a proposé d'entrer dans l'affaire en achetant des parts, de payer le nouveau matériel, de maintenir tout le personnel en place, si Bell acceptait de s'associer avec lui. Ma foi, Bell ne pouvait guère faire autrement. Peu à peu, Brockton a essayé de prendre la direction des opérations. C'est lui qui a amené Bell à vendre des actions au sein de l'entreprise, et nous avons maintenant toute cette ribambelle d'actionnaires. Cela va causer des ennuis à Bell, tu verras ça.

— Mais c'est une affaire commerciale, non ? objecta Johnny. Tant que Brockton fait du bon travail...

— Il veut la peau de Bell ! lança le vieil homme avec colère. C'est tout ce qui l'intéresse. Voilà la raison de sa fichue assemblée d'actionnaires. C'est pas juste ! s'exclama Gabe en donnant un coup de poing sur la table de la cafétéria et s'attirant des regards surpris. C'est vraiment pas juste !

Quelqu'un dit quelque chose à la table d'à côté, et tout le monde éclata de rire. Gabe se redressa avec raideur et acheva son repas en silence.

***

La logeuse de Johnny était du genre mère-poule. Elle déplaça les boutons de la veste de son costume, modifia les revers de son pantalon, et lorsqu'il fut habillé pour son rendez-vous avec Erika Lacy le lendemain, il avait une allure bien plus chic.

Dans son mot, Erika avait proposé de venir le chercher chez sa logeuse en voiture. Quand la décapotable stoppa au bord du trottoir, il monta avec un sourire gêné.

— Je me fais l'effet d'un gigolo, confia-t-il.

Erika se mit à rire.

— C'est plus pratique de prendre ma voiture, voilà tout. Il n'y a pas beaucoup d'endroits à Point Placid où l'on puisse aller sans voiture.

Il laissa à Erika le soin de choisir le restaurant. C'était une petite bâtisse en bois presque invisible depuis la route. La salle à manger était de dimensions réduites, l'ambiance agréable, et le menu, ainsi que le remarqua Johnny avec soulagement, affichait des plats pas trop chers. Il commanda une bouteille de vin rouge, qui s'avéra être un bon investissement. La conversation s'en trouva facilitée.

— Ainsi donc, cet emploi ne vous déplaît pas trop ? s'enquit Erika. Même si vous n'arrivez pas à vous y retrouver parmi toutes ces pièces détachées ?

— J'apprends, répondit Johnny avec enjouement. Je peux maintenant vous dire la différence entre une came et un tourillon. Ou bien encore ce que c'est qu'une mortaiseuse, un rodoir, un affiloir, et un emboutisseur.

— On dirait une langue étrangère.

— C'est effectivement ça... pour un type qui vient

d'une ferme. Sans ce vieux Gabe, je serais vraiment paumé. C'est un type formidable, mais je n'ose pas savoir quel âge il a.

— Soixante-quatre ans, affirma Erika avec un sourire. Ça fait des lustres qu'il est à un an de la retraite. Mais personne ne s'en soucie ; tout le monde sait que Gabe arrêtera le jour où il ne pourra plus donner le meilleur de lui-même. L'usine ne sera plus la même sans lui.

Cette pensée parut l'attrister, ou bien était-ce autre chose. Puis elle releva les yeux d'un air sérieux et dit :

— Johnny, puis-je vous poser une question ?

— Bien sûr.

— Quand vous étiez à l'hôpital des anciens combattants, on vous a fait beaucoup de chirurgie esthétique ? A cause de vos blessures, je veux dire ?

Il se raidit.

— Oui, évidemment. Pourquoi me posez-vous cette question ?

— Oncle Bell m'a vaguement parlé de votre visite médicale pour l'assurance. Il m'a dit que vous l'aviez passée haut la main.

Il comprit qu'il lui fallait être prudent.

— Ça m'est pénible d'y repenser, dit-il gravement. On a bien dû me faire une cinquantaine d'opérations pour me recoudre.

Elle posa la main sur la sienne.

— N'en parlez plus. Parlez-moi seulement de l'avenir.

— D'accord.

Ils quittèrent le restaurant à neuf heures, et Erika demanda à Johnny s'il voulait conduire. Il accepta et se glissa derrière le volant.

Juste au moment où ils tournaient pour prendre

la grand-route, ils entendirent un klaxon insistant derrière eux. Erika pivota sur son siège et poussa une exclamation de surprise et d'irritation. Johnny regarda dans le rétroviseur et vit une voiture de sport blanche coller au pare-chocs. Il fronça les sourcils.

— Qu'est-ce qu'il se passe ?

— Ce n'est rien, répondit Erika. Un chauffard, c'est tout. Continuez, Johnny.

Il écrasa l'accélérateur et essaya de distancer le coupé. Le moteur de sport vrombit, et la voiture basse s'approcha à quelques centimètres de l'arrière de la décapotable. Lorsque Johnny essaya de la semer en tournant brusquement dans une rue latérale, la voiture blanche ne perdit pas de terrain, puis les dépassa en trombe et les força à ralentir.

— Regarde un peu où tu vas ! hurla Johnny en freinant violemment. En voyant la voiture blanche rouler devant eux avec force embardées, il jura et stoppa la décapotable. Le conducteur de la voiture de sport s'arrêta lui aussi.

Johnny s'apprêtait à faire irruption hors de la voiture, les yeux étincelants. La main d'Erika se posa sur son bras pour le retenir.

— Ne bougez pas, dit-elle vivement. C'est un garçon que je connais. Il cherche seulement à être drôle...

— C'est vraiment très drôle, en effet. Je crois que je vais lui apprendre les bonnes manières.

— Johnny, je vous en prie !

Le conducteur émergea de son siège baquet et se dirigea vers eux. Il était grand et mince, il avait des cheveux blonds brillants, et le costume qu'il portait donnait son juste prix au complet en solde à vingt dollars de Johnny.

— Salut, lança-t-il d'un ton dégagé. Qu'est-ce que tu deviens, Erika ?

— Tu nous as suivis ? demanda-t-elle avec emportement.

Il fit un grand sourire et regarda Johnny.

— Nous n'avons pas été présentés. Je m'appelle Huey Brockton. Erika vous a peut-être parlé de moi.

Johnny examina le beau visage un instant. Puis il déclara :

— Effectivement. Il y avait un cochon croquant une pomme au restaurant. Elle m'a dit que ça lui rappelait quelqu'un qu'elle connaissait.

Huey piqua un fard et regarda la jeune fille.

— Je voulais voir avec qui tu sortais. Tu ne m'avais pas dit que c'était le type qui balayait l'usine.

Johnny ouvrit la portière.

— Je vous en prie, souffla-t-elle d'une voix entrecoupée. Ne fais pas d'histoires, Huey, tout ça est ta faute.

— Remonte dans ta petite voiture de môme, bonhomme, conseilla Johnny.

— Et qui va m'y forcer ? (Lorsque Johnny s'approcha de lui, il mit la main dans sa poche.) Ne joue pas les malins, mon pote. J'ai là quelque chose qui ne fait pas du bien.

— Qu'est-ce que c'est ? Un hochet ?

Johnny s'avança. Sa main gauche le précéda et décocha un coup qui atterrit sur le menton de Huey Brockton, lequel recula en titubant. Dans la voiture, Erika hurla au moment où Huey heurta le sol. Lorsqu'il se releva, sa main droite était sortie de sa poche, et la lame du couteau brillait au clair de lune.

— Arrête ! Arrête ! s'écria Erika. Laisse-le tranquille !

Huey porta un coup en direction de Johnny. Celui-ci l'évita facilement en faisant un pas de côté pour saisir le bras de Huey à deux mains. Il plaqua son bras contre le flanc de la décapotable ouverte, et le choc fit jaillir le couteau des doigts de Huey. Erika essaya de l'attraper, mais Johnny fut plus rapide. Il s'en empara par le manche, fit pivoter Huey emprisonné par une clef de cou, puis lui colla la lame sous le menton.

— Maintenant, commença Johnny, maintenant, voyons un peu...

— Lâchez-moi ! grogna Huey.

Le bord de la lame lui toucha la gorge, et Huey roula des yeux exorbités à ce contact froid et mortel.

— Je vais te tuer, chuchota Johnny. Je vais t'étriper comme un lapin.

Erika était descendue de voiture. Elle tira Johnny par le bras, mais il était aussi inébranlable qu'un rocher.

— Je vous en prie, Johnny ! implora-t-elle.

— Je ne voulais pas jouer avec toi, dit Johnny. Mais quand je joue, c'est pour de bon. C'est pourquoi tu vas mourir...

Huey roula les yeux.

— Erika, aide-moi !

— Johnny, sanglota la jeune fille, Johnny, lâchez-le !

Il lui fallut un moment, mais il commença à y voir plus clair. Il relâcha sa prise sur le bras de Huey, puis le repoussa d'un coup. Il fixa les yeux sur le couteau qu'il tenait à la main, tandis que Huey courait vers sa voiture. Puis, au moment où le moteur de sport démarrait en vrombissant, Johnny jeta le couteau dans les bois et demeura les yeux braqués dessus.

Il regagna la voiture dans un état second. Erika prit le volant, mais ne mit pas le moteur en marche.

— Johnny..., chuchota-t-elle.

Il se passa les mains sur les yeux.

— J'ai failli le tuer, dit-il.

— Mais non. Vous ne parliez pas sérieusement.

— J'ai failli le tuer, Erika. Comme j'ai tué les autres. Tous les autres.

Elle eut un mouvement de recul.

— Les autres ?

Il ne put la regarder.

— Il y en a eu quatre. Je les ai tous tués. Ne me demandez pas pourquoi j'ai fait ça, Erika, je n'en sais rien. Mais je les ai tous tués. Je vous ai menti... Je ne m'appelle pas Brennan, mais Johnny Bree. Du moins, c'est comme ça qu'on m'appelle. Je vous ai dit que je venais de quitter un emploi dans une ferme. C'est à moitié vrai. Je travaillais bien dans une ferme, seulement pas dans le genre de ferme que vous imaginez. Il s'agit d'un endroit où l'on cultive ce qu'on donne à manger aux prisonniers.

— Je ne savais même pas qu'il y avait une prison dans les environs.

— On n'appelle pas ça comme ça. On se sert de mots qui sonnent mieux. Je ne suis pas un criminel ordinaire, Erika. Je suis un de ces malades mentaux dont on entend parler. Ça vous fait quel effet ? (Il la regarda d'un air accusateur.) Eh bien ? Vous ne criez pas ?

— Je n'ai pas l'intention de crier, Johnny.

— Vous n'avez pas peur ? Je suis un dingue. Un criminel dangereux. Quand je perds la tête, les gens perdent la vie. Comme votre petit copain...

— Mais vous l'avez relâché. Vous ne lui avez pas fait mal.

— Oh oui, dit-il amèrement. Je fais des progrès. Voilà pourquoi on m'a fait confiance pour me laisser travailler dans cette espèce de camp, parce que j'avais eu un comportement tout à fait exemplaire. Les premières années... c'était différent. Je ne me rappelle pas quand je suis arrivé, ni ce que je faisais là. C'était comme si j'y avais vu le jour, comme si j'y avais été nouveau-né. Et puis — ne me demandez pas comment — j'ai commencé à émerger du brouillard. Je reconnaissais un visage la deuxième fois que je le voyais. J'ai appris à me nourrir, à m'habiller, à agir comme un être humain doué de raison. Je ne me rappelais pas grand-chose du passé, mais je me débrouillais pas mal dans la vie présente. Seulement l'avenir...

— Ils ont bien dû être confiants dans votre avenir, Johnny, sinon ils ne vous auraient pas relâché. (Il garda le silence, que vinrent meubler les bruits de la nuit.) Mais pourquoi vous a-t-on mis là, Johnny ? Vous le savez ?

— Ça, c'est la seule chose que je sache vraiment. La seule chose dont je me souvienne avec certitude. Pour je ne sais quelle raison, j'ai tué quatre hommes. Je n'ai pas pu m'en empêcher, c'est une pulsion que je n'ai pu maîtriser. Je ne me souviens pas de leurs noms, ni de leurs visages, ni de l'endroit où ça s'est passé. Mais je me souviens clairement de l'avoir fait. (Il ferma les yeux.) J'ai tué l'un d'entre eux avec un couteau... Exactement comme j'aurais pu tuer Huey Brockton.

Erika ne put réprimer un hoquet. Il ne l'entendit pas.

— J'en ai étranglé un autre, poursuivit-il. Je sens

encore sa gorge sous mes doigts. Les deux autres, je les ai abattus d'un coup de feu.

Il se tourna vers elle, et son expression torturée l'effraya sans doute davantage que sa confession. Elle s'écarta de lui.

— Je ne peux pas y croire, dit-elle. Ç'a dû être une espèce d'hallucination.

— Non, rétorqua-t-il durement. Je ne sais pas grand-chose sur moi, mais ça du moins je le sais. Ce n'était pas une hallucination. C'était du meurtre.

Il savait qu'elle allait se mettre à crier. Elle avait retenu trop longtemps le hurlement. Elle émit davantage un geignement, un gémissement de douleur, qu'un cri de terreur.

Il descendit de voiture. Elle ne tenta pas de le retenir, et il ne souhaitait pas qu'elle le retienne. Il se mit à suivre la route dans la direction opposée.

Lorsque la décapotable ne fut plus qu'un point dans le lointain, il entendit le grondement de son moteur, et la regarda disparaître.

***

Il se retrouva au dépôt de bus une heure plus tard. La consultation du tableau des horaires le chagrina : il n'y aurait pas de bus avant le dimanche matin dix heures.

Il avisa un bus vide dans la ruelle. Les portières étaient ouvertes, l'intérieur était sombre, les sièges de cuir transpiraient dans l'air saturé d'humidité. Dans la salle d'attente, les bancs formés de lattes en bois étaient humides également, et il y régnait une odeur rance et déprimante.

Un vieil homme franchit les portes en faisant tinter un seau et un balai laveur. Il répandit une mare d'eau savonneuse sur le carrelage et se mit à faire glisser paresseusement le balai sur le sol couvert du liquide mousseux.

— Ça ne dérange pas si je reste là ? s'enquit Johnny.

— Hein ?

— Je peux attendre dans la gare ? J'ai raté mon bus.

Le vieil homme se mit à rire, et continua à passer le balai. Johnny posa les pieds sur le banc et s'allongea sur le dos. Il y avait huit ampoules d'un jaune pâle au plafond, et il les recompta inlassablement. Il s'endormit rapidement.

Il fut réveillé par le soleil matinal sur son visage, et par quelqu'un qui lui secouait le pied.

— Allons, fit une voix.

Il se redressa péniblement, et regarda le visage fortement marqué de l'homme qui se tenait au-dessus de lui, la figure d'un battant.

— Bon sang, vous parlez d'un endroit pour dormir, observa Beldon Lacy. La colonne vertébrale en prend un sacré coup.

— Monsieur Lacy...

— Vous voulez boire un café ? Il y a un bistrot au coin de la rue. Le café est chaud, c'est tout ce qu'on peut en dire.

Il posa la main sur le coude de Johnny et l'aida à se relever.

Lacy n'ouvrit plus la bouche avant qu'ils ne soient installés dans la cafétéria, deux gobelets bouillants devant eux. Après sa première gorgée, Lacy grogna.

— Bon, fit-il, alors comme ça vous abandonniez le boulot. Dès la première paye vous voilà parti. Comportement déplorable.

— Erika vous a dit ce qui s'était passé ?

— Elle m'a dit.

— Alors à votre avis, pourquoi est-ce que je quittais la ville ?

— Écoutez, mon vieux. Tout ce que je sais, c'est qu'Erika est rentrée à la maison en pleurnichant comme une môme qui a son ballon crevé, simplement parce que vous vous êtes plus ou moins accroché avec Huey.

— C'était plus grave que ça.

— Je sais. Huey a sorti un couteau. J'ai toujours su qu'il avait un sale côté, cet abruti. Ça tient de famille.

— C'est tout ce qu'elle vous a dit ?

— Non. (Lacy tourna son café, et son front se rida encore plus.) Elle m'a dit que vous aviez été malade. Que vous aviez eu je ne sais quels ennuis quand vous étiez gosse, et que vous aviez fait de la taule pour cette raison.

Le cœur de Johnny battait la breloque. Erika n'avait pas révélé à son oncle le fait le plus important. Pourquoi ?

— Elle m'a dit que vous alliez sans doute filer, reprit Lacy. Je me suis renseigné chez votre logeuse et j'ai constaté que vous n'étiez pas là, alors j'ai aussitôt pensé à la gare routière.

— Mais pourquoi ? Pourquoi vous êtes-vous donné ce mal ?

— Allez savoir ! grommela Lacy. Parce que c'est ce que voulait Erika, je crois bien. Et puis, vous ne pouvez pas laisser tomber le vieux Gabe. Il commençait à s'habituer à vous. Donc, je compte sur vous pour reprendre le travail dès demain.

— C'est impossible, affirma Johnny.

La main de Lacy se posa sur son épaule. Ce n'était pas uniquement un geste amical.

— Je ne vous le demande pas. Je vous l'ordonne. Personne ne me fait faux bond, mon vieux, ni à ma nièce. Personne n'a besoin de savoir quoi que ce soit sur votre passé, et je veillerai à ce que notre ami Huey la boucle. Mais ça m'étonnerait qu'il veuille se vanter de ce qui s'est passé.

Johnny finit les dernières gouttes de café dans son gobelet.

— Entendu, acquiesça-t-il. C'est vous le patron.

Le mercredi, Johnny mit en service un nouveau système de sortie des pièces. L'idée était de lui. Le système comportait un étiquetage journalier des pièces qui ferait gagner un temps fou pour les inventaires du vendredi. Gabe Lesca avait immédiatement vu le bien-fondé du système dès que Johnny l'eut expliqué.

« Fais gaffe, mon gars », l'avait-il mis en garde avec bonne humeur. « On va te supprimer ce boulot peinard et faire de toi un cadre. »

Johnny avait rougi, l'air ravi.

Le vendredi soir, Johnny quitta l'usine au dernier coup du sifflet de cinq heures, et laissa Gabe au vestiaire. Il ne devait pas revenir avant six heures, pour le dernier inventaire de la semaine, et il passa son heure libre à la cafétéria d'en face. La cuisine était grasse, mais il n'y prêta pas attention.

Une fois de retour à l'usine, il gagna la réserve et commença à vérifier les bons de sortie. Il ne pouvait pas encore profiter des résultats du nouveau système d'inventaire avant une semaine, aussi avait-il deux bonnes heures de travail devant lui. Il eut alors une soudaine inquiétude. Y aurait-il une autre semaine ? Ou bien la réunion des actionnaires prévue pour lundi mettrait-elle un terme à sa nouvelle vie ?

Howard Brockton. Il prononça le nom à haute voix et s'avisa qu'il n'avait jamais vu l'homme qui causait tant de tracas à la Lacy Company et à la famille Lacy.

Il s'absorba dans son travail. Il ne releva pas les yeux avant huit heures quinze.

Pour sortir de l'usine, il emprunta le raccourci qui passait par le bâtiment administratif et menait au portail principal.

Au bout d'un long couloir de bureaux de cadres, il aperçut une porte à demi ouverte, qui répandait sur le sol astiqué une flaque de lumière jaune. Quelqu'un était aussi en train de travailler tard à l'administration.

En s'approchant, il lut le nom de Howard Brockton sur la plaque murale. S'il ne passait pas trop vite, il arriverait peut-être à entrevoir pour de bon l'ogre dans son antre.

Ce qu'il vit le fit sursauter. L'homme se trouvait derrière un grand bureau en chêne, mais sa tête reposait sur le sous-main. La lumière de la lampe du bureau luisait sur un crâne chauve, et illuminait la tache circulaire qui s'étalait à partir du menton.

Il entra dans le bureau et dit :

« Monsieur Brockton ? »

Il toucha l'épaule de l'homme. Puis il vit la couleur de la tache, et il comprit que l'homme ne pouvait plus répondre. Il le repoussa dans son fauteuil, et se rendit compte qu'il venait de trouver un cadavre. La moitié gauche de son crâne avait été écrasée, la peau de sa joue avait été fendue comme celle d'un melon mûr, et le sang qui couvrait son visage n'était pas encore sec. C'était une figure aux traits de petites dimensions, et ses yeux étaient incolores. Si cet homme avait été cruel et calculateur, cela avait dû pouvoir se lire dans son expression : tout cela avait été effacé par la mort.

Johnny entendit alors les pas lourds et bruyants du veilleur de nuit de la Lacy Company, arpentant le couloir, et il saisit toute l'horreur de la situation.

Si on le trouvait dans ce bureau, comment pourrait-il donc expliquer ça ? Comment pourrait-il répondre aux questions qu'on ne manquerait pas de lui poser ? D'où venait-il ? Quel était son vrai nom ? Pourquoi avait-il été embauché ? Et puis ses réponses... *Je m'appelle Johnny Bree. Je suis un meurtrier. Je me suis échappé d'un asile de fous criminels. Et je suis innocent, innocent !*

Les pas du veilleur s'arrêtèrent devant la porte. Il avait la main sur le bouton de la porte, et il l'actionnait du mauvais côté. Ouvert.

« Monsieur Brockton ? »

Johnny tenta de bondir vers la liberté. Il lui fallut foncer tête baissée sur le veilleur, la surprise étant sa meilleure arme. Mais l'homme avait de bons réflexes ; il lança le bras et attrapa celui de Johnny. Johnny lui décocha un coup de poing de la main droite et s'échappa. Il continua de courir dans le couloir malgré le cri de mise en garde.

« Arrêtez ! Arrêtez, ou je vais être forcé de tirer ! »

A quinze centimètres de l'extrémité du corridor, ses semelles glissèrent sur le sol astiqué, et il s'agrippa au bouton de la porte extérieure. Puis il se retrouva dans la cour, et franchit le portail non gardé avant que le veilleur ne puisse l'en empêcher. Mais à l'instant même où il s'enfonçait dans la ville à toutes jambes, il comprit que le pire était devant lui : le moment où le veilleur découvrirait ce que

Johnny avait laissé dans le bureau de Howard Brockton.

Il monta dans un taxi et donna l'adresse des Lacy, sans savoir s'il voulait voir Erika ou son patron. Il s'aperçut alors qu'il était dans un taxi-radio ; c'est-à-dire que la basse fréquence radio pouvait être réquisitionnée par la police. Si celle-ci était déjà à sa poursuite, les ordres las et nasillards du régulateur de trafic pouvaient être interrompus à tout moment : *A tous les conducteurs... Prière de faire attention à...*

Mais il n'entendit aucun message ; ils gravirent la pente des Sycamore Hills, et il arriva sans encombre devant la porte des Lacy.

Erika répondit à son coup de sonnette. Elle portait une robe noire, dont quelques boutons étaient défaits.

— Johnny...

— Il faut que je vous parle, Erika. Est-ce que je peux entrer ?

Il ne lui laissa pas le loisir d'y réfléchir. Il entra et referma vivement la porte.

— Votre oncle est là ?

— Non. Il est à son club. Qu'est-ce qui ne va pas, Johnny ?

— Il faut que je vous dise quelque chose. Je voulais en parler aussi à votre oncle. C'est au sujet de Brockton.

— Howard Brockton ?

— Il est mort, Erika. Il a été tué.

Elle porta son poing serré à la bouche.

— Ne croyez pas ça ! hurla Johnny. J'ai travaillé tard à l'usine ; j'ai découvert son corps. Mais le veilleur de nuit m'a surpris dans le bureau et je me suis enfui. Il m'a vu, Erika, et ils croiront que j'y suis pour quelque chose !

Elle regardait droit devant elle, sans réagir. Il la saisit par ses frêles épaules et la secoua.

— Croyez-moi ! cria-t-il. Croyez-moi, Erika, je vous en prie !

Le téléphone se mit à sonner dans la salle de séjour. Erika se dirigea vers la porte, attendant de voir s'il allait l'arrêter. Il n'en fit rien, mais se contenta de suivre et d'observer.

— Oui, Oncle Bell...

Il lui prit le téléphone de l'oreille.

— ... qu'il allait là-bas, entendit-il Bell Lacy expliquer. C'est ce que nous a dit le régulateur du trafic. Alors saute dans la voiture et file. Va au club et restes-y jusqu'à ce que j'arrive. Tu as compris ?

Johnny pointa le doigt vers l'appareil et hocha la tête.

— Oui, dit Erika. Oui, je comprends, Oncle Bell.

— J'aurais dû m'en douter, poursuivit la voix. Je n'aurais jamais dû le laisser entrer à l'usine. Voilà maintenant le beau travail !

— Oncle Bell, écoute...

Johnny lui agrippa le bras, serrant fort pour la mettre en garde.

— D'accord, poursuivit-elle. Je vais partir tout de suite. Mais je ne peux pas croire que ce soit Johnny qui ait fait ça. C'est absolument impossible.

— Oh si, c'est lui, il a été pris sur le fait. Tu m'as dit toi-même que c'était un assassin. Il a peut-être cru qu'il me rendait service ou je ne sais quoi, le pauvre type. Ne perds pas de temps, Erika !

Elle raccrocha.

— Qu'est-ce que vous allez faire ? chuchota-t-elle.

— Allez me chercher vos clefs de voiture !

Elle se dirigea vers le placard de l'entrée. Il la suivit et la vit se battre avec un manteau pendu à un cintre. Il la repoussa et tendit la main vers le plancher du placard.

Un fusil de chasse à canon double était appuyé contre l'une des parois. Il s'en empara et lui lança un regard mauvais.

— Non, Johnny. Je vous jure que ce n'est pas ce que j'avais l'intention de faire. Je cherchais les clefs.

— Trouvez-les.

Elle les trouva dans la poche d'un imperméable et les lui tendit. Il les prit et gagna la porte, mais lorsqu'il ouvrit celle-ci, la lumière lui explosa à la figure comme un obus. Il la referma en la claquant et s'appuya dessus.

— Qu'est-ce qu'il y a ? demanda Erika. Qu'est-ce qu'il se passe ?

— La police. Elle est déjà là.

Il brandit le fusil et lui fit signe de retourner dans la salle de séjour. Ses actions étaient rythmées par un martèlement régulier à l'intérieur de son corps. Il se dirigea vers la fenêtre du devant et écarta le rideau ; il aperçut une voiture de police noir et blanc garée sur le devant, dont le projecteur était braqué sur la porte d'entrée. Une silhouette apparut dans le faisceau aveuglant, et porta à ses lèvres un objet en forme de cloche.

— Brennan ! lança la voix amplifiée. Brennan, ici le capitaine Demerest de la Police de l'État. Vous n'êtes pas en état d'arrestation. Nous voulons seulement que vous sortiez pour que nous puissions vous parler.

— Faites ce qu'ils disent, Johnny ! gémit Erika.

— Nous ne pouvons pas attendre trop longtemps,

Brennan, reprit la voix. Chaque minute de plus dans la maison joue contre vous.

Une seconde voiture s'arrêtait dans la côte, tous freins hurlant. Quatre policiers en surgirent pêle-mêle, les bras chargés d'armes. Johnny grogna, et se glissa vers la fenêtre.

— Je ne sortirai pas ! hurla-t-il.

— Faites sortir la jeune fille, Brennan ! Ne compliquez pas les choses !

Il se tourna vers Erika avec une expression angoissée.

— C'est impossible, lui dit-il. C'est vraiment impossible, Erika. (Puis, s'adressant à la police :) N'essayez pas d'entrer de force ! Je suis armé ! Je la tuerai si vous essayez d'entrer !

Il s'écarta de la fenêtre et s'approcha d'elle.

— Je ne vous ferai pas de mal, lui dit-il. Vous le savez bien, Erika.

— Cela ne vous avance à rien, Johnny. Vous serez obligé de céder tôt ou tard.

— Alors plus tard. Plus tard !

***

Ce n'est que plus tard, bien plus tard, qu'il entendit de nouveau de l'agitation du côté du cordon de police cernant la maison en pierre. Pendant plus d'une heure, les forces de police de la ville et de l'État s'étaient consultées sur la marche à suivre. Johnny, assis dans la salle de séjour, le fusil posé sur les jambes, avait accueilli cet atermoiement comme un répit ; et l'avait vécu comme une torture.

Puis le porte-voix se fit entendre derechef.

— Johnny ! Vous m'entendez ? C'est Beldon Lacy !

Erika gémit en entendant cette voix familière.

— Écoutez-moi, Johnny, reprit Lacy. Personne ne vous veut de mal. Jetez cette arme et sortez.

— Je vous en prie, murmura Erika. Écoutez-le, Johnny. Vous savez qu'Oncle Bell vous aime bien...

— Vous croyez que je n'ai pas entendu ce qu'il a dit au téléphone ? Il a dit que j'étais un assassin... (Le mot lui écorcha les lèvres lorsqu'il le prononça.) Comment a-t-il su ça ? D'après ce qu'il m'a dit, vous lui avez expliqué que j'avais été malade. Mais vous n'avez pas soufflé mot sur ces... hommes que j'ai tués.

— Je lui en ai parlé. Bien sûr que je lui en ai parlé, Johnny. Je lui dis toujours tout.

— Il savait donc que j'étais un assassin. Mais il tenait quand même à ce que je travaille pour lui ? Pourquoi, Erika ?

— Johnny ! beugla le mégaphone. Soyez raisonnable. Vous avez des amis ici. Nous voulons vous aider...

— Pourquoi ? répéta Johnny avec dureté. Je vais vous dire pourquoi, Erika. Pour qu'il puisse avoir un bouc émissaire sous la main...

Il se précipita vers la fenêtre.

— Que Beldon Lacy vienne ici ! cria-t-il. Je veux parler à Beldon Lacy et à personne d'autre !

— Oncle Bell ! Oncle Bell ! Ne...

Il repoussa Erika, avec une telle violence qu'elle alla buter contre le canapé. Elle se mit à pleurer, versant les premières larmes depuis qu'il était là.

Une silhouette se détacha alors de la foule.

— Ne lui faites pas de mal, sanglota Erika. Ne lui faites pas de mal, Johnny.

On entendit des coups impérieux frappés à la porte. Johnny alla vers l'entrée et braqua la gueule de son fusil dans cette direction. La porte s'ouvrit, et Lacy apparut.

— Où est Erika ?

Elle courut vers lui, et il l'enlaça.

— Écartez-vous d'elle, ordonna Johnny.

— Posez cette arme, Johnny, vous n'en aurez plus besoin. Nous savons comment Howard Brockton a été tué.

Johnny se mit à rire.

— Ça certainement. Et moi aussi. Parce que c'est vous qui avez tout manigancé. Vous saviez que j'étais un assassin, et c'est pour ça que vous vouliez m'avoir sous la main à l'usine.

— Ce n'est pas vrai, Johnny.

— Erika vous a parlé de ces quatre hommes que j'ai tués. Seulement vous ne me l'avez pas avoué. Vous m'avez fait croire que vous n'étiez pas au courant.

— Bon d'accord, j'étais au courant, c'est vrai. Mais Erika m'a dit que vous étiez guéri. Sinon, ils ne vous auraient pas remis en liberté.

— Vous mentez ! Vous vouliez un alibi, voilà tout ! Et c'est moi qui me suis trouvé être le candidat élu.

Il releva le fusil.

— *Brennan* ! tonna le mégaphone dehors. Brennan, il y a ici quelqu'un qui veut vous voir. Vous m'entendez, Brennan ?

Johnny s'approcha prudemment de la fenêtre, et écarta le rideau. Une autre voiture était arrivée sur les lieux, une auto banalisée grise. Deux hommes en quittaient les sièges avant.

— Écoutez-moi, Brennan. Ces hommes veulent vous parler. Ils sont venus vous aider.

Johnny mit la main en visière pour se protéger

les yeux contre la lumière aveuglante et essaya de distinguer les nouveaux venus. L'un d'eux était un homme trapu vêtu d'un costume de ville froissé. L'autre était grand, anguleux, et portait l'uniforme vert olive d'un officier des Marines.

— Le colonel Joe, chuchota Johnny.

— Qu'est-ce que c'est ? demanda Erika. Qui sont-ils ?

— *Colonel Joe* ! cria Johnny, dont les yeux s'écarquillèrent.

Il jeta des regards égarés de la jeune fille à son oncle, puis se rua vers l'entrée, agrippant le fusil d'une main. Il ouvrit la porte à toute volée et sortit en courant, arborant une expression étrangement exaltée, ses yeux luisant dans les phares des véhicules de police. Le coup de feu qui partit du cercle nerveux des officiers de police l'abattit avant qu'il ne soit à trois mètres de la maison. Il s'effondra en avant sur le gravier de l'allée et resta sans bouger.

***

Lorsque Erika pénétra dans la chambre d'hôpital, l'officier des Marines était au chevet de Johnny, et pour la première fois, elle remarqua le caducée sur son revers. Il avait les cheveux gris, mais si l'on faisait abstraction de l'expérience qui se lisait dans ses yeux, c'était encore un homme jeune.

— Vous devez être Erika, déclara-t-il en souriant. Je suis Joe Gillem.

Elle regarda Johnny, qui eut un pâle sourire.

— Désolé, expliqua-t-il. J'ai beaucoup parlé. Et pas mal de vous.

— Comment vous sentez-vous ?

— En pleine forme. On a extrait la balle de ma

hanche, et je vais sans doute boiter un certain temps, mais je vais bien.

— Il va mieux que ça, intervint le colonel. Beaucoup mieux. Johnny commence à se rappeler.

Erika retint son souffle.

— Se rappeler ?

— Le passé. La vérité sur lui-même. D'une certaine façon, son évasion a été plus profitable que toute sa réclusion. Non que nous recommandions cela comme thérapie, mais dans ce cas ça a marché.

— Son évasion ?

— C'est la vérité, répondit Johnny. C'est une chose que je n'ai pas osé vous dire, Erika. On ne m'a pas laissé sortir, je me suis enfui.

Elle regarda le colonel, sans poser la question.

— Non, fit-il en souriant. Je ne pense pas qu'il doive y retourner, mademoiselle Lacy, pas maintenant. Il sera ce que nous appelons un patient en consultation externe.

— Un patient ?

— Vous pensiez qu'il était prisonnier ? Non, mademoiselle Lacy, il ne s'agit pas d'une prison. Il s'agit d'un hôpital psychiatrique pour anciens combattants. Johnny y était hospitalisé parce qu'il avait perdu tout souvenir conscient de son année passée en Corée ; tout ce qui lui restait, c'était un sentiment de culpabilité...

« Cela s'est passé en automne 1953, à Heartbreak Ridge. Johnny était en patrouille, et après que son sergent eut été tué par des tireurs embusqués, il a pris le commandement. Ils se trouvaient derrière les lignes communistes ; voilà la nature de la guerre que nous livrions. Tout à coup ils se sont retrouvés face à un barrage d'artillerie, et, en essayant de s'échapper, ils se sont fait piéger dans une poche juste sous le feu d'une mitrailleuse. Leur seul espoir de s'en tirer vivants, c'était de la neutraliser. C'est ce qu'a fait Johnny ; couvert par un tir de protection, il s'est glissé derrière l'emplacement de la mitrailleuse et a lancé une grenade. La mitrailleuse a bien été neutralisée, mais quatre soldats ennemis étaient toujours vivants.

« C'était la première fois qu'il devait tuer au corps à corps. Il avait dix-huit ans. Il en a abattu deux, et a été forcé d'en tuer un autre à la baïonnette. Du coup il a perdu sa M-1, et il a dû étrangler le dernier. Voilà quelles furent ses quatre « victimes », mademoiselle Lacy, voilà les « meurtres » dont il s'est rendu coupable.

« Il a été ramené en état de choc vers un hôpital de campagne, sans avoir été blessé. Il était en catatonie et il n'en est pas sorti avant des mois. Il avait perdu la mémoire ; la seule chose qu'il se rappelait, c'était qu'il était un meurtrier...

« Lorsque nous avons entendu les nouvelles télévisées concernant le meurtre de Howard Brockton et que nous avons vu la photo de Johnny à l'usine, j'ai compris de qui il s'agissait. C'est alors que je suis venu, accompagné du docteur Winterhaus, le psychiatre-chef. Nous avons tous les deux passé un bon bout de temps avec Johnny, et nous sommes convaincus qu'il est en train de recouvrer la santé.

Erika avait écouté, partagée entre l'étonnement et une joie grandissante, mais lorsqu'elle se tourna vers Johnny, elle lui trouva une expression mélancolique.

— Je suis si contente pour vous, Johnny...

— Oui... Mais vous savez ce que cela signifie, n'est-ce pas ? Cela signifie que je devais avoir raison au sujet de votre oncle...

Elle jeta un vif coup d'œil au colonel.

— Alors il n'est pas au courant ? Personne ne lui a dit ?

— Au courant de quoi ? questionna Johnny.

Erika s'approcha de son chevet et lui prit la main.

— Ce n'était pas Oncle Bell, Johnny. C'est ce pauvre vieux Gabe qui a tué Brockton, ce malheureux Gabe...

— *Gabe* ?

— Oui, confirma Erika tristement. Il s'est imaginé qu'il aidait Oncle Bell. Il est allé au bureau de Brockton et il s'est disputé avec lui ; et le vieux Gabe a fini par le frapper avec un outil qu'il tenait à la main. Il ne s'est même pas rendu compte de la force avec laquelle il l'avait frappé ; et puis il a compris, et il est allé trouver Oncle Bell pour lui avouer la vérité.

— Pauvre Gabe, dit Johnny d'un ton lugubre. Que va-t-il lui arriver, Erika ?

— Oncle Bell jure qu'il va se battre pour lui. Vous pourrez dire tout cc que vous voudrez sur Oncle Bell, mais il se fait une religion de la loyauté.

— Où est-il à présent ? Votre oncle ?

— Il a dit qu'il passerait ici à quatre heures. Il veut vous parler de quelque chose ; je crois qu'il s'agit de votre nouveau système d'inventaire. (Elle lui pressa la main.) S'il vous proposait un emploi, Johnny, quelque chose à l'administration, vous l'accepteriez ? Ou bien feriez-vous votre tête de mule ?

— Je ne sais pas. Il ne me doit rien.

— Mais vous accepteriez ?

— Il faudra que je réfléchisse.

— Je le savais, lança Erika avec humeur. Vous allez faire votre tête de mule. J'en aurais mis ma main au feu. Que fait-on dans un cas semblable, docteur ?

Le colonel Joe eut un grand sourire.

— Je n'en sais rien. A votre place je tenterais la persuasion amicale.

Elle essaya, et ça marcha.

Weep for the guilty.
Traduit par Jean-Bernard Piat.

DÉMÉNAGEMENTS SANS MÉNAGEMENTS

par Pat Stadley

Dès le moment où elle franchit la porte de mon bureau, je sus qu'elle n'était pas une cliente pour nous et la présence de Roy derrière elle ne fit rien pour calmer mon appréhension. Au contraire, la lueur qui brillait dans ses yeux me mit immédiatement sur la défensive. Non pas que je sois misogyne ou le moins du monde intimidé par la présence d'une femme. Un transporteur qui passe sa vie à sillonner les routes de l'Union rencontre toutes sortes de créatures, mais rarement une poupée de cet acabit.

Elle resta immobile pendant une seconde ou deux, ses yeux verts fixés sur moi, puis elle fit un pas en avant et, aussitôt, mon grand benêt de frère se précipita et lui avança une chaise avec un empressement qui en disait long sur l'admiration béate qu'il lui portait.

Je profitai qu'elle s'asseyait pour l'observer plus attentivement et fus bien obligé d'admettre qu'elle avait tout ce qu'il fallait pour tourner la tête d'un homme normalement constitué. Outre ses yeux fascinants, elle avait un visage d'un ovale parfait, des cheveux d'une blondeur de rêve et une silhouette que bien des actrices auraient pu envier, mais, surtout, il y avait dans son regard une lueur pleine de promesses, une lueur disant que, en dépit de sa jeunesse, elle savait déjà tout ce qu'une femme devrait — ou ne devrait pas — connaître.

Si sa victime potentielle — et ô combien consentante — n'avait pas été Roy, j'aurais simplement ri, mais il était toute la famille qui me restait et depuis son plus jeune âge c'était moi qui m'en étais occupé, qui lui avais fait réciter ses prières le soir, qui avais veillé sur lui quand il était malade, qui l'avais poussé continuellement dans ses études et qui lui avais enseigné à se défendre aussi bien avec des mots qu'avec ses poings. Aujourd'hui, il n'était plus qu'à quelques mois de son diplôme d'ingénieur, mais, hélas, je n'avais pas encore réussi à lui faire comprendre que le père Noël n'existait pas.

Les lèvres un peu pincées, j'attendais donc que l'on m'expliquât la raison d'une telle visite, lorsque la porte s'ouvrit à nouveau devant un petit homme sec et tiré à quatre épingles, dont l'attaché-case, si l'on en jugeait à sa façon de le porter, devait contenir au moins les joyaux de la couronne.

Roy lui sourit, lui avança également une chaise, puis se retourna vers moi.

— Dave, je te présente Anne — euh — Mlle Bordeen. Tu te souviens de son nom, n'est-ce pas ? Nous avons expédié du mobilier pour elle, à Los Angeles.

Je ne m'en souvenais pas, mais je hochai néanmoins la tête.

— Et ce monsieur ? m'enquis-je avec un mouvement du menton.

Roy rit d'un air gêné et je grimaçai. Ayant dû travailler très tôt, j'ai moins d'instruction et de manières que lui et il arrive assez souvent que mes façons directes l'embarrassent.

— Pardonne-moi, s'excusa-t-il. Monsieur est le fondé de pouvoirs d'Anne, Maître Menot.

Ce qui explique l'attaché-case, me dis-je intérieurement. Je lui adressai un bref signe de tête, puis me tournai à nouveau vers Roy.

— Anne voudrait que nous expédiions le reste de son mobilier à Los Angeles, expliqua-t-il. Il faudrait que nous allions le prendre cet après-midi.

— C'est bien court comme délai, fis-je observer en m'adressant à la jeune femme.

Elle venait de prendre une cigarette pour la mettre entre ses lèvres et donc, tout naturellement, je lui offris du feu. Elle accepta en souriant et posa sa main gantée sur la mienne pour m'aider à approcher mon briquet de sa cigarette. Puis, en se redressant, elle me regarda droit dans les yeux avec une telle ingénuité que si je n'avais pas eu dix ans de plus que Roy et une longue expérience des femmes, elle aurait eu à ses pieds toute la famille Anders.

Je gardai les yeux fixés sur mon briquet et m'efforçai de conserver la tête froide. Après tout, je ne suis qu'un petit transporteur et il est assez normal que je sois méfiant lorsqu'une cliente aussi exceptionnelle se présente à mon bureau.

Certes, mais une telle attitude n'avait-elle pas quelque chose de stupide ? C'était Roy qui me l'amenait. Il était jeune, beau et possédait le vernis universitaire qui me manquait. Ils avaient sympathisé, peut-être même flirté un peu, et je serais donc ridicule de refuser sa clientèle. D'autant plus qu'apparemment elle ne manquait pas d'argent et ne devait pas être trop regardante sur les factures...

Je pris mon carnet de commandes, insérai trois carbones et lui souris. Immédiatement, Roy se détendit.

— Combien de pièces y a-t-il, mademoiselle Bordeen ? m'enquis-je.

— Environ six — un peu plus ou un peu moins, répondit-elle d'une voix délicieusement suave.

Je lui posai les questions habituelles, remplis consciencieusement le bordereau, puis lui tendis mon stylo et retournai le carnet vers elle.

— Si vous voulez bien signer ici, en bas, avec la mention « lu et approuvé »...

Elle hésita une fraction de seconde, puis saisit le stylo et gribouilla une signature. Cela pouvait se lire « Anne Bordeen », mais vraiment avec beaucoup de bonne volonté.

— Ah, autre chose, ajouta-t-elle après un instant de silence. Je voudrais qu'il n'y ait pas d'autres affaires que les miennes dans le camion qui les acheminera.

— Pourquoi donc ? m'étonnai-je. Pour un petit déménagement comme celui-ci, nous nous arrangeons en général de façon à faire un groupage. Ça revient beaucoup moins cher...

— Cela vous paraîtra sans doute absurde, admit-elle en se tournant vers Roy et posant discrètement sa main sur la sienne, mais votre frère m'avait dit que vous me comprendriez... Je suis pressée de retrouver mes affaires à Los Angeles, et cela m'ennuierait de devoir attendre que l'on charge ou décharge les déménagements de vos autres clients. Je paierai ce qu'il faudra.

Roy ne retira pas sa main, mais son visage devint écarlate.

C'est allé plus loin que je ne pensais, me dis-je intérieurement. Mon vieux Roy, tu es mal parti, et il va falloir absolument que je trouve quelque chose pour t'éloigner de cette fille qui te mène déjà par le bout du nez.

— Dans ce cas, je vous préviens qu'il me faudra vous facturer au tarif fort, mademoiselle Bordeen, déclarai-je. Cinq cents dollars, environ. Pour quelle somme désireriez-vous être assurée ?

Elle jeta un coup d'œil à Maître Menot qui fit la moue et prit un air pensif, avant de secouer finalement la tête.

— Vous êtes déjà couverte suffisamment, affirma-t-il.

J'écrivis donc sur le bordereau « PAS D'ASSURANCE », puis détachai l'un des doubles et le lui tendis. Elle ébaucha un geste pour se lever et, aussitôt Roy bondit pour lui tenir la chaise. Je me levai également et elle me tendit la main.

— Vous avez été vraiment très gentil, monsieur Anders, murmura-t-elle en me décochant une autre de ses œillades.

Je cherchais en vain une réponse convenable, lorsque la porte de mon bureau s'ouvrit devant Jack Marshall, mon contremaître. En découvrant Anne son regard s'éclaira et un large sourire envahit son visage.

— Hello, mademoiselle Bordeen... Alors, vous envisagez de déménager le reste de votre mobilier ?

Je n'entendis pas la réponse de la jeune femme. J'avais les yeux fixés sur Roy.

— Il me manque du personnel ce matin, lui dis-je alors qu'il s'effaçait pour laisser passer Anne. Il faudra donc que tu donnes un coup de main à Jack pour charger.

Il hocha la tête. J'attendis qu'ils fussent sortis, puis j'allai à la fenêtre et soulevai un coin du store. Il y avait deux voitures garées dans le parking devant le bureau. Une petite décapotable rouge et une limousine noire. Maître Menot, après avoir pris congé d'Anne Bordeen, se dirigea vers la limousine, tandis que Roy ouvrait avec empressement la portière du cabriolet de sport. Anne le remercia en lui tapotant amicalement l'épaule et se glissa derrière le volant. Puis elle démarra et il la suivit des yeux en souriant aux anges, comme s'il avait reçu une faveur insigne.

— Où a-t-il bien pu la rencontrer ? grommelai-je en me retournant vers Jack.

Jack me regarda d'un air amusé.

— Le jour où nous avons expédié des tableaux pour elle à Los Angeles, répondit-il. Il était venu me donner un coup de main. Quand cesseras-tu de le traiter en petit garçon, Dave ?

— Lorsqu'il aura passé son diplôme d'ingénieur, répliquai-je en lui tendant le bordereau. Il n'y a pas d'assurance, alors soigne l'emballage.

Il hocha la tête et lorsqu'il fut sorti, j'ouvris l'armoire dans laquelle je conserve, classés par ordre alphabétique, tous les doubles de mes bordereaux. J'étais curieux de savoir comment elle avait signé les fois précédentes. J'avais de la peine à croire qu'une jeune femme aussi sophistiquée puisse avoir une signature à ce point gribouillée et inélégante.

Elle avait déjà été trois fois notre cliente. De tout

petits déménagements. Un piano à queue, puis une chambre et en dernier cinq tableaux. A la même adresse et à deux mois d'intervalle environ. Elle n'avait signé aucun des bordereaux !

Je jetai un coup d'œil au nom du chauffeur. Jack ! Cela me surprit, car, d'habitude, il faisait toujours signer avec soin les bordereaux.

Elle n'aurait sans doute pas eu besoin d'insister beaucoup pour obtenir le transport gratuit de ses meubles ! Chacun sait qu'il y a toujours un mètre cube ou deux de libres dans un camion pour les amis ou les... amies.

Je sortis, allai chercher Skip, le magasinier, et lui dis de s'occuper du téléphone, avant de sauter dans la camionnette.

La rue où habitait Anne Bordeen serpentait paisiblement entre des pelouses soigneusement entretenues, des parterres de fleurs chatoyant de mille couleurs, des courts de tennis privés et de spacieux jardins d'hiver qui, pour la plupart, devaient abriter également une piscine couverte.

Je tournai dans l'allée conduisant à sa maison et m'arrêtai derrière sa voiture de sport rouge. Je mis pied à terre et, en passant devant le cabriolet, je vis que la jeune femme avait laissé sur le siège avant son pull en cachemire rouge, son foulard de soie verte et ses lunettes de soleil. Il n'était pas difficile de l'imaginer au volant du petit bolide avec ses longs cheveux blonds flottant au vent. Une image de rêve. Je me demandai si elle avait jamais laissé Roy conduire et, à cette idée, je sentis ma poitrine se serrer bizarrement.

Le camion était déjà là, et Jack et Roy étaient en train de charger une splendide commode en marqueterie. Je leur donnai un coup de main pour la hisser, la caler dans un coin et l'envelopper soigneusement de couvertures.

Roy s'épongea le front.

— Ouf, ça pesait une tonne ce truc-là ! s'exclama-t-il en soupirant. Encore quelques journées comme celle-ci et je pourrai aller m'engager dans une équipe de rugby.

Je lui donnai une bourrade amicale, puis me dirigeai vers l'entrée de la maison.

— Anne est dans le boudoir, me cria-t-il alors que j'atteignais déjà le perron de marbre de la fastueuse demeure.

Je hochai la tête et entrai dans le hall. A droite, il y avait un vaste salon qui donnait sur le jardin par deux portes-fenêtres. Il était déjà vide, hormis une grande caisse posée à même le plancher vernis.

Je m'en approchai et, par curiosité, en soulevai le couvercle pour regarder ce qu'il y avait à l'intérieur. Elle contenait un tapis persan. Depuis toujours, j'ai une véritable passion pour les tapis d'Orient. Il s'agissait d'un kurdistan. Une pièce magnifique et je ne pus m'empêcher d'en dérouler un coin pour en admirer le motif. J'étais complètement absorbé dans ma contemplation de l'œuvre d'art, lorsqu'une voix cria derrière moi.

— Hé, vous, qu'est-ce que vous faites ici ?

Je me retournai et me retrouvai face à un colosse blond, avec des épaules de déménageur et un cou de taureau, qui brandissait un marteau d'une manière presque menaçante.

— Je suis Anders, répondis-je. Le camion devant la porte m'appartient.

Ses yeux se firent légèrement moins hostiles, mais sa voix ne devint pas aimable pour autant.

— Désolé, s'excusa-t-il en grommelant.

Puis, passant devant moi, il referma le couvercle et se mit aussitôt à le clouer à grands coups de marteau.

— Écoutez, fis-je observer en m'efforçant de garder mon calme. Ce tapis m'a donné l'impression d'être un authentique tapis d'Orient. Je ne pourrai pas être tenu responsable de son état à l'arrivée, si je ne le vois pas avant qu'il n'ait été emballé.

Il continua d'enfoncer ses pointes et ne daigna se retourner vers moi que lorsqu'il eut terminé un côté.

— Je me charge toujours de cela moi-même. Vous n'avez pas besoin de vous inquiéter.

Je m'apprêtais à lui dire que je n'étais pas vraiment inquiet car de toute manière ils n'avaient pas souscrit d'assurance et que je n'étais donc responsable que pour une somme forfaitaire tout à fait modique, lorsque Anne Bordeen entra dans le salon. Elle portait un pantalon de velours noir, un chemisier jaune venant, à n'en pas douter, de chez un grand couturier et des sandales blanches. Elle avait un verre à la main et, à en juger par la lueur qui brillait dans son regard, ce n'était pas le premier qu'elle buvait. Son arrivée, néanmoins, réussit à me détendre un peu.

— Hello, monsieur Anders, murmura-t-elle d'une voix suave. Vous voulez boire quelque chose ?

D'habitude, je ne bois jamais chez un client et j'allais donc refuser, mais en voyant le type au marteau jeter à la jeune femme un coup d'œil furieux, je changeai d'avis.

— Volontiers, mademoiselle Bordeen.

— Venez...

Je la suivis dans un petit boudoir de l'autre côté du hall d'entrée. La pièce était encore meublée et, sur une table basse, il y avait un plateau en argent où étaient posés une bouteille de whisky irlandais, des verres en cristal, du Périer et des glaçons.

— Servez-vous, je vous prie, suggéra-t-elle avec un sourire chaud et amical.

J'obéis en versant une dose d'alcool aussi légère que possible, puis me retournai vers elle. Pelotonnée dans un coin du sofa, ses pieds croisés sous elle, elle donnait l'air d'avoir à peine dix-huit ans.

— Asseyez-vous là, dit-elle en tapotant le coussin à côté d'elle.

Je jetai un coup d'œil inquiet en direction du salon, mais elle balaya mes craintes avec un éclat de rire amusé.

— Allons, venez. C'est seulement mon frère — et j'ai envie d'en savoir un peu plus sur Roy.

Je m'assis avec prudence sur le bord du sofa.

— Il n'y a pas grand-chose à en dire, lui répondis-je, les sourcils froncés. Si ce n'est qu'il a encore deux années d'université devant lui, puis encore au moins quatre ans sur un salaire qui ne suffirait même pas à payer ce chemisier que vous portez.

Elle baissa les yeux sur son verre et resta silencieuse pendant une seconde ou deux.

— Vous n'avez pas à vous inquiéter pour lui, monsieur Anders, déclara-t-elle finalement à voix basse. Il est amusant, mais je vise plus haut.

Je la regardai et, à cet instant, un courant d'air fit voleter ses boucles blondes autour de son cou. Elle sentait la jeunesse, la douceur, la vie et, l'espace d'une fraction de seconde, je me sentis glisser, comme si j'avais été envoûté par ses grands yeux vert émeraude. Mais, aussitôt, je me repris, bus une longue gorgée et posai mon verre sur la table basse.

— Écoutez, ma petite, déclarai-je, j'ai dix ans de

plus que Roy et ma situation financière est relativement florissante, mais je ne suis pas non plus un gibier digne de vous.

Sur ces mots, je me levai et sortis dans le hall.

On m'a souvent reproché d'être un peu trop carré, surtout avec les femmes, mais c'est ma nature et je n'ai pas l'intention d'en changer, même si cela doit me condamner à rester célibataire.

Dehors, Jack, Roy et le frère d'Anne étaient occupés à charger la caisse qui contenait le tapis oriental, mais je ne m'arrêtai pas pour leur donner un coup de main.

Pensivement, je retournai à ma camionnette, me mis au volant et fis demi-tour. Il y avait quelque chose qui ne me plaisait pas dans ce déménagement. Quelque chose que je n'arrivais pas à définir et c'était justement cela qui m'irritait.

Au bout de l'allée, une limousine bleue était garée, un peu en retrait, sous les frondaisons d'un érable. Son chauffeur leva les yeux de son journal, me jeta un regard inquisiteur, puis baissa de nouveau la tête, comme si après m'avoir photographié mentalement, il considérait que j'étais quantité négligeable. Hormis ses cheveux roux, j'aurais été bien incapable de dire à quoi il ressemblait.

Après un rapide déjeuner dans un snack, je retournai au dépôt. Une heure à peine plus tard, Jack et Roy revinrent avec leur camion. Jack avait le visage étrangement pâle.

— Ça ne va pas ? questionnai-je. La chaleur ?

Il secoua la tête et entra dans le bureau. Je le suivis, allai au coffre et commençai à sortir l'argent pour ses frais de route. Lorsque je me retournai vers lui, il était plié en deux.

— Je suis malade, Dave, murmura-t-il.

Je criai pour appeler Roy. Il arriva en courant et m'aida à étendre Jack sur le vieux canapé qui nous permet à l'un ou l'autre de faire un petit somme entre deux chargements.

— Ce doit être ce punch que nous a offert Anne, suggéra Roy d'une voix anxieuse. Je n'en ai presque pas bu parce que je le trouvais trop fort, mais Jack en a bu au moins trois verres. Et avec cette chaleur et les efforts que nous avions fournis auparavant...

Je grommelai. Cela ne pouvait arriver à un pire moment. Je n'avais personne pour le remplacer et accompagner Roy à Los Angeles. Certes, j'avais la ressource de téléphoner et demander quelqu'un à l'un de mes confrères, mais il y avait toujours ce tapis persan qui me trottait par la tête. Assurance ou pas assurance, je n'étais pas tranquille et je savais que je ne le serais point tant qu'il n'aurait pas été acheminé et rendu à son propriétaire.

Après tout, pourquoi pas ? me dis-je. Depuis quelque temps, tu ne prends pas beaucoup d'exercice et décharger quelques mètres cubes de meubles ne pourra que te faire du bien.

— Va chercher Skip, demandai-je à Roy. Il s'occupera de Jack et l'emmènera chez le médecin, si c'est nécessaire. Nous, nous allons prendre le camion et aller à Los Angeles.

Il hocha la tête et sortit en courant. Je me retournai vers Jack. Il était réellement blême, maintenant, et ses yeux exorbités lui donnaient l'air d'une grenouille.

— Détends-toi, lui conseillai-je avec un sourire un peu ironique. Tu n'es tout de même pas à l'article de la mort ! Une semaine ou deux sans alcool et tu seras à nouveau sur pied.

— Dave... souffla-t-il d'une voix presque inaudible en se passant la main sur le front.

— Oui ?

Il hésita et se passa la langue sur les lèvres.

— Oh... rien. Simplement... sois prudent.

Je ris.

— Tu te moques de moi ? J'étais déjà au volant d'un vingt tonnes, alors que tu n'avais même pas encore toutes tes dents.

Il ne répondit rien et ne sourit même pas. A cet instant, Roy revint avec Skip et tous les trois nous transportâmes Jack jusqu'à la camionnette.

— Ne t'inquiète pas, le rassurai-je quand il fut installé sur le siège avant. Skip est capable de s'occuper de la permanence et, de toute manière, nous serons de retour demain.

Peut-être m'entendit-il, mais il ne me répondit pas. Les yeux fermés et la tête en arrière, il avait l'air réellement malade. Enfin, pensais-je, ce n'était pas bien grave et dans quelques jours, il devrait être rétabli.

Pour ma part, je n'étais pas trop mécontent de devoir prendre la route pour Los Angeles. Conduire a toujours été une passion pour moi et cela faisait longtemps déjà que j'avais envie de me remettre au volant d'un semi-remorque.

Nous dinâmes à Fresno, fîmes une pause à Bakersfield et parlâmes tout le long du trajet. A onze heures, alors que nous venions d'aborder le désert, Roy grimpa dans la couchette et quelques minutes plus tard, la régularité de sa respiration m'indiqua qu'il s'était endormi. L'aiguille du compte-tours frôlait le 2400 et le moteur avalait les côtes avec un ronronnement régulier qui me donnait envie de chanter, ce que j'aurais fait si je n'avais craint de réveiller Roy. Une heure se passa ainsi et jamais je ne m'étais senti aussi bien, lorsque brusquement une lueur rouge se mit à clignoter dans la pénombre de la nuit. Un accident !

Je freinai à fond, mais un vingt tonnes ne s'arrête pas comme une berline et lorsque je réussis enfin à le stopper, je ne me trouvais plus qu'à quelques mètres du véhicule accidenté. Il s'agissait de l'une de ces petites voitures de sport qui s'était retournée sur le côté. Son conducteur était debout au milieu de la route et me faisait des grands signes affolés.

— Hé, l'ami, j'ai eu un petit problème, expliqua-t-il en sautant sur le marchepied de mon camion. Une flaque d'huile, sans doute. Pourriez-vous me conduire jusqu'à Manon ? Là-bas, j'arriverai bien à trouver une dépanneuse...

— D'accord, acquiesçai-je. Montez !

Je me penchai pour lui ouvrir la portière et je ne vis même pas le coup venir. Brusquement, tout devint noir. Je me sentis tomber en avant et après plus rien.

Quand je revins à moi, j'étais allongé sur le bas-côté de la route, derrière un buisson épineux qui me dissimulait à la vue des éventuels automobilistes. Il me fallut un long moment pour réussir seulement à me mettre debout. Je flageolais sur mes jambes et j'avais l'impression que ma tête était sur le point d'exploser. Jamais, de toute ma vie, je ne m'étais senti aussi mal. Avec précaution, je tâtai la base de mon crâne. Une énorme bosse s'y formait. Le coup avait été porté par un professionnel ; heureusement que je m'étais penché en avant à ce moment-là, sinon mon sommeil aurait été probablement définitif.

Soudain, je me souvins de Roy et je regardai éperdument autour de moi.

— Roy ! criai-je d'une voix angoissée. Où es-tu ?

Pas de réponse. Même pas un bruit ou un craquement laissant supposer qu'il y avait quelqu'un à proximité.

Un sentiment de peur panique m'envahit. Ce n'était pas possible ! Il devait être là, tout près... Ils s'étaient sûrement débarrassés de lui.

Je me mis à tourner en rond, élargissant à chaque fois mon cercle et fouillant derrière tous les fourrés. Rien, absolument aucune trace ! Je courais en tous sens, appelant à tue-tête lorsque j'aperçus un camion citerne qui ralentissait sur la route. Il m'avait vu. Je courus vers lui et lui expliquai d'une voix haletante :

— Des pirates de la route ! Ils m'ont volé mon camion !

Il s'arrêta sur le bas-côté et me regarda avec méfiance par sa vitre baissée. Mes vêtements sales mon air hagard ne devaient être guère engageants, mais, finalement, il dut se dire que je ne constituais pas une menace pour lui, car il hocha la tête et me fit signe de monter.

Silencieusement, il me tendit une cigarette, attendit que je l'ai allumée, puis questionna d'une voix calme, presque indifférente :

— Où cela s'est-il passé et comment ?

— Dans la descente derrière nous, expliquai-je. Je me suis arrêté à cause d'un accident — une petite voiture de sport qui s'était retournée. Son chauffeur m'a demandé de le conduire jusqu'à Manon et après je ne me souviens plus de rien.

— Qu'est-ce que tu transportais ?

— Du mobilier.

Il me regarda comme si j'étais fou et, l'espace d'un instant, je me demandai si je ne rêvais pas, si tout cela n'était pas un cauchemar. C'était absurde. Les voleurs s'attaquaient d'habitude à des camions de transports de fonds ou à la limite d'alcool, mais du mobilier...

— Mon frère était dans la couchette, murmurai-je.

Sa voix se radoucit.

— Ne t'inquiète pas, essaya-t-il de me rassurer. En général, il y a une patrouille de police en haut du prochain col.

Je posai ma tête en arrière et m'efforçai de réprimer le tremblement de mes mains. Peut-être n'avaient-ils simplement pas trouvé Roy tout de suite. Ils ne m'avaient pas tué et s'il restait tranquille, n'essayait pas de jouer au héros...

La pente était raide et il fallut un bon moment pour arriver en haut du col, mais, brusquement, j'aperçus les lumières d'un petit motel. La voiture de patrouille était garée sur le parking, devant l'entrée du bar. Je sautai du camion avant même qu'il fût complètement arrêté.

Les policiers ne perdirent pas de temps. Ils me demandèrent ma licence de chauffeur poids lourd, une description rapide de mon bahut et alertèrent tous leurs collègues par radio.

— Le mieux serait que vous attendiez ici, me suggéra l'un d'eux. Nous allons effectuer des recherches tout le long de la route pour essayer de retrouver votre frère.

Je les regardai s'en aller, puis j'entrai d'un pas las dans le bar. J'avais besoin de café, de lumières et surtout de quelqu'un à qui parler, afin de ne plus penser, de ne plus imaginer ce qui avait pu arriver à Roy.

La salle était pleine de chauffeurs routiers et tous se tournèrent vers moi à mon entrée. Un grand type blond se leva pour me laisser sa chaise, quelqu'un posa une tasse de café devant moi et un troisième me tendit une cigarette allumée. Tout cela sans un mot.

— Il y a quelqu'un qui va à Los Angeles ? questionnai-je après avoir bu une gorgée ou deux de café.

— Moi, répondit immédiatement le chauffeur du camion citerne qui m'avait pris en stop.

— A quoi ressemble ton bahut ? demanda un chauffeur de car, reconnaissable à sa casquette et à sa vareuse.

Je fis une rapide description.

— Ne t'inquiète pas, déclara-t-il quand j'eus terminé. Nous passerons le mot à tous les copains et on le retrouvera.

Tous étaient prêts à m'aider et, immédiatement, je me sentis beaucoup mieux. S'il n'y avait pas la C.B. et si tous les chauffeurs de poids lourds ne se tenaient pas les coudes, les routes de l'Ouest seraient depuis longtemps de véritables coupe-gorge.

— Merci, dis-je. Quelqu'un pourrait-il dire à la patrouille quand elle reviendra que je suis parti pour Los Angeles ? S'ils veulent me trouver, ils n'auront qu'à demander où je suis à la gare routière d'Alameda.

Deux heures plus tard, mon collègue me déposa à Alameda. La gare routière était pleine de bahuts de toutes sortes et de toutes dimensions. Il y en avait de tous les États, même du Canada et du Mexique, mais en dépit de mes efforts je ne réussis pas à repérer le mien. Cela faisait plus d'une heure que j'allais et venais entre les interminables rangées de camions, lorsque j'aperçus une voiture de police garée à côté du guichet des renseignements.

— Je suis Anders, me présentai-je. Avez-vous des nouvelles de mon frère ?

Le sergent derrière le volant me regarda pendant un long moment, puis secoua la tête.

— Ne vous inquiétez pas pour autant, essaya-t-il de me rassurer. Son signalement et celui de votre camion ont été diffusés sur toutes les radios. Nous ne devrions pas tarder à les retrouver.

D'un geste de la main, il m'indiqua une petite voiture noire qui venait d'arriver et était en train de se garer derrière lui.

— Voici justement le lieutenant Fisher, de la police de Los Angeles. C'est lui qui a été chargé de votre affaire.

Un homme petit et maigre, en complet veston, mit pied à terre et s'avança vers moi, la main tendue.

— Anders, je suppose ?

— Oui, acquiesçai-je.

— Fisher, police judiciaire de Los Angeles.

— Vous avez des nouvelles ?

Il secoua la tête.

— Pas encore, mais, normalement, nous devrions en avoir bientôt. Un semi-remorque, cela ne se cache pas facilement.

Il me regarda longuement, prit un paquet de cigarettes dans sa poche, m'en offrit une et me tendit son briquet.

— Faites-moi un compte rendu précis de ce qui vous est arrivé, me demanda-t-il après m'avoir laissé tirer une longue bouffée de fumée. En commençant par le début.

Quand j'eus terminé, il resta silencieux pendant quelques secondes, les yeux fixés sur les rangées de camions garés derrière nous.

— Vous n'avez aucune idée ? questionna-t-il finalement.

Je secouai la tête :

— Je ne vois pas qui pourrait être intéressé par un camion plein de mobilier. Même à bas prix, aucun receleur professionnel n'en voudra.

— Et le tapis persan ?

— Je n'en ai vu qu'un coin, fis-je observer. Il m'a semblé d'une bonne facture — kurdistan, je pense — mais ce n'était pas une pièce exceptionnelle ou même suffisante pour justifier un hold-up.

— Bien, déclara-t-il après un nouveau silence. Si cela ne vous ennuie pas, vous allez venir maintenant avec moi au commissariat pour votre déposition.

— Je préférerais aller prendre d'abord une douche, répondis-je d'une voix hésitante. Et puis, il faudrait que je téléphone à mon bureau...

— D'accord, acquiesça-t-il. Vous me rejoignez là-bas dans une heure ou deux ?

Je hochai la tête et il remonta dans sa voiture. Il démarra sur les chapeaux de roue et lorsqu'il eut disparu, j'allai à une cabine appeler Skip. Je lui expliquai la situation et lui demandai de me chercher dans les dossiers l'adresse d'Anne Bordeen à Los Angeles. Il la trouva sans difficulté et me la donna d'une voix un peu chevrotante. Il avait connu Roy tout petit et avait toujours eu beaucoup d'affection pour lui.

Je pris une douche et l'un de mes amis qui travaillait à la gare routière accepta de me prêter des vêtements et une voiture. Quand je pris la route, il était six heures du matin. Ayant vécu à Los Angeles, je connaissais bien la ville. Les Allées de Loma se trouvaient à l'ouest, au-delà de Slauson. C'était là-bas que j'aurais dû livrer son mobilier à Anne Bordeen, au N° 5406. J'y arrivais sans trop de peine, après seulement une erreur à un rond-point qui me contraignit à en faire deux fois le tour. Ce n'était pas du tout le genre de quartier auquel je m'étais attendu. J'avais imaginé un lotissement de luxe avec de grands jardins, des piscines et des tennis comme il y en a tant en Californie et je me trouvais dans une zone semi-industrielle avec des vieilles maisons de bois délabrées, des cours encombrées de ferraille et de voitures rouillées et cabossées et partout des panneaux « A louer » ou « A vendre ». Le N° 5406 était un terrain vague envahi par la mauvaise herbe et les ronces.

Je m'arrêtai devant le portail, un simple cadre grillagé maintenu en place par des bouts de fil de fer, et le visage angélique d'Anne Bordeen passa fugitivement devant mes yeux. Elle n'avait vraiment pas eu beaucoup de peine pour nous ensorceler ! Roy... Une brusque colère monta en moi. Si jamais ils lui avaient...

Je fis demi-tour et repris la direction du centre ville. Il ne me restait plus qu'une chose à faire : aller au commissariat et les aiguillonner pour qu'ils activent leurs recherches.

Ce fut seulement au bout d'un kilomètre ou deux que je vis dans mon rétroviseur une limousine bleue qui semblait me suivre. Son chauffeur avait les cheveux roux. Immédiatement, je pilai et me garai le long du trottoir. Sans la moindre hésitation, elle s'arrêta derrière moi.

Ils étaient deux et je laissai mon moteur en marche pendant qu'ils mettaient pied à terre et s'avançaient vers moi. Le rouquin était petit, large d'épaules, et marchait en se balançant d'un pied sur l'autre, à la manière d'un boxeur. Son compagnon avait l'allure d'un gorille, avec un visage moins expressif.

— Où est le camion ? questionna le rouquin sans le moindre préambule.

Ce n'était pas la question à laquelle je m'étais attendu. Une vague de fureur monta en moi, mais je m'efforçai de garder mon sang-froid — calme-toi, calme-toi, m'adjurai-je tout bas. Il n'y a qu'une seule chose qui compte : Roy.

— La dernière fois que je l'ai vu, répondis-je, c'est moi qui étais au volant et je me trouvais sur la route des crêtes, jusqu'à ce que je sois arrêté par des pirates de la route.

Le rouquin me regarda d'un air soupçonneux. Ses yeux étaient froids et dénués de toute aménité.

— Quels pirates ? demanda-t-il.

— Vous devriez le savoir mieux que moi, rétorquai-je. C'était bien vous qui surveilliez la maison des Bordeen quand je l'ai quittée, n'est-ce pas ?

Le gorille passa la main à travers la fenêtre et son bras s'enroula comme un serpent autour de mon cou. Il tira d'un coup sec et ma tête cogna contre le montant de la portière. Immédiatement, ma vue se brouilla et je me sentis sombrer dans un trou noir, sans fond.

Quand je revins à moi, la voiture roulait. C'était le gorille qui était au volant. Il me regarda et un large sourire fendit son visage.

— Un vrai petit héros, ironisa-t-il. J'aime ça. Avec

un type qui ne résiste pas, ce n'est même pas amusant.

Nous roulâmes un long moment à travers les collines de Santa Monica, puis nous prîmes l'une de ces petites routes étroites et encaissées qui serpentent à travers la forêt. Finalement, nous nous arrêtâmes devant une vaste maison à l'aspect cossu et respectable.

— Allez, c'est là qu'on descend, graine de héros, déclara en ricanant le gorille.

Ne pouvant faire autrement, j'obéis et encadré par mes deux gardes du corps, je pénétrai dans un grand hall, traversai un salon, puis un confortable fumoir et sortis par une porte-fenêtre sur une magnifique terrasse au milieu de laquelle chatoyaient les eaux bleues d'une piscine en forme de cœur.

Trois hommes en costume gris buvaient du café, assis autour d'une table basse en fer forgé. L'un des trois, un type encore assez jeune avec un physique de beau ténébreux, posa sa tasse et me fit signe d'approcher.

— Venez, monsieur Anders. Nous vous attendions.

J'ouvris la bouche, mais le rouquin me coupa la parole.

— Il dit qu'on lui a volé son camion la nuit dernière, Dino. Nous l'avons cueilli dans les allées de Loma.

Le beau ténébreux me regarda attentivement pendant quelques secondes, puis sourit.

— Nous désirons seulement quelques petits renseignements, monsieur Anders, déclara-t-il d'une voix doucereuse. Je suppose que si vous avez perdu votre camion, vous désirez le retrouver, n'est-ce pas ? Dans ce cas, il est possible que nous puissions nous aider mutuellement.

J'attendis qu'il continue. Derrière moi, le gorille respirait bruyamment.

— Où se trouve le mobilier, monsieur Anders ?

— Avant de vous répondre, répliquai-je, j'aimerais bien savoir qui vous êtes et ce que vous faites dans tout cela ?

Je n'obtins pas de réponse.

Le gorille m'attrapa par le cou et serra si fort que j'eus l'impression que mon crâne allait exploser. Je me débattis, mais sans réussir à lui échapper et, finalement, c'est lui qui me lâcha.

— Une vraie tête de mule, commenta-t-il en ricanant.

Les trois autres me regardaient avec ennui. Il y en avait même un qui se curait consciencieusement les dents. Le rouquin, l'air indifférent, avait les yeux fixés sur la piscine.

Dino secoua la tête avec réprobation.

— Tout cela n'est pas très coopératif, monsieur Anders, murmura-t-il. Alors, ce mobilier de M. Bordeen, où se trouve-t-il ?

Je secouai la tête.

— Il ne s'agit pas que de mon camion, dans cette affaire, Dino, répondis-je. Mon frère a disparu avec lui et je ne dirai rien tant que vous-même vous ne m'aurez pas dit tout ce que vous savez.

— Il est à nouveau insolent, si je ne me trompe, fit observer le gorille.

Cette fois-ci, je n'attendis pas. Je me retournai en me baissant et envoyai mon poing de toutes mes forces dans le ventre du monstre qui, le souffle coupé, se plia en deux avec un gémissement. Puis, sans lui laisser le temps de se reprendre, j'achevai le travail d'une manchette à la pomme d'Adam. Il tomba en avant avec un gargouillis bizarre et n'essaya pas de se relever.

Je me retournai ensuite vers les autres. L'ennui avait disparu, remplacé par une tension presque palpable. Le rouquin, le regard plus du tout glacé, avait un revolver à la main.

L'espace d'un instant, je me demandai s'il n'allait pas tirer, mais finalement, Dino haussa les épaules et les autres se détendirent.

— Nous devrions bien arriver à nous entendre, monsieur Anders, dit-il en soupirant. M. Bordeen avait un tapis persan — un kurdistan, pour être précis. — Ce tapis m'appartient. Peut-être l'avez-vous vu ?

Je hochai la tête.

Ses yeux noirs étincelèrent.

— Je l'avais prêté à — à Mlle Bordeen. C'est un tapis d'une grande valeur et cela m'ennuierait fort si on ne le retrouvait pas.

Je réfléchis pendant un instant. C'était déjà un début.

— Je devais le livrer avec le reste du mobilier au 5406, allées de Loma, répondis-je. J'y suis allé. C'est un terrain vague. Quelqu'un m'a arrêté avec un faux accident sur la route des crêtes. Quand je me suis réveillé, mon camion n'était plus là.

Les yeux de Dino n'avaient pas quitté les miens.

— Il y avait bien un kurdistan, poursuivis-je, dans une caisse en bois. Mais cela ne me semble pas suffisant pour motiver un hold-up. Pour être franc, cependant, je me moque éperdument de la raison pour laquelle j'ai été attaqué, ainsi que de ce tapis et de tout ce foutu déménagement. Même mon camion, si je ne le retrouvais pas, je n'en ferais pas un drame. La seule chose que je désire, c'est qu'on me rende mon frère, sain et sauf.

— Évite les digressions, Anders, intervint le rouquin d'une voix sèche. Réponds simplement aux questions que l'on te pose si tu ne veux pas finir ta vie comme appât pour les poissons.

Je ne tournai pas la tête vers lui et gardai les yeux fixés sur Dino.

— Si vous voulez des réponses, pourquoi ne vous adressez-vous pas à ce rouquin ? Pendant le chargement du camion, il était garé dans la rue où habitaient les Bordeen. Puisque vous étiez si intéressés par ce tapis, je ne comprends pas pourquoi il n'a pas suivi mon camion jusqu'ici.

Le visage de Dino ne changea pas d'expression et je haussai les épaules.

— En tout cas, je ne peux rien vous apprendre d'autre. Hier matin, Mlle Bordeen est venue à mon bureau avec son fondé de pouvoirs — Maître Menot. Elle m'a demandé si je pouvais déménager sa villa le jour même. J'ai accepté et j'ai envoyé chez elle un camion avec mon contremaître et mon frère.

Je m'interrompis. Il avait cessé de m'écouter. Je me mordis les lèvres et fis un pas vers lui.

— Si vous voulez retrouver ce qu'il y avait dans le camion, dis-je lentement, il faudra d'abord que vous retrouviez Anne Bordeen. J'ai l'impression que, d'une façon ou d'une autre, elle cherche à vous doubler.

Les yeux de Dino étincelèrent. Visiblement, j'avais marqué un point et je n'attendis pas qu'il me réponde. Je leur tournai le dos et me dirigeai vers la porte-fenêtre sans un coup d'œil derrière moi. Personne n'essaya de m'arrêter. Ma voiture était toujours garée dans l'allée et la clef était sur le contact. Je me mis au volant et, quelques minutes plus tard, je roulais en direction de l'Océan. Le long de la corniche, je m'arrêtai et regardai longuement l'immense étendue d'eau qui semblait, au loin, se confondre avec l'infini. De l'appât pour les poissons, avait dit le rouquin. Était-ce le sort qui avait été réservé à Roy ?

Maintenant, il ne me restait plus qu'un seul endroit où aller. Au bureau de Fisher.

Je le trouvai à son quartier général, derrière un bureau métallique gris surchargé de dossiers et de papiers. A son regard, je sus tout de suite qu'il n'avait pas de nouvelles à me donner.

— A peine deux heures, constata-t-il en souriant. Asseyez-vous, je vous en prie.

— Je suis allé à l'adresse que nous avaient donnée les Bordeen, expliquai-je en tirant une chaise. C'est un terrain vague dans un quartier en voie de délabrement.

— Nous aurions pu vous épargner la peine d'y aller, fit-il observer.

— Je sais, acquiesçai-je, mais je voulais me rendre compte moi-même. Pendant que j'étais là-bas, j'ai été cueilli par deux hommes de main qui travaillent pour un certain Dino. Il m'a semblé très intéressé par le mobilier des Bordeen — surtout par le tapis persan. Il y aurait eu un malentendu entre lui et les Bordeen que je n'en serais pas étonné.

Fisher fronça les sourcils.

— Pourriez-vous me le décrire ?

— Bien sûr.

Par la même occasion, je lui fis également un portrait détaillé du rouquin, du gorille et des deux types qui étaient avec Dino.

— Ne m'aviez-vous pas dit que vous aviez effectué

trois autres transports pour les Bordeen ? questionna-t-il en allumant une cigarette.

— Oui, acquiesçai-je.

— Ils sont tous arrivés à bon port ?

— Apparemment, répondis-je. Du moins, on ne m'a signalé aucun incident. Il s'agissait chaque fois de quelques bricoles, une chambre, un piano et des tableaux.

— Vous vous souvenez des dates auxquelles vous avez effectué ces transports ?

— Non, mais je peux les retrouver facilement dans mes archives.

Il poussa le téléphonne vers moi.

— Bien. Essayez d'appeler votre bureau et, en même temps, demandez-leur s'ils ont des nouvelles des Bordeen. S'ils ne se sont pas encore manifestés, ce sera une preuve supplémentaire de leur implication dans la disparition de votre camion.

Skip répondit à la deuxième sonnerie. Non, les Bordeen n'avaient pas appelé, mais avait-on retrouvé Roy ?

Je m'efforçai de le rassurer et lui demandai de rechercher les bordereaux Bordeen et de m'en donner les dates.

Cela ne lui prit que quelques instants. Il me les lut et je les transmis à Fisher.

— Comment va Jack ? m'enquis-je.

— Beaucoup mieux, répondit-il. Il a appelé tout à l'heure et je lui ai raconté ce qui est arrivé. Il devrait être là d'un moment à l'autre.

— Parfait, approuvai-je. Dès qu'il sera là, tu lui diras que je veux lui parler. Reste près du téléphone, même si on vient te dire qu'on a besoin de toi pour charger ou décharger.

— Ne t'inquiète pas, je ne bouge pas d'ici ! Où puis-je te joindre ?

— Au commissariat central de Los Angeles. Bureau du Lieutenant Fisher.

Après avoir raccroché, je réfléchis pendant une minute ou deux, puis me tournai vers Fisher.

— Il y a autre chose que je voulais vous dire, déclarai-je. Quand Mlle Bordeen est venue à mon bureau, elle avait un juriste avec elle. Un certain Maître Menot qu'elle m'a présenté comme étant son fondé de pouvoirs. Peut-être pourrait-il vous donner des informations...

Fisher hocha la tête et appela les renseignements. Il n'y avait aucun juriste du nom de Menot à San Francisco. Il essaya également l'association du barreau de Californie, mais sans plus de succès. Finalement, il reposa le combiné et alluma une cigarette.

— Et maintenant ? questionnai-je.

Il soupira.

— Il n'y a pas grand-chose à faire. Je vais enregistrer votre déposition et ensuite vous jetterez un coup d'œil à quelques photos de truands. On ne sait jamais. Aussi bien, votre agresseur est déjà fiché chez nous.

Vingt minutes plus tard, il me fit asseoir à une table, posa devant moi une pile de fiches signalétiques et s'en alla.

Pendant plus d'une heure, je les feuilletai studieusement, mais je ne reconnus aucun des visages des malfrats qui m'étaient présentés.

Je commençais à trouver la tâche fastidieuse, lorsque, brusquement, la porte se rouvrit devant Fisher.

— Venez, déclara-t-il d'une voix tout excitée. Un routier a repéré votre bahut !

Quand nous y arrivâmes, la police de la route avait bouclé tout le secteur. Je me précipitai vers le premier uniforme venu et questionnai :

— Mon frère... l'a-t-on...

Il secoua la tête.

— Le camion était vide.

Je restai immobile, les yeux fixés sur le semi-remorque qui arborait fièrement en lettres orange et noires la devise que j'avais moi-même imaginée : « Anders vous transporte jusqu'au bout du monde ». Brusquement, je me mis à courir, mais Fisher me rattrapa presque immédiatement.

— Il vaut mieux que mes gars relèvent d'abord les empreintes digitales, expliqua-t-il d'une voix calme.

***

Une heure plus tard, Fisher me déposa à l'hôtel Sheraton.

— Reposez-vous, me conseilla-t-il. Je vous appellerai, si nous apprenons quelque chose.

Je suivis son conseil, mais sans beaucoup de succès. Malgré tous mes efforts, je n'arrivai même pas à fermer les yeux, tous les événements de la veille et de la matinée repassaient inlassablement dans ma tête. Finalement, je me levai et allai prendre une douche en espérant que l'eau froide réussirait à me détendre un peu. Ensuite, je me recouchai, mais comme il n'y avait pas d'amélioration, je décidai de me rhabiller et de descendre au bar.

L'atmosphère de la salle était paisible et feutrée.

Je m'assis sur un tabouret et commandai un scotch. Je le bus d'un trait et tendis mon verre à nouveau au barman. Il le remplit et retourna à son journal.

— Si cela continue, nous allons avoir droit à une véritable guerre des gangs, commenta-t-il à voix haute pour engager la conversation.

Je jetai un coup d'œil par-dessus son bras et lus les gros titres :

EXÉCUTION D'UN CAID
DE LA MAFIA DE LOS ANGELES

Je ne m'étais jamais beaucoup intéressé aux faits divers et je retournai donc à mon scotch.

— Regardez ça, insista le barman en me montrant du doigt une photo. S'il a de la chance, un honnête homme qui a travaillé toute sa vie meurt dans un drap à trois dollars. Pas ces types de la MAFIA et surtout pas un caïd comme ce Menotti. Lui, c'est un tapis de dix mille dollars qu'il lui a fallu pour rendre l'âme. Pas moins !

Je lui pris le journal des mains. La photo était trouble et un peu sombre, mais, néanmoins, je le reconnus immédiatement. C'était bien lui ! Maître Menot, le fondé de pouvoirs d'Anne Bordeen. Il n'avait plus sa serviette, mais il portait le même costume que celui qu'il avait quand il était entré dans mon bureau. Il était allongé sur le tapis persan dont j'avais aperçu un coin et, sur la droite, je reconnus la commode que Jack et Roy étaient en train de charger dans le camion à mon arrivée chez les Bordeen.

Je lus rapidement le bref article sous la photo. Un correspondant anonyme avait appelé la police de Los Angeles et simplement donné une adresse en disant qu'il y avait un mort à l'intérieur de la maison. Une patrouille s'y était rendue et avait découvert Menotti. Il avait été abattu d'une balle à bout portant alors qu'il était debout sur ce tapis, un authentique kurdistan estimé par des experts à au moins dix mille dollars.

Je reposai le journal. Tout le monde s'était moqué de moi — Anne Bordeen, son frère — ou prétendu tel — Menotti, Dino et maintenant Fisher. Pas une seule fois il m'avait laissé entendre qu'ils avaient retrouvé Menot et tout le mobilier que je transportais dans mon camion ! Il avait même poussé la comédie jusqu'à téléphoner pour s'enquérir auprès du barreau de Californie de l'existence d'un maître Menot !

— Où est le téléphone ? questionnai-je en jetant une poignée de dollars sur le comptoir.

D'un geste de la main, le type m'indiqua le couloir. Je le quittai, presque en courant, le journal toujours à la main. Les cabines téléphoniques se trouvaient bien au bout du couloir, mais, à mi-chemin, je m'arrêtai net. Anne Bordeen était debout devant le bureau de la réception et venait juste de se retourner vers moi. Un rayon de soleil doré jouait dans ses cheveux blonds et le sourire qu'elle m'adressa fit grimacer d'envie l'employé de la réception.

Les mains moites, je marchai droit sur elle et lui mis devant le nez la photo de Roy.

— Où est Roy ? questionnai-je d'une voix que je reconnus à peine.

Ses yeux verts glissèrent rapidement sur la photo.

— C'est la raison pour laquelle je suis là, murmura-t-elle. Pour vous expliquer au sujet de Roy — et de tout le reste.

— Vous pouvez vous en dispenser, répliquai-je en lui prenant le bras. Tout ce que je veux savoir, c'est où il est.

Elle hésita. Elle était tout près de moi et je sentais son parfum, la douce tiédeur de son corps.

— Il ne lui est vraiment rien arrivé, Dave. Je vous l'assure.

— Je préfère m'en assurer moi-même, grommelai-je en la poussant devant moi.

Nous traversâmes le hall et franchîmes la porte vitrée. Sa voiture de sport rouge était garée à quelques mètres seulement, le long du trottoir. J'ouvris la portière et la poussai à l'intérieur. C'est à ce moment-là seulement que je vis son frère. Il était assis dans un coin, à l'arrière. Cette fois-ci, ce n'était pas un marteau qu'il tenait à la main, mais un P. 38.

— Salut, Anders, déclara-t-il en ricanant. Assieds-toi et mets-toi à l'aise. Nous sommes entre amis...

J'obéis sans chercher à discuter. Anne se glissa derrière le volant, mit le contact et démarra sur les chapeaux de roue.

Je regardai par la fenêtre avec le fol espoir de découvrir l'un des hommes de Fisher dans une voiture banalisée de la police. Non, il n'avait laissé personne pour me surveiller. Pourquoi l'aurait-il fait, d'ailleurs ? Pouvait-il savoir à quel point j'étais stupide et inconscient ?

***

Anne conduisait sa petite voiture de sport avec la maestria d'un professionnel. Je n'en étais pas totalement sûr, mais j'avais l'impression qu'elle avait l'intention de rejoindre la route en corniche qui surplombe l'océan, celle que j'avais prise en partant de chez Dino.

— Si vous m'avez enlevé simplement parce que je vous ai vu mettre le kurdistan en caisse, c'est trop tard, déclarai-je. J'ai déjà tout raconté à la police — et à Dino.

Les mains de la jeune femme se crispèrent brièvement sur son volant.

— Dino ? Qui est Dino ? questionna-t-elle sans tourner la tête vers moi.

— Un type que j'ai rencontré ce matin. Il vous cherchait, vous et votre — frère. Il semblait très ennuyé par votre disparition.

— Je n'ai jamais entendu parler de lui, affirma-t-elle en se passant la langue sur les lèvres.

— Vraiment ? ironisai-je. Je suppose alors que c'était votre « frère » qui vous avait offert votre maison à San Francisco, ainsi que ce petit bolide et le fameux kurdistan. C'était sans doute lui aussi qui payait vos petits faux frais...

Elle me jeta un regard noir.

— Ferme-la !

Elle avait presque crié. J'avais réussi à lui faire perdre son beau sang-froid.

— Laisse-le parler, déclara son frère en se penchant en avant. Il m'amuse et il n'aura bientôt plus l'occasion de parler à personne.

Je me déplaçai légèrement sur mon siège, de manière à pouvoir épier toutes les réactions de la jeune femme.

— Je pense que vous avez été la maîtresse de Dino, Anne et je ne crois pas qu'il soit du genre à se laisser doubler. Vous n'irez pas loin, vous et votre frère. Où que vous alliez, il vous retrouvera et alors...

Au fur et à mesure que je parlais, elle avait pâli et ses joues s'étaient creusées. A deux reprises, elle prit un virage trop vite, mais réussit malgré tout à ne pas perdre le contrôle de sa voiture.

Je jetai un coup d'œil en direction de Bordeen. Il braquait toujours son pistolet sur moi et un large sourire barrait son visage.

— Continue, Anders, ordonna-t-il. C'est presque aussi bien que dans un roman policier.

Je haussai les épaules. Je n'avais rien à perdre et si je pouvais réussir à distraire leur attention ne fût-ce qu'une fraction de seconde...

— Je n'arrivais pas à comprendre pourquoi on m'avait attaqué et volé mon camion. Du mobilier ! Je suppose que tous les autres envois étaient parvenus à leur destination, chez Dino. Alors pourquoi pas celui-ci ? A moins qu'il n'ait pas été au courant du cadavre roulé dans le tapis persan ? Et puis pourquoi s'ennuyer à expédier un cadavre ? C'était si simple de s'en débarrasser en le jetant dans la mer — rapide, propre et net.

J'attendis. Ni l'un, ni l'autre ne dirent mot et je continuai.

— A cela, il n'y avait qu'une seule réponse. Vous vouliez que quelqu'un pose des questions. Et, plus précisément, à Dino. Vous avez donc tué Menotti — qui était-il ? Un « honorable correspondant » de Dino ? — enveloppé le corps dans le kurdistan, expédié le colis avec le reste du déménagement, organisé l'attaque du camion et tout remis en place dans une maison vide à Los Angeles. Ensuite vous prévenez les flics, ils croient que Menotti a été tué ici, à Los Angeles et retiennent Dino pour l'interroger, pendant que tous les deux vous vous évanouissez dans la nature.

Bordeen éclata de rire.

— Vous vous évanouissez, répéta-t-il. C'est très bon, Anders. J'aime votre style.

Je me déplaçai à nouveau légèrement sur mon siège. Maintenant je pouvais voir les jambes et les mains de Bordeen.

— Ce n'était que le prologue, affirmai-je. Ou plutôt, un écran de fumée. Car si vous aviez simplement voulu vous enfuir, vous auriez pu le faire plus facilement depuis San Francisco.

Je m'arrêtai et étudiai longuement le visage de la jeune femme.

— Vous avez de l'allure, Anne. Comment avez-vous commencé ? Comme voleuse à l'étalage ou comme entraîneuse dans un bar ?

Elle me jeta un regard noir, à la fois furieux et méprisant.

Je ris, d'un rire qui me sembla un peu surfait.

— Non, vous avez dû partir de plus haut. Une petite bourgeoise séduite par l'argent et la classe d'un beau ténébreux... Il a fait de vous une façade, une façade honorable pour des transports louches. Mais des transports de quoi ? D'alcool ? Non, ce serait impossible à dissimuler au milieu d'un déménagement. Quelque chose de moins encombrant. Des faux billets ? Des bijoux volés ? Improbable, à mon avis, car cela n'aurait pas expliqué votre lieu de résidence à San Francisco. Alors, quoi ? Dino attendait quelque chose dans ce kurdistan. Quelque chose qu'il avait eu les fois précédentes. Quelque chose d'assez gros pour éveiller votre cupidité et vous inciter à le doubler. En un mot, de la drogue !

J'attendis. Ni l'un, ni l'autre ne dit mot et j'étendis mon bras avec nonchalance sur le dossier du siège d'Anne.

— Ainsi, continuai-je, vous envoyez Menotti roulé dans le tapis, à la place de la drogue, et pendant que Dino est occupé à répondre aux questions embarrassantes de la police, vous disparaissez avec la drogue. C'était bien calculé, mais il y a eu une faille dans ce joli mécanisme. Dino s'est aperçu trop tôt que vous l'aviez doublé, Anne. Il l'a appris par moi.

Elle me regarda et je vis dans ses yeux qu'elle commençait à avoir peur. Réellement peur.

— Où est Roy, Anne ? questionnai-je. Si vous l'avez tué, pourquoi ne m'avez-vous pas tué, moi ?

Bordeen ricana.

— Si tu es si malin que cela, tu peux peut-être le deviner toi-même.

Il n'y avait qu'une seule raison possible, me dis-je. Mais je n'arrivais pas à y croire. Non, ce n'était pas vrai ! Et pourtant...

— Réfléchis, Anders, poursuivit Bordeen sur un ton moqueur. Pourquoi le type qui t'a frappé t'a-t-il seulement assommé ? Dans cette profession on a rarement le cœur tendre, mais, par contre, il est assez naturel dc ne pas avoir envie de tuer son propre frère.

J'eus l'impression d'avoir été giflé. Roy mêlé à une affaire de drogue ! A un meurtre !

— Pourquoi aurions-nous choisi ton entreprise pouilleuse, si nous n'avions pas eu quelqu'un dans la maison ? murmura-t-il d'une voix lente et suave. Regarde-la, Anders. Tu ne la crois pas capable de faire faire n'importe quoi à un homme ?

Je regardai fixement la jeune femme. Elle tourna les yeux vers moi. Son visage était très pâle, presque blême et elle n'essaya même pas de se défendre. Ainsi, c'était vrai, elle avait ensorcelé Roy... Je sentis une froideur mortelle m'envahir. Ma tête était sur le point d'éclater et mon cœur s'était presque arrêté de battre.

Bordeen éclata de rire et le visage de Roy, ses yeux rieurs et son sourire juvénile, presque enfantin passèrent devant mes yeux. Non, ce n'était pas possible !

— Vous êtes un menteur, Bordeen ! criai-je. Une ordure et un salaud !

Mon poing partit de lui-même en direction de sa figure, mais il réussit à l'éviter et me planta le canon de son pistolet dans la gorge.

— Encore un geste comme celui-ci, et tu es mort, gronda-t-il.

Je me tus. De toute façon, je n'avais plus rien à dire. Nous étions sur la route qui longe l'océan Pacifique. Il y avait encore quelques villas, çà et là, mais bientôt il n'y aurait plus que la forêt, les falaises et la mer.

Je jetai un coup d'œil dans le rétroviseur pour voir à quoi ressemblait le plus grand imbécile de la terre et, à cet instant, je vis qu'il y avait une voiture derrière nous. Elle était encore loin, mais se rapprochait rapidement et son conducteur avait les cheveux roux.

Anne freina brutalement, quitta la grand-route et s'engagea sur une large plate-forme dont l'extrémité était le bord à pic de la falaise. Elle coupa le moteur. J'attendis, espérant que l'arrivée de la bande de Dino fasse diversion, mais aucune voiture ne nous suivit et je dus admettre que je m'étais trompé.

— Allez, sors, ordonna brutalement Bordeen. Je vais te montrer à quel point je suis magnanime. Je te donne le choix, ou bien tu sautes tout seul, ou bien je te pousse.

J'ouvris la portière et descendis, suivi immédiatement par Bordeen.

— Nous avons de la visite, fis-je observer.

Anne poussa un cri de terreur et Bordeen se retourna. Cinq hommes couraient vers nous. Le rouquin était à leur tête et, juste derrière lui, je reconnus le gorille.

Sur ma gauche, il y avait d'épais fourrés. Je saisis Anne par le bras et courus, tête baissée, en la tirant derrière moi. Personne n'essaya de nous arrêter. Ils en avaient après Bordeen et, de toute manière, nous ne pouvions pas aller bien loin.

Nous étions déjà à plat-ventre derrière les buissons, lorsque le rouquin éclata de rire et se mit à tirer. Il était armé d'une mitraillette.

Bordeen n'avait aucune chance avec son simple pistolet contre cinq assaillants, mais, néanmoins, il essaya de se défendre. Il fit feu une première fois, manqua sa cible, mais au deuxième coup, je vis le gorille s'arrêter net, l'air surpris, et tomber comme une masse. Le rouquin continuait, lui, droit vers Bordeen et sa mitraillette crachait rafale sur rafale. Touché de plein fouet par l'une d'entre elles, Bordeen se raidit sous le choc, puis se recroquevilla lentement sur lui-même. Il n'avait pas crié. La vie l'avait quitté avant même qu'il eût touché le sol.

Je saisis le sac d'Anne. Elle se débattit et réussit à me le reprendre.

— Donnez-le-moi, murmurai-je. J'ai besoin d'une arme. Maintenant qu'ils ont les mains libres, ils vont se mettre à notre recherche.

Ses yeux s'emplirent d'effroi. Elle gémit, tout en continuant de serrer son sac contre sa poitrine. Je me mis à genoux et le lui arrachai des mains. Puis je le retournai et le secouai. Son contenu tomba pêle-mêle sur le sol — bâton de rouge à lèvres, brosse, peigne, portefeuille, boîte à poudre, nécessaire de maquillage et, au milieu de tout cet attirail féminin, un petit 7,65. Je m'en emparai, la laissant ramasser ses affaires, et m'accroupis, prêt à bondir.

— Je vous en prie, murmura-t-elle en se serrant contre moi, ne le laissez pas me capturer.

Je posai une main rassurante sur son bras. Elle était immobile, mais sa respiration était saccadée. Il y eut un craquement à quelques mètres de nous et je la sentis frissonner.

— Anne ? murmura la voix doucereuse de Dino. Anne, où es-tu ?

Elle eut un soubresaut nerveux et mes doigts se serrèrent sur son bras. Nos regards se croisèrent, mais déjà elle ne me voyait plus. Je ne comptais plus pour elle, je n'existais même plus.

— Anne, viens, ma chérie. Je t'assure, je ne te ferai pas de mal...

La voix était caressante, ensorcelante. Une voix chaude et suave, la voix d'un homme prêt à tout pardonner, même la pire des trahisons.

Brusquement, elle s'arracha à moi et se mit à courir au milieu des buissons, sans se préoccuper de sa robe qui s'accrochait aux ronces et se déchirait sur les branches basses des épineux. J'entendis Dino crier et, malgré moi, je me redressai. Elle courait toujours, mais pas vers lui. Vers le bord de la falaise... Ses cheveux blonds étincelaient dans le soleil couchant et, brusquement, moi aussi je me mis à courir en l'appelant.

Je n'étais plus qu'à quelques mètres d'elle quand elle atteignit le rebord. Elle hésita et se retourna à demi vers moi, son corps déjà à demi au-dessus du gouffre.

— Dave, Roy est dans...

Son dernier mot se perdit dans le vent. Je me jetai en avant, mais mes doigts ne rencontrèrent que le vide. Elle tomba longtemps, puis, tout en bas, les vagues qui se jetaient contre les rochers noirs de la falaise l'engloutirent à jamais. Derrière moi, Dino criait et jurait en italien.

A cet instant, je sentis une douleur fulgurante à l'épaule. Je tombai, roulai sur le côté et lorsque je relevai les yeux, le rouquin se penchait sur moi. Le 7,65 d'Anne tressauta dans ma main et son sourire triomphant et sardonique s'effaça de son visage.

Maintenant, songeai-je, il n'y a plus que Dino. Dino et moi. J'essayai de me relever, mais en vain. C'était comme si mes épaules étaient collées au sol.

Quelque part, très loin, j'entendis la voix de Fisher. Tout était trouble autour de moi, comme noyé dans un brouillard laiteux. Je fis un dernier effort pour écouter, mais en vain et bientôt je sombrai dans un puits noir.

Quand je revins à moi, quelqu'un était en train de glisser un manteau sous ma tête. J'essayai de m'asseoir, mais une main m'en empêcha. La main appartenait à Fisher.

— Ne bougez pas, dit-il d'une voix bourrue. J'ai mis une bande autour de votre épaule et je ne voudrais pas qu'elle se défasse. Ce n'est pas facile d'arrêter une hémorragie à cet endroit.

— Vous avez mis longtemps pour venir jusqu'ici...

Il sourit.

— Nous ne vous avons pas perdu de vue depuis le moment où vous êtes arrivé à la gare routière d'Alameda, Anders, déclara-t-il. Vous étiez notre seule piste pour retrouver les Bordeen et la drogue, qui se trouve probablement dans leur voiture. Je suis désolé d'avoir dû vous utiliser comme appât, mais il y avait longtemps que nous traquions la bande de Dino et, jusqu'à présent, nous n'avions jamais réussi à les prendre en défaut. Votre arrivée inopinée a eu l'effet d'un coup de pied dans une fourmilière. Tout ce beau monde s'est mis à s'agiter dans tous les sens et nous n'avons plus eu qu'à compter les coups.

Je fermai les yeux et réfléchis. Ils avaient eu ce qu'ils voulaient, mais moi j'en étais toujours au même point. Roy... Qu'avaient-ils pu bien faire de Roy ? Avant de se jeter dans le vide, Anne avait essayé de me dire où il était. Dave, Roy est dans... Dans quoi ?

Je rouvris les yeux. Fisher était toujours là, à côté de moi.

— Elle m'a dit « Roy est dans... quelque chose » murmurai-je pensivement. Peut-être n'est-il pas mort. Peut-être...

Je soulevai la tête et regardai autour de moi. Les fourrés, le bord de la falaise, la voiture de patrouille dans laquelle étaient assis Dino et ses hommes, menottes aux poignets et, un peu plus loin, la petite voiture de sport rouge d'Anne. Immédiatement, la lumière se fit en moi.

— Le coffre de la voiture ! m'exclamai-je. Roy est dedans ! C'est cela qu'elle a voulu me dire.

Fisher cria un ordre à l'un de ses hommes et, mettant un bras sous moi, m'aida à me mettre debout. Quand nous arrivâmes à la voiture, le coffre était ouvert. Roy se trouvait bien à l'intérieur. Il était sale, bâillonné, les bras liés derrière le dos et les jambes repliées sur sa poitrine, mais il respirait. Deux policiers le sortirent de sa position inconfortable et le libérèrent de ses liens. Il ouvrit les yeux et, me voyant, sourit faiblement.

— Dave, murmura-t-il, Dieu soit loué, tu as réussi à me retrouver.

Avec émotion, je passai la main dans ses cheveux en bataille.

— Il était temps, Roy, répondis-je sans me préoccuper des larmes qui embuaient mes yeux. Une heure de plus et nous étions morts tous les deux.

— Venez, déclara Fisher en posant sa main sur mon bras. L'ambulance est arrivée et va vous conduire tous les deux à l'hôpital.

Je secouai la tête.

— Roy, oui, mais pas moi. J'ai encore quelque chose à faire.

— Quoi donc ? s'étonna-t-il. Nous avons récupéré la drogue et nous avons assez de preuves pour mettre Dino à l'ombre jusqu'à la fin de sa vie.

— Ce n'est pas de cela qu'il s'agit, répondis-je en me retournant vers lui. Je veux avoir une explication avec le type qui nous a mêlés à cette affaire, Roy et moi.

Fisher fronça les sourcils.

— De qui donc voulez-vous parler ?

Au fond de moi-même, je réentendis la voix de Bordeen : « Pourquoi aurions-nous choisi ton entreprise pouilleuse, si nous n'avions pas eu quelqu'un dans la maison ? »

— Tout ce que je veux, murmurai-je d'une voix sombre, c'est entendre Jack m'expliquer pourquoi c'est à chaque fois lui qui a effectué les transports des Bordeen, pourquoi aucun des bordereaux n'était signé et pourquoi il est tombé malade tellement à propos. Et puis, je voudrais savoir aussi qui a prévenu Bordeen que j'étais encore vivant.

— C'est trop tard, déclara Fisher. Nous aussi, nous avons essayé de lui poser quelques questions, mais il s'est envolé. Il a sans doute pris peur quand il a appris que vous n'étiez pas mort.

— Je le retrouverai ! affirmai-je.

Les yeux gris et calmes de Fisher me regardèrent pendant un long moment, puis il hocha la tête.

— Je vous comprends, Dave, dit-il doucement, mais il est inutile que vous vous donniez la peine de le chercher. Vous n'êtes pas le seul à avoir été doublé par Jack. Dino va être pendant longtemps derrière les barreaux, mais il a de la mémoire et beaucoup d'amis. Au sein de la Mafia, il n'y a pas de pardon pour les traîtres.

Kurdistan Payload.
Traduction L. de Pierrefeu.

TEL EST PRIS...

par Alan K. Young

Mon grand-père McKay mourut peu après sept heures du soir, le 23 juin 1978. Il mourut à l'âge de quatre-vingt-six ans, avec la réconfortante certitude que, durant les cent quarante et quelques années où les McKay avaient joué un rôle important dans les affaires du comté de Pinegrove, il n'y avait eu — pour reprendre l'expression qu'il aimait à répéter — « nulle tache sur la réputation familiale ». Aucun McKay n'avait connu l'intérieur de la prison du comté ; aucun McKay n'avait été impliqué dans les sordides activités des tribunaux du comté ; aucun McKay n'avait fait les gros titres du *Tambour* de Franklin City.

Mon grand-père était mort dans la bienheureuse ignorance du terrible moment qui, déjà, approchait : le moment où, le jour de la vente aux enchères, pour la première fois dans l'histoire des McKay, les mots infamants : « Vous êtes en état d'arrestation » seraient adressés à un membre de notre famille.

Et ainsi que devait le faire observer ma grand-mère ce même jour funeste, six semaines plus tard, il était mort « au beau milieu du Deutéronome ».

— Il s'est éteint en lisant la Bible ? dit M. Bushnell avec un hochement de tête approbateur. Ça a dû être un réconfort pour vous, m'dame.

Nous nous tenions tous les trois dans le jardin de derrière de McKay's Corners, sous le pommier sauvage, face au perron de la cuisine. L'un des deux jeunes garçons que M. Bushnell avait amenés de la ville pour le seconder venait de sortir le fauteuil à bascule dans lequel Grand-Père avait passé la dernière heure de sa vie et l'avait installé près du massif de pétunias, sous la fenêtre en saillie de la salle à manger. Le coussin d'un vert fané qui était attaché au siège commençait à perdre son rembourrage et l'un des barreaux, déboîté, formait un angle bizarre. Le bois des accoudoirs était complètement terni.

— Je l'ai encore dans mon sac, dit Grand-Mère en regardant fixement le fauteuil. Je crois que c'était le vingt-quatre horizontal. Il avait écrit « Deutér », mais il n'est pas allé plus loin.

— Mon grand-père faisait des mots croisés, expliquai-je à M. Bushnell.

Il partit d'un grand rire qui fit tressaillir le silence de cette matinée d'août.

— Des mots croisés ? Et moi qui croyais qu'il lisait la Bible ! « Au beau milieu du Deutéronome »... Elle est bien bonne, celle-là !

— Qu'entend-il par là : elle est bien bonne ?

— Rien, Grand-mère.

— M. McKay a raison, m'dame, se reprit vivement M. Bushnell. Je ne voulais assurément pas vous froisser. Je suis sûr que les mots croisés sont un moyen aussi bon qu'un autre pour aller au ciel. J'essaie moi-même d'en faire de temps en temps, mais on vous colle toujours des noms de divinités égyptiennes et ma culture est très limitée dans ce domaine.

Il me lança un regard en coin, comme pour s'assurer qu'il s'était bien rattrapé.

L'autre jeune garçon sortit de la cuisine, portant avec peine le chevet du lit en acajou de mon arrière-grand-mère. Quand il l'appuya contre le mur de la maison, le soleil qui filtrait à travers le treillage garni de liseron, au bout de la véranda, fit jouer des reflets rougeâtres sur la surface sombre.

La véranda et le jardin étaient déjà encombrés de tout un bric-à-brac : la grande table de salle à manger ovale, sur laquelle on avait disposé la verrerie et le service en porcelaine ; le bureau à cylindre de mon grand-oncle Todd ; le canapé que tante Beulah Barlow avait rapporté d'Italie et sur lequel était empilé du linge de maison ; une demi-douzaine de natures mortes peintes par ma grand-tante Clarissa et entourées de cadres en plâtre doré qui, à la lumière du soleil, avaient l'air clinquant, en toc. Aucun de ces meubles ne semblait fait pour la lumière du soleil.

M. Bushnell sortit de sa poche-revolver un énorme mouchoir bleu avec lequel il se tamponna la nuque.

— Il va faire rudement chaud, dit-il.

— Combien de temps durera la vente, pensez-vous ? demandai-je.

Je savais que le facteur temps, aujourd'hui, serait crucial pour Ginny et moi. Nous avions l'habitude des foules qui s'étiraient sur une longue distance, comme une file d'attente, ou de celles qui étaient constamment en mouvement, comme le public d'un stade après un match. Mais en l'occurrence, la foule, quoique piaffante, serait essentiellement stationnaire, ce qui signifiait que nous devrions être bien sûrs de nos cibles avant de passer à l'action. Car, au moindre soupçon, la rumeur circulerait et nos chances de réussir seraient réduites à néant.

— Pas loin de toute la journée, j'en ai peur, répondit M. Bushnell en rempochant son mouchoir. Évidemment, au bout du compte, ce sera payant pour nous : voyez-vous, je vais exposer les plus belles choses sur la véranda, derrière moi, pour que les gens puissent les reluquer toute la matinée pendant que je vendrai les bricoles sans valeur. Et quand j'en arriverai à la meilleure partie du lot, cet après-midi, la moitié des femmes présentes se seront laissé tenter par telle ou telle chose qu'elles n'auraient jamais songé à acquérir au départ. Et croyez-moi, quand deux femmes ont des vues sur la même pièce, elles peuvent en faire grimper le prix à une vitesse supersonique.

— Qu'est-ce qu'il entend par « bricoles sans valeur » ? intervint Grand-mère.

— Vous voyez ce que je veux dire, m'dame : ce fauteuil à bascule, ce secrétaire, là-bas, cette table... Ce n'est pas qu'ils soient sans valeur, attention ! mais de nos jours, personne ne veut payer ce genre d'articles plus de quelques dollars, à part les amateurs de meubles anciens. Il n'y a plus de demande pour ça. Tenez, par exemple, ce pot de chambre est superbe, mais aujourd'hui tout le monde...

Il s'interrompit et parut chercher la fin de sa phrase au milieu des pétunias de tante Gertrude.

— C'est la soupière en Wedgwood de ta tante Beulah Barlow, dit Grand-mère.

— Non, Grand-mère. Il parle du pot de chambre qui est au bout de la table.

— Il ne va pas vendre ça ?

— Pourquoi pas ?

— Brandir cet objet devant une foule d'étrangers ? C'est invraisemblable ! Ce pot de chambre est dans notre famille depuis des années et des années.

— Il rapportera quelques dollars, m'dame, dit M. Bushnell. Les collectionneurs d'antiquités ont un faible pour ce genre de bibelot. Je suppose qu'ils mettent des fleurs dedans.

— Eh bien, moi, dit Grand-mère, j'estime que ce n'est pas une chose à vendre ! Je ne suis pas d'accord non plus pour nous séparer du lit de ton arrière-grand-mère. C'est dans ce lit que ma belle-mère a rendu son dernier soupir.

— Mais voyons, Grand-mère, où le mettrais-tu ?

— Je vous comprends, m'dame, allez ! dit M. Bushnell. Ça va être dur de vous séparer de certaines choses. Pour vous, ce sont des souvenirs ; pour ceux qui les achètent, ce ne sont jamais que des lits ou des secrétaires. Mais croyez-moi, m'dame : de l'argent à la banque, c'est bien utile aussi et ça prend beaucoup moins de place. Un vieux lit dans un grenier, ce n'est qu'un vieux lit dans un grenier ; de l'argent à la banque, c'est de l'argent à la banque.

Nous restâmes tous les trois à contempler le lit sans parler. Quelque part sur la grand-route, du côté de President's Crossing, un chien se mit à aboyer, soulignant le silence de la matinée.

M. Bushnell ressortit son mouchoir pour s'éponger le visage et la nuque. C'était un homme grand et massif, aux cheveux blond roux, au visage rougeaud et aux larges mains constellées de taches de rousseur. Il donnait l'impression de toujours chercher autour de lui un bras à étreindre ou un dos auquel administrer une bourrade ; quand il était avec Grand-mère, ses bras pendaient lamentablement, faute d'avoir quelque chose à faire. Il portait une chemise bleue délavée et un costume froissé dont le pantalon présentait un renflement sur la fesse gauche ; cette bosse, visible à travers le pan de sa veste, aurait fait piger à n'importe qui — même à un novice — qu'il portait un portefeuille bien garni dans sa poche-revolver gauche.

C'était moi qui l'avais engagé, une semaine après l'enterrement de Grand-père, en allant en voiture à Franklin City et j'avais choisi son nom au hasard dans les pages jaunes de l'annuaire. Il occupait un petit bureau sombre au premier étage d'un vieil immeuble, avec deux fenêtres crasseuses qui donnaient sur la Scierie Channing et, au-delà, sur la rivière Pimatauning.

Quand je lui avais exposé le but de ma visite, il avait dit :

— Je n'ai pas connu personnellement la famille McKay mais j'en ai évidemment entendu parler, comme tout le monde dans la région. C'est bien dommage de penser que cette belle grande ferme va rester vide après tant et tant d'années.

— Ma grand-mère n'a malheureusement pas le choix. Elle a quatre-vingt-un ans, et nous ne pouvons pas la laisser là-bas toute seule. J'ai réussi à lui trouver un appartement ici, en ville, mais il n'est pas très grand et elle ne pourra pas emporter beaucoup de meubles. Bien entendu, il y a certaines choses qu'elle tient à garder ; elle a toujours vécu à

McKay's Corners depuis son mariage, il y a cinquante-sept ans.

— Ça va être dur pour elle, c'est sûr, dit M. Bushnell. Mais puisqu'elle est obligée de se séparer de choses qui lui sont chères, je ferai en sorte de lui en obtenir le meilleur prix. Laissez-moi faire, tout ira bien. Je connais les gens de la campagne ; je sais comment m'y prendre pour les chauffer et les inciter à acheter. Je connais aussi les collectionneurs d'antiquités, ces indécrottables radins, et ils savent bien qu'ils ne peuvent pas rouler Harrison Bushnell.

Il avait marqué une pause, en me surveillant du coin de l'œil.

— Voulez-vous que je mette un ou deux compères dans le coup, monsieur McKay ?

— Des compères ?

Il prit ma surprise pour de l'incompréhension.

— Vous savez bien : des gars qui se mêlent à la foule pour faire grimper artificiellement les enchères. Croyez-moi, monsieur McKay, c'est le seul moyen d'arriver à ce que ces foutus amateurs de vieux meubles offrent des prix corrects. A moins qu'ils surenchérissent entre eux, évidemment ; mais la plupart du temps, ils se concertent avant le début de la vente pour faire des compromis : « Tu me laisses cette commode de style victorien », dit l'un, « et en contrepartie, je te laisse ce paravent au petit point... » L'ennui, c'est que les paysannes, par ici, ne s'intéressent pas aux mêmes choses qu'eux. A part les lits en cuivre : la plupart des dames ne crachent pas dessus et, depuis quelques années, les amateurs d'antiquités se les arrachent. Votre grand-mère n'a pas de lits en cuivre, par hasard ?

— Un seul, et je ne pense pas qu'il soit en très bon état.

— Aucune importance. Je le présenterai de telle façon qu'ils croiront que la Reine Victoria en personne a roupillé dedans. Alors, pour en revenir à nos compères ?

— Non, monsieur Bushnell, je ne pense pas que ma grand-mère serait d'accord.

— Comme vous voudrez, monsieur McKay. J'ai beau travailler au pourcentage, je ne fais rien pour forcer les enchères si je n'ai pas le feu vert du vendeur. Enfin, rien... si : je bonimente en y mettant tout mon cœur.

Il avait alors entrepris de m'expliquer les rouages de la vente aux enchères : l'obligation d'obtenir une licence de l'État ; les dispositions à prendre pour la publicité et pour le maintien de l'ordre ; la précaution consistant à fixer un prix minimum pour tous les objets de valeur ; les avantages et les inconvénients de prendre une assurance contre les éventuels dégâts causés par la foule ; le fait que tous les objets non vendus à la fin de la journée seraient rassemblés et proposés aux enchères à des brocanteurs.

Comme il avait laissé sans réponse la seule et unique question qui m'intéressât, je dus finalement la lui poser. Tout en contemplant par la vitre crasseuse un bateau à aubes de l'Union Steel qui poussait un convoi de péniches sur la rivière, je m'enquis :

— A la vente proprement dite, je suppose que la plupart des acheteurs paient par chèque ?

— Détrompez-vous. Certains de ces paysans trimbalent dans leur pantalon des liasses de billets assez épaisses pour étouffer une truie ; en temps normal, ils les cachent sous leur matelas ou dans un trou, derrière l'écurie, et ils les sortent pour les grandes occasions. Il y a même des collectionneurs de vieux meubles qui aiment payer en liquide — histoire d'estamper Oncle Sam, si vous voulez mon avis. Mais ne vous faites pas de souci, monsieur McKay. S'il m'arrive parfois de forcer un peu la note quand je fais la description d'un objet à vendre, je suis très scrupuleux lorsque je règle mes comptes avec ceux qui ont loué mes services. Je vous présenterai un relevé honnête de toutes les ventes, soyez-en sûr : vous ne trouverez personne dans le coin pour vous dire le contraire.

— Je n'en doute pas.

M. Bushnell avait donc été engagé. Et aujourd'hui, cinq semaines plus tard, il se tenait sous le pommier sauvage, dans le jardin de derrière de McKay's Corners, et s'essuyait la nuque avec un énorme mouchoir bleu en observant Grand-mère du coin de l'œil.

— Au moins, dit-elle, je vais mettre de côté la théière en porcelaine de ta tante Millicent. Je ne vois pas l'intérêt de la laisser partir pour quelques dollars.

— Ça vous fera de l'argent à la banque, m'dame, dit M. Bushnell. Quelques dollars, c'est toujours ça de pris.

— Pourquoi ne vas-tu pas t'asseoir un peu à l'ombre, Grand-mère ? lui dis-je. La vente ne va pas commencer avant une bonne heure.

— Non, je vais désherber le potager. Je crains que le séneçon ait encore repoussé ; je le vois d'ici.

— Mais si ça se trouve, la ferme sera vendue d'ici deux semaines !

— Peut-être, dit-elle, mais la rhubarbe n'y est pour rien.

Elle s'éloigna en direction du potager, s'arrêtant à mi-chemin pour arracher quelques petites pousses qui déshonoraient l'océan d'herbes folles. Elle marchait comme si ses pieds la faisaient souffrir, et le bas de sa robe noire ondoyait paresseusement ; elle avait beau être toute menue, on se demandait comment ses chevilles pouvaient la soutenir tant elles étaient fines.

— Laissez-la donc arracher ses mauvaises herbes, dit M. Bushnell en posant sur mon bras une main paternelle. Pendant ce temps-là, elle ne pensera pas au reste. A ce propos, je crois que je ferais bien d'aller voir comment se débrouillent mes garçons.

M. Bushnell disparut dans la cuisine. Sans me presser, j'allai sur le devant de la maison, où la foule commençait à se rassembler. Il y avait déjà une demi-douzaine de voitures dans le « parking » que les jeunes aides de M. Bushnell avaient improvisé en arrachant quinze mètres de clôture, et il en arrivait encore d'autres, cahotant à la queue leu leu sur le chemin creusé d'ornières qui partait de la grand-route.

Je décidai qu'il était temps de m'éclipser. Quand on se prépare à « ratisser » une foule, il vaut mieux ne pas s'y mêler avant qu'elle ait atteint ce moment magique où elle devient assez nombreuse pour s'animer d'une vie propre. Il est impossible de dire précisément à quel stade ce phénomène se produit, car ça varie d'une foule à l'autre ; il faut avoir de l'instinct pour sentir quand c'est le moment. Tant que ce n'est pas mûr, la foule reste composée d'individus : les gens se regardent encore les uns les autres, les visages sont encore expressifs, un type isolé est encore repérable. Mais une fois que ça devient une foule, une *vraie* foule, il est facile de se perdre en son sein : plus personne ne fait attention à son voisin. Si vous repérez alors quelqu'un qui vous regarde — ce qui s'appelle *regarder* — vous pouvez être certain que vous êtes brûlé.

Après avoir crié à Grand-mère que je serais de retour dans une demi-heure, j'entrepris de gravir le verger qui montait en pente douce derrière la maison. Le soleil d'août était maintenant haut dans le ciel ; les champs dorés, la forêt verte, la ferme blanche et les communs décolorés par le temps avaient déjà commencé à prendre l'aspect inerte, assoupi d'une journée d'août en plein midi, cet aspect dont je gardais un souvenir si vivace depuis les vacances que je passais à la ferme, dans mon enfance, quand le monde écrasé de chaleur semblait retenir son souffle, quand le plus léger mouvement — un papillon voletant en zigzag dans la prairie, une voiture soulevant un nuage de poussière sur la grand-route, au loin, une fourmi explorant un brin d'herbe près de mon coude — semblait un miracle de vie dans un monde sans vie.

Du haut de la colline partait une forêt qui s'étendait au nord-est jusqu'à la maison du vieux Partridge, le plus proche voisin, à huit cents mètres de là. Arrivé à la lisière de la forêt, je m'assis à l'ombre d'un vieil érable d'où je pouvais voir en contrebas, sur ma gauche, la ferme et ses dépendances, et, devant moi, la grand-route, qui décrivait un angle droit à hauteur de la ferme avant de filer vers Président's Crossing, sur la rivière Pimatauning, cinq kilomètres plus loin. Deux grands champs de blé s'étendaient de chaque côté de la route jusqu'au bois de Culp's Wood ; au-delà, il y avait d'autres champs, une autre forêt, et, à l'arrière-plan, dans les lointains bleutés, les collines de la Vallée de Pimatauning.

A peu près à mi-chemin de President's Crossing, à un petit croisement baptisé Hale's Corners, je voyais se dresser au-dessus des arbres la haute flèche blanche de l'Église presbytérienne du Covenant, au pied de laquelle reposaient trois générations de McKay. Il y avait là mes arrière-grands-parents, la plupart de leurs enfants et bon nombre des épouses de leurs enfants. Et à présent, il y avait la tombe de mon grand-père, fraîche de six semaines.

Et ils devaient tous se retourner dans leurs tombes à l'idée de ce qui allait se passer aujourd'hui à McKay's Corners. Je regrettais maintenant d'avoir entraîné Ginny dans l'opération ; son instinct — auquel j'avais depuis longtemps appris à me fier et auquel j'aurais dû me fier en l'occurrence — lui avait soufflé que ce n'était pas une chose à faire.

— Tu es sûr que c'est judicieux ? avait-elle objecté quand je lui avais exposé mon projet. Je veux dire... de faire ça là-bas, dans la maison de tes ancêtres ?

— Je pense que ça vaut le coup de voir. Il y aura une grosse foule et — d'après Bushnell — beaucoup d'argent liquide. En plus, comme c'est à l'autre bout de l'État, on ne risque pas de nous identifier.

Ginny m'avait observé encore un moment ; enfin, elle avait haussé les épaules en disant :

— C'est ton trèfle.

« Trèfle » étant le mot qu'utilisent les pickpockets pour désigner une foule.

***

En redescendant de la colline, une heure plus tard, je vis M. Bushnell venir à ma rencontre en trottant pesamment. Il avait le visage écarlate et une main brandie au-dessus de sa tête, en un geste qui hésitait entre le « Dépêchez-vous-là-haut » et le « Fichez-le-camp-tant-que-vous-le-pouvez ».

— Moi, ça ne me dérange pas, comprenez-moi bien, monsieur McKay, haleta-t-il en arrivant à ma hauteur. Ces meubles appartiennent à votre grand-mère et si elle ne veut pas les vendre, c'est son affaire. Ce qui me chagrine, c'est sa façon de s'y prendre. Je n'ai pas besoin de vous dire qu'il fait une chaleur à crever et que ça va aller en empirant ; mes deux gars commencent à s'énerver et je ne peux pas leur en vouloir. Je leur ai dit de laisser tomber momentanément le bois de lit, le temps que je vous en parle, mais votre grand-mère n'arrête pas de les importuner...

— Que fait-elle ?

— C'est ce qu'elle *dé*fait qui est gênant, dit-il. Chaque fois que mes garçons transportent un lot d'objets sur la véranda et repartent en chercher un autre, ils croisent au retour votre grand-mère portant dans ses bras la moitié des choses qu'ils avaient posées sur les tables la fois précédente. « Pas ceci », dit-elle. « Pas cela. Ce serait absurde de se séparer de tel bibelot. Ceci appartenait à grand-mère untel, cela à la sœur untel, et la tante machin-chouette a rapporté ce meuble de Dieu sait où... » Elle a déjà entassé à côté de votre voiture, dans la prairie, de quoi remplir un grenier entier, et voilà qu'elle houspille mes gars pour qu'ils remettent en place le bois de lit en acajou. En plus, les gens commencent à arriver : il y a déjà une bonne douzaine de voitures dans la prairie. Si la petite dame veut garder une chose ou deux, bon, je serai le premier à lui dire de les garder ; mais au train où ça va, je ne sais plus ce qui est à vendre et ce qui ne l'est pas — si tant est qu'il reste encore quelque chose à vendre.

— Je vais lui parler, monsieur Bushnell. Dites à vos gars de laisser le lit où il est.

Je trouvai Grand-mère sur la véranda, en train d'extraire de derrière un lavabo — où étaient empilés des coussins brodés par tante Gertrude — le miroir ovale qui, de tout temps, avait été accroché au-dessus de l'harmonium, dans le grand salon.

— Nous ne devrions pas laisser partir ce miroir, dit-elle. Tu dois bien avoir la place de le mettre dans ton appartement. Ton grand-père a fabriqué le cadre lui-même ; c'est du noyer, je crois.

— Voyons, Grand-mère, je n'ai chez moi que du mobilier danois contemporain !

— Et alors ? Même les Danois se regardent dans une glace de temps en temps, non ?

— Mais je n'en veux pas, Grand-mère ; et toi, tu ne peux pas le garder. Tu n'auras pas la place de ranger un dixième des choses que tu as mises de côté — à moins de louer un garde-meubles, et tu sais très bien que tu ne peux pas te le permettre. D'ailleurs, je suis sûr que Grand-père, où qu'il soit, préférerait que son miroir profite à un inconnu au lieu de moisir dans un dépôt quelconque.

Elle se redressa lentement et contempla un moment le miroir.

— Tu as peut-être raison, dit-elle enfin.

Elle pivota et s'éloigna vers la porte de la salle à manger. Sur le seuil, elle s'arrêta et tourna la tête vers moi.

— Tu sais parfaitement où est ton grand-père, dit-elle.

Et elle entra dans la maison.

Traversant le chemin, je me dirigeai vers le parking improvisé dans la prairie, où étaient maintenant garées une douzaine de voitures. Ginny était là aussi, tassée sur le siège de sa vieille Volkswagen rouge, quatrième voiture de la première rangée : un poste d'observation d'où elle avait une vue imprenable sur les nouveaux arrivants qui convergeaient vers la véranda. Je me dirigeai vers ma propre voiture et fis semblant de fourrager dans la boîte à gants ; au bout d'un moment, je me redressai et me grattai la tête, façon de lui demander si elle avait vu quelque chose d'intéressant — des têtes connues, par exemple. Elle bâilla et s'étira, façon de répondre : non, pas de quoi paniquer.

Depuis trois ans que nous travaillions ensemble, Ginny et moi avions mis au point notre langage particulier. Elle semblait avoir un instinct naturel pour ce boulot ; elle était capable de repérer une proie à deux cents mètres. Elle connaissait tous les trucs d'un bon pickpocket : le pardessus sur le bras, le journal roulé qu'on presse dans le dos de la victime choisie, le coup du mouchoir qu'on laisse négligemment tomber par terre en prélude à un coup monté. Nous formions une fine équipe et j'étais certain que nous allions rapporter un beau tableau de chasse, pourvu que nous attendions d'être sûrs de notre coup avant d'agir.

***

Je garde des heures qui suivirent un souvenir confus : celui d'un mélange de mouvement, de couleurs, de bruits et d'odeurs ; celui d'une masse humaine entassée dans les quatre-vingt-dix mètres carrés de terrain délimités par la véranda et le sentier — une masse grossissante qui déployait ses tentacules de tous côtés : dans la maison, le jardin, les communs...

Des enfants à la frimousse poisseuse, vêtus de jeans rapiécés aux genoux, jouaient à cache-cache au milieu de la foule ou rivalisaient de cris dans les pièces pratiquement vides de la maison. Des paysans au teint rougeaud et au visage émacié, dégageant une subtile odeur de sueur, de fumier, de jus de chique et de foin coupé, étaient réunis par petits groupes dans la prairie, au milieu d'un océan de voitures cabossées, pour mâcher lentement leur tabac en discutant des moissons et de la conjoncture politique. Des paysannes, vêtues de robes à fleurs d'une longueur démodée, commentaient avec force exclamations désapprobatrices les derniers scandales de la commune, tout en surveillant d'un œil distrait des enfants qui paraissaient trop jeunes pour être les leurs. Des familles étalaient des couvertures par terre, déballaient des sandwiches et des œufs durs, puis s'installaient sous les pins, sur le côté de la maison et dans la vigne, ou faisaient la queue devant les cabinets extérieurs.

Tout ce petit monde s'agitait comme des fourmis sur le sol de McKays's Corners : on bavardait, on se disputait, on pleurait, on grondait — et on écoutait la voix de Harrison Bushnell.

— Combien m'offrez-vous, braves gens, pour cette belle cruche en terre de deux litres ? Ce gentleman à ma droite en propose huit dollars. Imaginez, messieurs-dames, par un après-midi comme celui-ci, torride et moite, imaginez dans votre cave cette superbe cruche perlée d'humidité, remplie à ras bord de babeurre bien épais et bien frais ! Y en aura-t-il un parmi vous pour oser affirmer que cette cruche ne vaut pas dix dollars ? La p'tite dame au joli chapeau à fleurs en propose neuf. Qui ira jusqu'à dix ? Juste dix dollars pour cette belle cruche en terre ! Qui m'en offre dix ?

— Pourquoi crie-t-il ainsi ? dit Grand-mère, qui m'avait rejoint à la lisière de la foule.

— Il essaie d'exciter l'enthousiasme des éventuels acheteurs, Grand-mère. C'est son boulot.

— Ton arrière-arrière-grand-père a rapporté cette cruche d'Écosse. Il n'est pas nécessaire de crier pour la vendre.

— Il cherche simplement à te faire gagner de l'argent.

— Si ces gens ont besoin qu'on leur crie après pour les convaincre d'acheter cette cruche, c'est qu'ils ne la méritent pas.

Elle s'éloigna le long de la foule. Dès qu'elle eut disparu, je tournai les talons et me mis en quête de Ginny.

***

Je la trouvai sur le côté de la maison, appuyée contre la table en bois de rose à bords cannelés que j'avais toujours vue trôner au milieu du salon, supportant un buste d'Emerson. Une douzaine de personnes se promenaient au milieu des meubles, des piles de linge et de vaisselle, s'arrêtant de temps à autre pour toucher une commode ou pour examiner de plus près un petit bibelot. Un certain nombre d'articles portaient des étiquettes rouge vif avec le mot VENDU inscrit en capitales noires.

— Alors, dis-je, qu'en penses-tu ?

— J'en pense que nous sommes au paradis des faucheurs et qu'on devrait se mettre au travail.

— Tu as donc repéré une proie possible ?

— Tu plaisantes ? J'en ai repéré une douzaine.

— Non, tu exagères.

— En tout cas, au moins deux.

— Il faut que nous soyons sûrs de notre coup. Une fois que nous serons lancés, nous n'aurons pas longtemps.

— Alors, que dirais-tu de commencer par Sidney Greenstreet, là-bas ? Celui qui porte un chapeau de paille.

— Le gros type ? Tu es sûre de toi ?

— Formelle. Une liasse de gros billets retenus par un élastique. Elle est maintenant dans la poche intérieure droite de sa veste.

— Pas pour longtemps. Qui était le... ?

— 'Scusez-moi, monsieur McKay, mais on a absolument besoin de vous sur la véranda.

L'un des jeunes aides de M. Bushnell était à côté de moi et me tirait par le bras.

— Le vieux Bushnell va avoir une attaque, c'est sûr, si on ne s'occupe pas de Mme McKay.

— Oh, la poisse ! — Je me tournai vers Ginny : — Patiente encore un peu, tu veux ? Il faut que j'aille voir ce qui se passe.

En tournant à l'angle de la maison, j'entendis la voix de Grand-mère, étonnamment distincte malgré la rumeur de la foule.

— Huit dollars ! criait-elle.

Debout derrière son estrade, sur la véranda, M. Bushnell fixait un point lointain, quelque part au-dessus de la marée de têtes. Il semblait avoir envie de rire, comme s'il sentait que c'était ce qu'on attendait de lui, mais il se demandait manifestement ce qu'il y avait de drôle dans la situation. Sur la table, devant lui, était posée la pendule en bronze doré et en marbre, de style rococo, qui avait toujours occupé le centre de l'imposant buffet en noyer de la salle à manger. Elle avait un socle en marbre noir qui s'élevait en pyramide vers un cadran rond en nacre, avec des aiguilles noires et des chiffres romains noirs, hauts de deux ou trois centimètres. De chaque côté du cadran, une paire de colonnes corinthiennes en marbre veiné, couleur saumon, soutenaient une plaque de marbre noir. Des moulures compliquées, en bronze doré, ornaient le sommet et le socle, le haut et le bas des colonnes, et le pourtour du cadran. L'ensemble reposait sur quatre minuscules pieds dorés en forme de griffes de lion.

Je contournai la foule en toute hâte et rejoignis Grand-mère.

— Qu'est-ce que tu fabriques, au nom du ciel ?

— Je fais une enchère pour cette pendule. Papa l'a achetée l'année où nous sommes tous allés à l'Exposition du Centenaire de l'État, dans la capitale, à titre de cadeau d'anniversaire pour maman. Pendant tout le trajet de retour en train, ils ont voyagé avec cette pendule entre eux, sur la banquette. Je la veux.

— Mais pourquoi ne l'as-tu pas dit, Grand-mère ? Elle est à toi ! Tout ce qui est ici est à toi. Si tu la voulais, pourquoi ne l'as-tu pas simplement prise ?

— Huit dollars cinquante ! cria une voix d'homme à l'autre bout de la véranda.

— Neuf dollars ! lança Grand-mère.

Plusieurs personnes se tournèrent vers nous, les yeux écarquillés.

— Je ne pouvais pas, me répondit-elle. Cet homme ne m'aurait jamais laissée la garder. Toi non plus.

— Mais enfin, bon sang, les gens vont croire que tu es de mèche avec M. Bushnell !

— Je ne comprends pas ce que tu veux dire. J'ai quand même le droit de me mettre sur les rangs pour acheter la pendule de ma propre mère si j'en ai envie ! Cette péronnelle d'Elva Grebbs allait l'emporter, et quand on sait que *sa* mère, autrefois, sortait en combinaison dans le jardin pour aller dépendre la lessive... Ta tante Clarisse l'a vue dans cette tenue à l'époque où ils habiaient la vieille ferme de Shakkleforth, près de chez Cobb.

— Neuf dollars cinquante ! cria l'homme

— Dix dollars ! cria Grand-mère.

— Madame McKay... gémit M. Bushnell.

Sa voix avait perdu toute vigueur ; elle couvrait à peine le bourdonnement de la foule.

— Dix dollars et demi ! lança Grand-mère.

— *Grand-mère*, voyons ! Personne n'a enchéri sur toi !

— Dis-toi bien que je ne suis pas décidée à le laisser faire ! Il a vendu à un parfait inconnu la commode en acajou de ta tante Beulah Barlow, et il vient de céder la nappe damassée de ta tante Gertrude à cette horrible Mme Booth.

— Onze dollars ! lança l'homme.

— Douze dollars ! cria Grand-mère.

— Adjugé ! beugla M. Bushnell. Vendu douze dollars à Mme ... euh, vendu à la dame qui est à ma droite !

Il avait de nouveau sorti son immense mouchoir bleu et s'épongeait la figure.

— Quelle dame ? dit Grand-mère. C'est de moi qu'il parle ?

— Madame McKay ?

Un jeune homme se matérialisa soudain au milieu de la foule : il avait des cheveux roux, un visage criblé de taches de rousseur et un long cou maigre avec une pomme d'Adam proéminente. De minuscules gouttes de sueur perlaient sur sa lèvre supérieure, couverte d'un duvet doré, et ses yeux bleu pâle avaient un regard éperdu.

— Madame McKay, répéta-t-il, vous êtes en état d'arrestation !

— Qu'est-ce qu'il dit ? demanda Grand-mère. C'est de moi qu'il parle ?

— L'ordonnance 238 du comté de Pinegrove stipule qu'il est interdit de faire monter artificiellement les enchères lors d'une vente à l'encan. Vu que vous êtes ici chez vous et que ce sont vos propres affaires qui sont mises en vente, madame McKay, il ne fait aucun doute que vous enfreignez la loi en participant aux enchères.

— Par exemple, quelle idée ! dit Grand-mère. Écoutez-moi ça ! Qu'est-ce que j'ai fait, selon lui ?

— Ne t'inquiète pas, Grand-mère. — Je m'adressai au jeune homme : — Je suis le petit-fils de Mme McKay. Pourrais-je voir votre insigne, je vous prie ?

Il sortit un portefeuille de sa poche-revolver, l'ouvrit et me le tendit. Sa pomme d'Adam protubérante exécuta un va-et-vient affolé.

— Roy Merch, dit-il. Sherif-adjoint. Il est de mon devoir...

— Un instant, adjoint, il s'agit d'un malentendu.

A mon tour, je sortis mon portefeuille de la poche intérieure gauche de ma veste et lui montrai mon insigne de façon à ce qu'il puisse lire ce qui était écrit dessus.

— *Sergent* McKay ? dit-il. Police d'État ?

— J'ai acheté cette pendule selon les règles, soliloqua Grand-mère, et je ne suis pas disposée à m'en défaire.

— Brigade spéciale anti-pickpockets, dis-je. Nous venons de Portersville Barracks. — Je fis un signe de tête vers Ginny. — Et voici l'agent de police Briggs.

— A part moi, dit Grand-mère, tous ceux qui y étaient attachés sont morts. Dans ces conditions, qui est mieux placé que moi pour l'avoir ?

— C'est donc *vous*, les flics de la brigade spéciale ? dit l'adjoint. On a reçu la consigne de tenir le panier à salade à votre disposition, derrière l'écurie, au cas où vous auriez besoin de nous pour transporter des prévenus. Mon coéquipier attend sur place.

— Nous n'aurons pas besoin de vous, en définitive, répondis-je vivement. En fait, je suis ici pour aider ma grand-mère. L'agent de police Briggs est mon invitée.

— De toute façon, dit Ginny, ce genre de foule ne nécessite pas de surveillance policière.

— Et en plus, dit Grand-mère, c'est moi qui ai tiré la courte paille. Quand maman est morte, nous avons tiré au sort entre filles pour savoir qui aurait la pendule, et c'est moi qui ai gagné.

— Ma grand-mère ne comprend pas très bien comment se déroule une vente aux enchères, dis-je. Elle s'imagine que si elle change d'avis en cours de route et décide de garder l'un ou l'autre objet, elle est obligée de suivre la procédure normale pour l'acheter.

Le sherif-adjoint Merch regarda Grand-mère, puis Ginny, et reporta son regard sur moi. Il semblait soulagé.

— Elle ne m'avait pas l'air du genre de personne à frauder, dit-il avec un sourire.

— Ton grand-père la remontait tous les soirs avant de se coucher, dit Grand-mère. Tu devrais avoir honte d'avoir voulu la vendre à un inconnu.

***

Il était presque huit heures et les derniers lambeaux de la foule s'étaient dispersés depuis longtemps lorsque je fus prêt à partir, ma voiture enfin chargée. Le coffre et la banquette arrière étaient bourrés de livres, de photographies, de peintures, de tous ces petits riens dont nul ne pouvait nier — même moi — que c'étaient des choses qu'on ne pouvait pas vendre à des inconnus. Comme il n'y avait plus de place pour la pendule, je l'avais posée par terre, devant, où elle ferait le trajet entre les pieds de Grand-mère.

Ginny était partie, l'adjoint Merch aussi. Quant à M. Bushnell, après une rapide poignée de main et un dernier coup d'œil — mi-respectueux, mi-craintif — à Grand-mère, il était monté dans son vieux pick-up, sur le plateau duquel était entassée une haute pile de meubles. La camionnette avait descendu en cahotant le chemin sillonné d'ornières, à la manière d'un galion donnant de la bande sur une mer déchaînée.

J'attendis dans le salon tandis que Grand-mère faisait une dernière tournée d'inspection dans la maison presque vide. Je l'entendais marcher à l'étage au-dessus : quelques pas hésitants sur le plancher nu d'une pièce déserte, puis un long silence, puis des pas lents qui rebroussaient chemin — et la même chose dans une autre pièce. Au bout d'un moment, j'allai attendre dans la véranda.

Le soleil commençait juste à décliner derrière le bois de Culp's Wood quand, au volant de ma voiture, je sortis de la prairie en marche arrière et m'engageai à petite allure dans le chemin. A côté de moi, Grand-mère fixait la route, droit devant elle, les mains croisées sur les genoux.

— Nous avons voyagé toute la journée en train, dit-elle, et le soir, à notre arrivée dans la capitale, nous avons pris le tramway pour aller à l'exposition. Comme c'était mon onzième anniversaire, papa nous avait permis de rester levés jusqu'à minuit. Il y avait des ampoules électriques de chaque côté de l'allée centrale, à perte de vue, et tous les stands en étaient auréolés. Et il y avait partout de magnifiques fontaines illuminées. Le lendemain, papa a acheté un chapeau de paille orné d'une plume rouge, et il a dit à maman de le mettre pour se protéger les yeux du soleil. Tout au long de la grande allée, on vendait de succulentes gaufres à la confiture, et ta grand-tante Clarissa a été prise de nausées dans le Pavillon Floral. On se serait cru dans un autre monde.

En arrivant à la lisière de Culp's Wood, je jetai un coup d'œil dans mon rétroviseur et vis le soleil couchant éclairer en plein la façade de la vieille maison, la lumière embrasant d'un seul coup toutes les fenêtres. Je ralentis, pensant que Grand-mère voudrait peut-être se tourner pour regarder une dernière fois, mais elle ne tourna pas la tête.

Bientôt, les arbres se refermèrent derrière nous, dérobant la maison à nos yeux.

— De toute façon, dit Grand-mère, cette vieille pendule ridicule bat la breloque depuis quarante ans.

Auction at McKay's Corners.
Traduction de Gérard de Chergé.

Table

Composition réalisée par C.M.L., Montrouge

IMPRIMÉ EN FRANCE PAR BRODARD ET TAUPIN
Usine de La Flèche (Sarthe).
LIBRAIRIE GÉNÉRALE FRANÇAISE - 6, rue Pierre-Sarrazin - 75006 Paris.

ISBN : 2 - 253 - 05155 - 1 30/6698/2